韩愈诗文悦读

吴夏平 / 编著

上海教育出版社

图书在版编目（CIP）数据

韩愈诗文精读 / 吴夏平编著；查清华主编. — 上海：
上海教育出版社，2021.9
ISBN 978-7-5720-1069-9

Ⅰ.①韩… Ⅱ.①吴… ②查… Ⅲ.①中国文学 – 古典
文学 – 作品综合集 – 唐代 Ⅳ.①I214.232

中国版本图书馆CIP数据核字(2021)第184082号

责任编辑　张心怡　易英华
封面设计　东合社

HANYU SHIWEN JINGDU
韩愈诗文精读
吴夏平　编著

出版发行　上海教育出版社有限公司
官　　网　www.seph.com.cn
地　　址　上海市闵行区号景路159弄C座
邮　　编　201101
印　　刷　上海普顺印刷包装有限公司
开　　本　700×1000　1/16　印张 22.75
字　　数　282 千字
版　　次　2021年11月第1版
印　　次　2021年11月第1次印刷
书　　号　ISBN 978-7-5720-1069-9/I·0098
定　　价　69.80 元

如发现质量问题，读者可向本社调换　电话：021-64373213

编 委 会

主 编 查清华

编 委（按姓氏笔画排序）

朱易安 李定广 李 贵 吴夏平

陈 飞 赵维国 查清华 钟书林

曹 旭 詹 丹

教育部新文科研究与改革实践项目

中文学科拔尖创新人才培养与实践

上海高校本科重点教改项目

中文专业师范生优秀传统文化教育实践与创新

上海市高水平学科学术创新团队

中华典籍与国家文明

国家级专家服务基地

上海师范大学教育援疆喀什专家服务基地

総序 | 中华文史经典精读

中华优秀传统文化是中华民族的精神命脉。2017 年,中共中央办公厅、国务院办公厅《关于实施中华优秀传统文化传承发展工程的意见》(下文简称《意见》)提出:"实施中华优秀传统文化传承发展工程,是建设社会主义文化强国的重大战略任务,对于传承中华文脉、全面提升人民群众文化素养、维护国家文化安全、增强国家文化软实力、推进国家治理体系和治理能力现代化,具有重要意义。"《意见》围绕立德树人根本任务,遵循学生认知规律和教育教学规律,按照一体化、分学段、有序推进的原则,对中华优秀传统文化"进课本、进课堂、进校园"提出明确要求。

经典是文化的重要载体。当下中华传统经典读物较多,各有优长。但我们经过调研后发现,针对大、中学生而言,在传统文化教育方面尚存在以下几大问题:一是对传统文化优秀与糟粕因子的认识比较模糊,未能通过阅读经典充分汲取富有生命力的文化养分;二是对传统文学经典的历史语境缺乏应有的了解,相关历史知识与方法的匮乏常导致对文学作品的解读出现偏差;三是对传统经典与现代文化的联系和区别关注不够,传统文化和现代意义的文化发展逻辑没有得到充分厘清;四是往往止步于对传统经典知识本身的接收与理解,对优秀原典熏染学生道德和审美的终极作用落实不力,对学生发现与探究问题的意识培养力度偏弱。

针对以上问题,我们尝试从人才培养模式、课程设置、教材建设和教学方法等方面加以改革,同时通过加强大中小一体化建设,牵头和上海数十家中学共建"中华优秀文化推广联盟",和上海援疆教育集团签署"中华优秀经典进校园"项目,组织相关优秀教师参与。编撰出版"中华文史经典精读"丛书,是我们改革项目的重要成果之一。

该丛书在导读方向、内容选择、注释范围、评析重点等方面,均致力于尝试解决上述问题。以上海市高水平学科"中华典籍与国家文明"创新团队为主体的多位专家,在总的原则下,广泛借鉴吸收前人成果,依据各自的学术特长和教研心得,充分展现学术个性,既为反思传统文化的复杂内涵提供历史唯物主义的立场和方法,也努力寻求传统文化在当代实践中的内驱力,以及理想人格的感召力,让经典润泽心灵,砥砺人生。

每本书由导言、正文、注释和评析组成。"导言"总体介绍某部经典的成书、性质、基本内容、艺术价值及社会影响,或某作家的生平、思想、艺术及文学史地位等;"正文"均依据权威版本选录名家名作,兼顾传统性典范和现代性意义;"注释"重在注解不易读懂的字词、名物及典故,力求简明准确;"评析"则在细读文本的基础上,提点作品的情思蕴含及艺术表现,注重引导读者参与情思体验,追求文字洗练,行文晓畅。

本丛书属于中华优秀传统文化经典普及性读本,可作为大学"原典精读"通识课教材及中学语文拓展读本,也适合热爱传统文化的普通读者。

限于水平,书中或有不尽如人意处,祈请读者批评指正,以便再版时改进。

查清华

于上海师范大学文苑楼

韩愈诗文精读

目录

一

　　韩愈(768—824),字退之,是唐代著名的思想家和文学家。宋代苏轼誉其"文起八代之衰"。明代茅坤等标举"唐宋八大家",推韩为首。韩愈祖籍河南河阳(今河南孟州南),郡望昌黎,曾任吏部侍郎,去世后朝廷赐谥为"文",故后世又称韩昌黎、韩吏部、韩文公。

　　他的祖父韩叡素,曾担任桂州都督府长史。父亲韩仲卿曾任武昌令,位终秘书郎。叔父韩少卿做过当涂县丞,云卿曾任监察御史,绅卿做过高邮县尉。这是韩愈大致的身世和家庭背景。

　　唐代宗大历三年(768),韩愈出生。此年,距李白去世已六年,杜甫时年五十七岁,颜真卿六十岁,孟郊十八岁。韩愈出生不久,母亲去世,三岁时,父亲亡殁,养于长兄韩会、长嫂郑氏。大历十二年(777),韩会由起居舍人贬官韶州(今广东韶关、乐昌、仁化、南雄、翁源等市县地),韩愈随其南迁。不久,韩会病卒,长嫂郑氏携孤幼扶柩北上,回到河阳老家。兴元元年(784),朱泚叛乱,德宗避走奉天。韩家避难江南,移居宣城。十九岁时,韩愈从宣城到长安参加进士科考试。先后三次失利,第四次终于被录取,这一年他二十五岁。当时主考官是大名鼎鼎的宰相陆贽,所试诗赋题目为《明水赋》《御沟新柳诗》。这年录取的进士号称"龙虎榜",除韩愈外,还有陈羽、欧阳詹、李观、张季友、冯宿、王涯、李绛、崔群等人,他们后来多有文名,有的甚至官至宰相。在唐代,进士及第后并不能马上做官,还需通过吏部的铨选方可入仕。韩愈参加了三次吏部铨选考试,在《答崔立之书》中回忆这些经历,以为"类于俳优",苦闷不已。贞元十二年(796),宣武节度使董晋辟其为观察推官,在汴州(今河南开封)入幕任职。董晋去世后,韩愈离开汴州至徐州,入徐泗濠节度使张建封幕,担任节度推官。直至贞元十七年(801)被任命为国子监四门博士,韩愈在汴州和徐州担任幕职近五年,其间既积累了较丰富的社会经验,也对当时社会实际情况有了比较深入的了解。贞元十九年(803),韩愈在御史台担任监察御史。这一年,关中地区遭受极为严重的旱灾,灾民流离失所,饿殍遍野。韩愈目睹灾害惨状,毅然上书德宗,指斥相关官员知情不报,建议暂停征收租赋,以缓解灾情。按理说,监察御史主要负责对官员行为和牢狱案件的稽失纠谬,救灾赈灾自有其他相关机构和官员负责。但韩愈认为京兆尹李实等人瞒报谎报灾情,属于渎职。韩愈因上《论天旱人饥状》获罪,被贬为连州阳山县令。这是他第一次遭受贬谪。

贞元二十年(804)春,韩愈抵达阳山,董理县务之余,教授弟子。其友王仲舒时在连州,韩愈曾至其处,作《燕喜亭记》。次年他被赦免,离开阳山前往江陵任职,途中曾在郴州观刺史求雨,又至衡山拜谒衡岳庙,经长沙,过洞庭,一路写了不少诗歌。元和元年(806)被召回长安,任职国子博士。次年至洛阳,任职国子监东都分司。他在洛阳生活了五年,先后任职国子博士、都官员外郎、河南县县令。任县令期间,他重视人才培育,当地乡贡进士府试结束后,曾宴请这些年轻才俊,并与他们分韵赋诗。元和六年(811)再度返回长安,于次年复任国子博士,其间曾作《进学解》,以诙谐幽默的方式写国子监学官和生徒情状,自鸣不平。元和八年(813)担任史官,奉诏修撰《顺宗实录》。元和十年(815),晋升为中书舍人,掌朝廷制诰。元和十二年(817),担任裴度的行军司马,参与平定淮西叛乱。元和十四年(819),唐宪宗派人至凤翔法门寺奉迎佛骨,韩愈上《论佛骨表》,极力反对,由此获罪,再贬岭南。

韩愈被贬为潮州刺史,家人也不得不离开长安。其时他的小女儿正患重病,经受不住风雪侵袭,死于商洛道中的层峰驿。由于时间仓促,无奈只能以藤条木皮棺草葬。韩愈到潮州后,关注民生,兴文崇教,建立州学,并拿出自己的俸禄以供生徒膳食。元和十五年(820),韩愈移官袁州(今江西宜春)刺史,下令赎放并禁止买卖奴婢。同年九月,入京任国子祭酒,后转任兵部侍郎,以宣威使身份前往河北安抚藩镇。长庆二年(822),任吏部侍郎,次年升任京兆尹兼御史大夫。长庆四年(824)十二月,韩愈在长安去世,终年五十七岁,朝廷赐谥号为"文"。

二

从以上对韩愈历官和人生际遇的简单叙述来看,其命运非常坎坷。他的性格由此砥砺而成,在文学、政治、思想等方面取得的成就也与此密切相关。那么,韩愈到底是一个怎样的人呢?

从道德方面讲,他忠君爱国、善待家人、待友真诚。韩愈两次远谪岭南,都与其刚直性格有关,他敢于不计个人得失,指斥皇帝和权贵们的过错。按理说，阳山之贬后，他应该吸取教训，知道如何自保了。但他在耳闻目睹唐宪宗奉迎佛骨时长安城的各种乱象后，似乎忘记了上次贬谪遭受的苦痛，再次奋笔疾书，进呈表奏，坚决反对。以他在官场多年的经历，怎不知上表的风险？可是，他不管不顾，以至于"一封朝奏九重天，夕贬潮阳路八千"。这些行为，无疑都是忠君的表现。他积极参与平定藩镇叛乱、反对佞佛、痛恨专权的宦官，其实也都是其再造盛世之理想的外在表现，是其忠爱唐王朝之内热的外化。

韩愈是个务实而有温情的人，能将理想中的古道与现实生活密切结合起来。譬如讲孝道，不是空言理论，而是在具体生活中展开。他待乳母犹如亲生母亲，让这位视他如己出的乳母参与家庭生活，逢年过节，带领妻子孩子为其祝贺上寿，尽心尽力赡养，使其得以颐养天年。乳母去世后，又亲自安葬，撰写碑铭悼念。这些行为，在今天看来似乎很平常，但要知道，在古代，乳母的地位是低微的。所以有学者说，韩愈的《乳母墓铭》开创了为乳母撰写墓志的风气。这种孝行，使他对孝道有自己独特的理解。例如，在给好友欧阳詹撰写的墓志中，他认为欧阳詹是个很有孝行的人。欧阳詹离开家乡到京城参加科举考试，后又在长安任职，无法亲自奉养父母。韩愈认为这种行为属于"以志养志"，也就是说，欧阳詹以实现父母对他的期望来报答父母，同样也是行孝道。韩愈对待晚辈极为慈爱。《祭十二郎文》《祭女挐女文》等文章，透露出他对侄子韩老成、对小女挐女的挚爱。在这些祭文中，他极度自责，认为自己没有尽到做叔父和做父亲的责任，没能好好爱护他们。

韩愈非常痛恨那些假仁假义之徒，以与他们往来为耻辱。在他看来，这些人平时口口声声以朋友相称，一旦需要帮助，却唯恐避之不及，甚至落井下石。他待友一片至诚，极度反感这种做法。无论在京城还是外地，都极力提携、奖掖年轻士子，培养了众多"韩门弟子"。孟郊去世后，韩愈在自己家中为其设置灵堂,并会同张籍接受朋友们的吊唁,妥善安排后事。萧颖士之子萧存,弃官归隐庐山。韩愈从袁州赴京时,特意到庐山看望,发现萧存已经去世,只有一女在世为尼。据《新唐书·萧颖士传》记载,韩愈"为经赡其家",托人照顾萧存的女儿。这些事例,足以证明韩愈是个待人友善真诚的真君子。

在读书为文之外,韩愈还有很广泛的兴趣爱好,好赏春花秋月、登览胜迹、收藏字画。垂钓是他的一项特殊癖好,无论顺境逆境,都乐此不疲。他在长安置屋后非常高兴,甚至告诉孩子要努力读书,将来才能过上好的生活。他对死亡也很焦虑,特别是想到家族中男性年寿都不长,更使他心急,以至于服食丹药,希望长寿。总体上,他还是比较旷达乐观的,善于自我调适,两次南贬虽在一定程度上给他造成伤害,但最后都通过调整心态,平稳渡过难关。不像柳宗元,遭谪后过度抑郁,最后死于贬所。这种调适来自他阔大的胸襟和幽默诙谐的性格,其诗文也体现了他善于谐戏的特点。

三

韩愈的诗学远绍《诗》《骚》,近宗李杜。这种学习方式和知识结构,并非韩愈一人专有,同时代其他诗人也大抵如此,如元稹、白居易、柳宗元、刘禹锡等人,可以说与韩愈一样,接受了大致相同的诗学教育与诗歌训练。因此,这就引起一个新问题:怎样才能在同时代人中挺秀杰出呢?很显然,仅靠勤学苦练是不够的,还要别出心裁、另辟蹊径,才有可能创作出胜人一筹的作品。这种求异心理使得中唐诗人各自开辟出与众不同的诗歌路子。例如,白居易走了一条通俗之路,其诗明白晓畅,老人小孩都能听懂。他创作极为勤奋,留下近三千首作品,好像把诗歌当作日记来写。事实也是这样，读白居易的诗歌，可以感受到他真实的日常生活情状。"日常化"是白居易开辟的一条诗歌新路，在后来产生重要影响。北宋初的诗人们还专门学他，并由此形成"白体"，与"西昆体""晚唐体"并称"宋初三体"。孟郊等人则走了另外一条路，他们追求奇异险怪。孟郊喜用生涩的语词和怪僻的意象，如《秋怀十五首》中的"老虫干铁鸣，惊兽孤玉咆""病骨可剸物，酸呻亦成文。瘦攒如此枯，壮落随西曛""冷露滴梦破，峭风梳骨寒。席上印病文，肠中转愁盘"等诗句，用"老虫""铁鸣""惊兽""玉咆""病骨"等非日常所见的物象来写愁苦心绪。"剸""攒""滴""梳"等词语，给人以尖锐、瘦削、冰凉之感。这使读者感到惊异，超出了正常的生活经历和情感体验。其目的是要用一种异乎寻常的力量，打破诗歌传统。将白诗与孟诗加以比较，不难发现二者的差异，前者由熟而俗，浅显平易；后者避熟就生，险怪僻涩。

韩愈与白居易走的路子不同，与孟郊风格虽接近，但实际上也存在较大差别。在意象营造和语词选择上，韩诗虽也追求险怪，但与孟郊相比，显得要平和一些。韩愈开创的诗歌新路，主要是用散文和赋法来写诗。这当然得益于他对先秦两汉古文和辞赋的研究。将辞赋的写法用以写诗，其实也并非韩愈首创，杜甫就经常使用。杜甫《房兵曹胡马》中的"竹批双耳峻，风入四蹄轻"，使用的就是赋体之写法。这两句诗的意思是说，马耳像斜切的竹筒的横截面一样，棱角锐利，力量饱满，马蹄飞奔起来像乘风一样轻松。但这里所说的赋体之写法，主要是指乐府诗赋题之法。赋题，是指乐府诗的内容主要描摹诗题中的物体。如题中有马则写马，有鸟则写鸟。韩愈诗歌的赋题方法，也受到乐府诗赋题之法的影响，但还有所不同。例如，韩诗《陆浑山火一首和皇甫湜用其韵》写山火猛烈，当然也是赋题中之物，但写各种动物飞奔逃命，列举了多种水族和鸟类的名称，则又直接用汉大赋铺陈排比的方法。诗人有意选择的各种动物名称，略显怪异,也与大赋炫学的特点相近。

咏物诗的起源,实际上也来自赋。荀子曾赋礼、知、云、蚕、箴五种事物,朱光潜先生将这种写法归为谜语一类,其文像谜面,其题似谜底。唐人咏物诗当受其影响。如贺知章《咏柳》:"碧玉妆成一树高,万条垂下绿丝绦。不知细叶谁裁出,二月春风似剪刀。"假如去掉诗题,仅就诗本身来看,确实像一首谜语。韩愈有些咏物诗也像谜语。如:"新茎未遍半犹枯,高架支离倒复扶。若欲满盘堆马乳,莫辞添竹引龙须。"这是写什么呢?答案是葡萄。再如:"贾谊宅中今始见,葛洪山下昔曾窥。寒泉百尺空看影,正是行人渴死时。"这是写井,比葡萄诗要复杂一些,前两句分用贾谊和葛洪两个典故,因他们的饮用之井非常有名;第四句写行人干渴欲饮,使人联想到井。追求形似是咏物诗的一个重要特点。形似力求事物描摹的奇巧、有趣,但缺少意味。这就要求状物的同时还须有情和理,寓情于物、托物言志。例如《诗经》写桃花,"灼灼其华""有蕡其实""其叶蓁蓁",将女子比喻为外形美丽、枝繁叶茂的桃花,希望她像桃花一样果实丰硕,这样才能"宜其室家"。韩愈的咏物诗在形和意两方面都用赋法。如《庭楸》劈头说:"庭楸止五株,共生十步间。各有藤绕之,上各相钩缠。下叶各垂地,树颠各云连。"这是总体交代,意思是诗人长安庭院中有五株大楸树,联成一排,藤蔓缠绕,互相钩联,树叶垂地,树杪连云。接下来从不同时间点分写树下休憩的情景:清晨,"濯濯晨露香,明珠何联联";上午,"朝日出其东,我常坐西偏";中午,"当昼日在上,我在中央间";傍晚,"夕日在其西,我常坐东边";晚上,"夜月来照之,蒨蒨自生烟"。这种写法与《诗经·蒹葭》里用白露"为霜""未晞""未已"来写时空变换类似。也与《木兰辞》写木兰在东南西北市采购的情形相通,只不过《木兰辞》重在空间转换,而韩诗偏于时间变化。韩愈写他悠游于楸树之间,目的正如他自己所言:"我已自顽钝,重遭五楸牵。客来尚不见,肯到权门前?",则进一步将托物言志转换为托事言志。

韩愈"以文为诗"的著例是《山石》。此诗前四句写到寺所观之景;"僧言"四句,写到寺所经历之事;"夜深"二句,写宿寺所闻见;"天明"六句,写出寺之景;"人生"四句,以议论收结。整首诗很像一篇山水游记。以时间为主轴,黄昏、傍晚、深夜、天明,移步换景,时空变幻,又像一幅接一幅的连环画。再如《石鼓歌》,分五层叙述:第一层写作诗缘由,第二层写石鼓由来,第三层写所观纸本石鼓文,第四层写建议保护石鼓的具体过程,第五层写石鼓之价值。全诗将叙事、议论、抒情合为一体,令人耳目一新。

韩诗的奇异建立在诗人特有的敏感基础之上。例如,对四季不同景物的描写,是诗人对节气敏感的外在表征。外感于物而情动于中,再笔之于书,这是诗歌创作的基本原理。季节描写,不仅是时间观念的反映,也是空间观念的体现,季节变换,人、物、景、色也都随之改变。时间既是实的,也是虚的。说它实,是因为能感受到阴阳气候变化;说它虚,是因为时间总是附着于外物上。季节描写的象征含义,是从象征传统中生发出的。例如,春天象征生命活力,谢灵运"池塘生春草,园柳变鸣禽",春草萌生意味着生命重新开始。但春草何以能象征生命呢? 显然是古人长期观察自然的一种经验总结。这种总结由人及物,最终达到人物合一。至于夏象征繁盛,也是如此。陶渊明"初夏草木长,绕屋树扶疏",就是写初夏木叶由稀转繁的景象。一切美感都来自惊异! 惊异是对经验的打破。突然看到春草冒绿,感受到风清气朗,这是长时间经受风雪冰寒后的惊异! 木叶婆娑,夏荫初露,这是经历春寒后的惊异! 至于秋象征萧瑟,冬象征枯寂,其生发原理与春夏是相通的。因敏感逐奇而造就独特的想象,从而形成诗歌意象。意象是作者与读者沟通的密码。读韩愈的诗歌,实际上是同他对话。对话之所以能发生,是因为具有共通的普遍情感,同时又有可以沟通理解的语言符号以及支配对话的心理机制。

四

韩愈散文的特点，大致可简单概括为"兼善众体"。这里面包含两层意思：一是兼众体，举凡如疏、状、表、奏、碑、志、铭、颂、传、记、书、序等各种文体，韩愈无不擅长；二是善众体，亦即其文章符合各种散文文体的要求，如写墓志得墓志之体，写书信得书信之体，具有极强的文体意识，各体间界限清晰，不会出现诸体混同的现象。这两层意思合在一起，可谓之"得体"。

韩文的"得体"，主要表现在以下几方面：

一是善于把握文体本质。各种文体产生，是因为有应用需求。文体的本质是对话。不同文体的形成，是由不同的言说与对话关系决定的。例如，人和鬼神对话，由此产生各种与祭祀哀悼有关的文体，如祭文、诔文、哀辞等。君王向臣下发号施令，由此产生诏、诰、制、敕等文体。下级向上级汇报，由此产生奏、疏、状、表、议等文体。朋友之间互通音信，由此产生书、启等文体。凡此种种，都是因不同场合、不同应用需求而产生的。在韩愈之前，专研文体源流的著作，有刘勰的《文心雕龙》；各体文章范本，有梁昭明太子萧统编的《文选》。这些著述都给他很大影响。韩愈对文体的把握，主要是深研各种文体本质，区分相近文体的细微差别。例如哀辞和祭文，从对话关系来说，都是人与鬼神之间的对话。但二者又略有不同，祭文需在公开场合诵读，公开和诵读的仪式，决定了它的情感内容和表达方式；哀辞相对而言更私人化，也不需要诵读，因而行文方式与祭文不同。墓志也属于哀悼类文体。但墓志是传体文，主要叙述墓主家世和生平事迹。这是由墓志的应用性质决定的。根据官方规定，某个达到相应品级的官员去世后，由其家人提供墓志，官方再依据墓志撰写行状。行状是官员入史的基本材料。也就是说，国史中的人物传记，主要是依据行状写成的,而行状又是由墓志作为基本材料来源的。因此墓志虽也属于哀悼类文章,但与祭文、诔文、哀辞不同,具有人物传记性质。韩愈曾担任史官,对这些文体性质及其不同功用非常熟悉。柳宗元去世后,韩愈撰写了墓志和祭文;其小女女挐病死后,他也撰写了墓铭和祭文,还在经过小女墓时,写过一首悼亡诗。比较这些不同的文体,可对韩愈"兼善众体"有更深切的体会。

二是创新思想。韩愈倡导"惟陈言之务去"。这里的"陈言",不仅指语言陈腐,也指思想陈旧。他认为,文章之所以能动人,是因为有新意;之所以有新意,是因为有新思考。在《题哀辞后》中,他说彭城刘伉只看到了文章的文辞之美,没有体会到哀辞中的"古道",这个"古道"就是"不苟誉毁于人"。正是本着"不苟誉毁于人"的公正、客观的评价理念,《欧阳生哀辞》才真切感人。可见,他的创新来自"化古为新"。从题材来看,韩文并非刻意求异。他所写的题材大多是日常所见。如《马说》,以相马喻选材,是传统话题。但韩愈从这个现象中提炼出新意,"千里马常有,而伯乐不常有"。以往只关注千里马,韩文则一反常识,提出新观点,认为发现人才的伯乐比千里马更重要。再如《师说》,尊师重道也是传统题材。韩愈则提出两个新问题。其一,百工之人以师道为尊,而读书人反而不尊师。其二,大人要求小孩拜师,而自己却不愿意学习。由此可见,"化古为新"作为创新方法,其源虽在古,其因却在今。也就是说,文章写作必须关注日常生活,而不是从书本到书本。

三是语言得体。一切文体都是言说,包括言说者与听众双方,因此说话"得体"非常重要。韩文语言"得体"有两方面意思:一方面是照顾言说对象的情绪,点到为止。例如,向上级汇报工作,言辞既恳切,有时又不免激烈,因为非如此不足以打动对方。对于朋友和弟子,温婉可亲,如《送董邵南序》,劝其勿往河北,则言:"然吾尝闻风俗与化移易,吾恶知其今不异于古所云邪?"意思是,河北慷慨古风,今已不存。但不直接说,要让董邵南自己体会其言下之意。又如《送区册序》,要表彰区册的孝行,也不直接说,而在序的结尾标出"岁之初吉,归拜其亲"。显然,这种写法要比直接称誉效果更佳。但韩愈又是一个好辩之人,有时并不这么委婉。在写给好友崔斯立的书信中,直言"何子之不以丈夫期我也"(《答崔立之书》),意思是,你怎么不把我当作大丈夫、真君子呢? 你老劝我去参加铨选考试,我已经厌烦了。这样直截了当地说,似乎毫不考虑对方的情绪,但越是这样,越能见出二人的真诚,是"得体"的另一种表现。以上是就具体言说情形,来看韩文的"得体"。韩文语言"得体"的另一方面是指"辞达",这是就总体情形上说的。所谓"辞达",就是准确清晰地表达意思。这非常困难,因为意思与表达之间总有"隔"。郑板桥说"自然之竹""胸中之竹""画中之竹",虽然都是竹,但各个不同。要消除想要表达的意思与表达出来的意思之间的距离,不仅要有清晰的思维,而且要熟稔地掌握语言技巧。在这一点上,韩文可谓范例,处处可见其思维与语言的深度契合。

韩文为什么能够达到这样的高度呢? 首先,韩愈具有为民请命、为天地立心的阔大胸怀。这是根本性的,决定了韩文的命题和立意。他胸怀天下,以重振大唐雄风为己任,以开创新思想和新风气为根本追求,思想和眼界的高度决定了文章的高度。他的《原道》《原性》《原人》,站在人类命运的高度,以哲学思辨为基础立论,振聋发聩。《御史台上论天旱人饥状》《论佛骨表》,为百姓生命、国家前途而作,丝毫不顾及个人安危得失。《张中丞传后叙》,为弘扬社会正义、反对借污蔑英雄谋私利的丑行而作,无半点私心杂念。《太学生何蕃传》,为宣扬刚直、正义的力量而作。《子产不毁乡校颂》《潮州请置乡校牒》,为崇文重教而作。如此种种,足见胸怀决定文章的高度。

其次,韩愈学习得法。古语说:"取法于上,仅得为中;取法于中,故为其下。"师法对象往往决定成就高下。在《答李翊书》中,韩愈说:"非三代两汉之书不敢观。"在《进学解》中,他又说:"《周诰》《殷盘》,佶屈聱牙;《春秋》谨严,《左氏》浮夸,《易》奇而法,《诗》正而葩;下逮《庄》《骚》,太史所录,子云相如,同工异曲。"可见,他阅读的主要是先秦两汉时期的书籍。不是泛观浏览,而是深入思考。为什么会这样?因为在韩愈看来,汉以后的文章,每况愈下,特别是南朝兴起的骈文,过于重形式,追求文辞藻饰,思想内容反而处于次要位置,颠倒了文与道、文与质的关系。这与韩愈力倡的"文以明道""文以载道"是相背离的。所以韩愈认为,虽然这些重文轻道、辞过其理的文章也有不少可借鉴之处,但不能作为最高师法对象。

选择师法的人物,韩愈也是站在最高处。他自言是孔孟之徒,"非圣人之志不敢存"(《答李翊书》),并初步建构了自孔子、孟子、荀子、扬雄到他的道统体系。在《答崔立之书》中,韩愈称屈原、孟轲、司马迁等人为"古之豪杰之士",是他学习的榜样。而对那些"善进取者"的名利之徒,则不屑与之为伍。在不断涵泳的过程中,他自觉追摹"古之豪杰之士",学习屈原的爱国情怀、孟子"民为重,社稷次之,君为轻"的民本思想、司马迁"究天人之际,通古今之变,成一家之言"的伟大志向。由此形成强大的内在动力,在日常为人和为文中,自然也能够悠游从容。

最后,韩文的成功还得益于他的勤奋。韩愈学习勤奋刻苦,《进学解》有一段描述:"口不绝吟于六艺之文,手不停披于百家之编;记事者必提其要,纂言者必钩其玄;贪多务得,细大不捐,焚膏油以继晷,恒兀兀以穷年。"一日用功不难,难的是长期坚持。从焚膏继晷、兀兀穷年来看,韩愈具有坚定的恒心和持久的毅力。关于韩愈学习专注的情形,《答李翊书》中有一段记载:"处若忘,行若遗,俨乎其若思,茫乎其若迷。"意思是,专心学习,以至于忘了自己身处何方,也不知道要去何处,深思时样子很严肃,沉浸其中不能自拔,感觉一片浑茫。只有经过多年刻苦钻研和反复练习,下笔时才能得心应手。这其实也是很简单的道理。

五

宋人整理注释韩集,号称"五百家"。近人马其昶《韩昌黎文集校注》(上海古籍出版社,1986)、钱仲联《韩昌黎诗系年集释》(上海古籍出版社,1984)两书,多仿古例,是为专门之学。为推进韩愈诗文普及工作,今特从两书中择其精要,并详细注释和评析,成此《韩愈诗文精读》。本书从大中小学生学习需要出发,衔接课堂内外,既可助益统编语文教材的学习和教学,亦可扩大知识范围,拓展课外阅读。因此所选诗文,兼顾诸端:一是大致勾勒韩愈生平行迹,以知其所从由来;二是着眼于诗文内在精神,以知其人格性情;三是选择具有典型性和代表性的作品,以知其风格总貌;四是兼顾各体,以知其才识器度。注释工作,亦从学生和教师角度出发,发掘知识要点,删繁就简,便于阅读和理解。评析则抓住各篇精义要核,从多层面多角度展开分析和评论,以创新思维、开阔视野,全面提升古诗文鉴赏能力和水平。

韩愈是中国历史上著名的思想家、文学家,过去我们对他的理解或多或少偏重于某一方面。例如,说他是唯物主义思想家,只看到他思想性的一面,忽略了其他方面,特别是文学家的一面。又如,说他是文学家,忽略了他是思想家,有独立的个人对于历史和哲学的思索。其实,要真正了解韩愈这个人,必须将其还原至具体历史语境。正如前文所言,他是一个性情中人,也有七情六欲。他的成长同其他人一样,有一个循序渐进的过程。他有烦恼、有痛苦,也有欢乐、有幸福。读书、做官之外,他还有很多个人兴趣爱好,如钓鱼。他也喜欢赏花弄月,甚至炼丹服药。总之,韩愈既是一个复杂的人,又是一个纯粹的人。说他纯粹,是因为无论在什么样的环境中,他都坚持个人理想。这一点是毋庸置疑的,也是他的伟大之处。因此,在选诗和选文时,本书尽可能地全面展现他一生中的重要行迹,以便读者能理解一个诗人的成长过程;尽可能为读者展示一个积极进取、兼容并包、胸怀天下的韩愈。也就是说,读者在阅读过程中,不仅能感受到诗文的艺术美,而且能在思想上受到触动,在心灵上留下印痕,从而更加努力学习和生活。

诗　　歌

出　门

长安百万家,出门无所之[1]。

岂敢尚幽独,与世实参差[2]。

古人虽已死,书上有遗辞。

开卷读且想,千载若相期[3]。

出门各有道,我道方未夷[4]。

且于此中息,天命不吾欺[5]。

注释

[1] 无所之:无处可去。

[2] 幽独:默然自守、独处。参差:不齐,意思是与世格格不入。

[3] 期:等待。

[4] 夷:平。

[5] 此中:古书中。不吾欺:倒装,即"不欺吾"。

评析

　　韩愈十九岁离开宣城到京城长安参加科举考试,此诗当作于未及第时。诗歌展示了诗人独在异地的迷惘、无助和无奈,分三层来写。第一层说长安虽然繁华,但似乎与诗人无关,出门无处可去。诗人并非专意默然自守,也喜欢结交朋友,因人微言轻,还未被认可,似乎很难有知己,此即诗中所言"与世实参差"之意。第二层写如何自我解惑。既然现实世界如此炎凉,那么,我还是与古人交朋友吧。开卷读书,与古人对话,"有朋自远方来",虽古今时空隔异,但精神相通,好像约定等在那里一样。诗人在阅读中获得精神慰藉。第三层又回到现实,意识到自己人生道路尚未铺平。好在上天是公平的,只要努力付出,就一定有收获。因此,诗人下定决心,发奋读书,终究有一天会走上平坦的道路。由此三层,可见诗人内心的波澜曲折。

韩愈早年道路确实非常坎坷。出生不久,母亲去世,三岁时父亲亡殁,此后跟随长兄长嫂奔波于各地,很早就体验到生活的艰辛。他从十九岁到长安参加科考,到二十九岁入董晋幕府,其间经历了"四考""三选"。也就是说,他参加由礼部主持的科举考试,失败了三次,第四次才考中进士。唐代进士及第后并不能马上入仕做官,还要参加由吏部主持的铨选,合格后才有机会进入仕途。韩愈参加吏部铨选,三次才过关。从这个经历来看,韩愈意志力坚强,有恒心有毅力。此诗末句说"天命不吾欺",已透露诗人坚定的信念。

落叶一首送陈羽①

落叶不更息②,断蓬无复归,
飘摇终自异,邂逅③暂相依。
悄悄深夜语,悠悠④寒月辉。
谁云少年别? 流泪各沾衣⑤。

注释

① 落叶一首送陈羽:以"落叶"为诗题,是仿《诗经》取首句为题之法。陈羽,吴县(今属江苏苏州)人,贞元八年(792)与韩愈同登进士第。
② 更息:更,再;息,停息。

③ 邂逅：不期而遇，偶然相会。

④ 悠悠：遥远。

⑤ 沾衣：沾湿衣裳。

评析

此诗为韩愈贞元七年（791）进士试落第后送别友人之作。时值凉秋，同于科场受挫的韩愈和陈羽，在人生旅途中偶然相遇。诗歌首联既以纷飞的落叶与无根的蓬草勾勒出一片萧瑟之景，又用其借喻韩、陈两位失意游子行居不定的漂泊状态。颔联紧承上喻，以分别后的再会无期、天各一方凸显此次短暂聚合的弥足珍贵。颈联二句，记叙离别前的月夜倾谈。在寂静的深夜里、清冷的寒月下，两个惺惺相惜、境遇相似的人都迟迟不愿入睡，仍进行着热烈的交谈。尾联二句，抒写诗人的临别感寄。虽然分离之际的场景着实令人伤怀，但韩愈却劝慰彼此，莫让悲愁的眼泪浸湿衣衫。诗人表面的豪情背后，实际内蕴无限柔情。

是诗本为律诗，然音调拗折，叠字的使用更添古朴之气。蒋抱玄《评注韩昌黎诗集》称该诗"不假斧凿，自有风致"，诚属确论。

北极一首赠李观①

北极有羁羽，南溟有沉鳞。②

川原浩浩隔，影响两无因③。

风云一朝会，变化成一身④。

谁言道里远，感激⑤疾如神。

我年二十五,求友昧⑥其人。

哀歌西京市,乃与夫子亲。⑦

所尚苟同趋,贤愚岂异伦。

方为金石姿,万世无缁磷⑧。

无为儿女⑨态,憔悴悲贱贫。

注释

① 北极一首赠李观:以"北极"为题,亦仿《诗经》用首句为题之法。李观,字元宾,贞元八年(792)与韩愈同举进士。

② 北极有羁羽:北极,指北溟;羁羽,指鹏。《庄子·逍遥游》:"北冥有鱼,其名为鲲。鲲之大,不知其几千里也;化而为鸟,其名为鹏。鹏之背,不知其几千里也;怒而飞,其翼若垂天之云。是鸟也,海运则将徙于南冥;南冥者,天池也。"沉鳞:指鲲。

③ 影响:影指影之随形,响指响之应声。两:指形和影、声和响。

④ 变化成一身:鲲化而为鹏,比喻韩愈与李观相遇。

⑤ 感激:激动。

⑥ 昧:不明、不知。

⑦ 西京:长安。夫子:指李观。

⑧ 缁(zī)磷:缁,黑色;磷,薄。

⑨ 儿女:世俗之人。

评析

此诗为抒发诗人与李观的友情之作,真挚感人。诚如《出门》诗中所言,韩愈到长安后的一段时间内,确实孤独寂寞,虽有结交之心,但奈何世态炎凉。他二十五岁时认识李观,这一年,也就是贞元八年(792),韩愈与李观一同考中进士。诗当作于进士及第后。一开头即以《庄子·逍遥游》所载鲲鹏为喻,以鲲化而为鹏,比喻韩、李二人相遇相识。其想象之丰富,譬喻之奇异,可见一斑。羁羽、沉鳞,既指此前命运不济、科考不理想,也指此前默默无闻、互不相识。但风云际会,时来运转,二人同年进士及第,自此成为密友。据《新唐书·李观传》,李观文名与韩愈不相上下。由此可知二人惺惺相惜之意。此年主持考试者为陆贽,所录取者皆一时之选,时称"龙虎榜"。据此,可进一步理解诗人以鲲鹏为喻,其干云豪气,渊源有自。诗人最后表达了一个美好愿望,希望他与李观的友情如金石般坚贞。同时还互相勉励,要远离流俗,不因形容枯槁而自叹贫贱。"哀歌""憔悴""贱贫"诸语,也反映了中唐时期长安举子的艰辛。

长安交游者一首赠孟郊①

长安交游者,贫富各有徒。

亲朋相过②时,亦各有以娱。

陋室有文史,高门有笙竽③,

何能辨荣悴④?且欲分贤愚。

注释

① 长安交游者一首赠孟郊:以诗歌首句为题。孟郊,字东野,中唐诗人,韩愈
好友。

② 过：交往。

③ 陋室有文史：意思是贫困者以文史交。高门有笙竽：意思是富贵者以笙
竽之乐交。

④ 悴：憔悴。

评析

　　此为韩愈进士及第后赠给好友孟郊之作，颇见韩诗的激愤特点。原因有二：一是孟郊长期参加科举考试不中，故韩愈写诗安慰，激愤中有代孟郊鸣不平之意；二是韩愈本人科举考试虽及第，但参加吏部铨选则非常艰难，曾历"三选"，诗中也有对他本人遭遇的激愤。诗人久居长安，郁郁不得志，所交往者也多为穷困之人。孟郊屡试不第，生活困苦，但极具诗才，又性格孤介，故韩愈一见，就为忘形之交。此诗的激愤特点，还表现为把朋友之交分为两类：一类是贫困者之交，往往以文史互娱；另一类是富贵者之交，多以声色为娱。韩愈鄙视后者，认为贫者之交贤，而富者之交愚。这种看法显然过于绝对，并不十分准确。不过，据此也可看到前代诗人，尤其是陶渊明对他的影响。陶氏《移居》诗："弊庐何必广，取足蔽床席。邻曲时时来，抗言谈在昔。奇文共欣赏，疑义相与析。"此即韩诗"陋室有文史"之意。

青青水中蒲三首①

其　一

　　青青水中蒲，下有一双鱼。君今上陇去，我在与谁居？

其 二

青青水中蒲，长在水中居。寄语浮萍②草，相随我不如。

其 三

青青水中蒲，叶短不出水。妇人不下堂③，行子在万里。

注释

① 青青水中蒲：以诗歌首句为题，仿《诗经》之法。

② 浮萍：水中漂浮的植物。

③ 妇人不下堂：《后汉书》载宋弘语，"糟糠之妻不下堂"；杜甫《喜晴》，"丈夫则带甲，妇女终在家"。

评析

此三首是韩愈出游在外时寄给妻子之作。诗歌并未直接写怀内之情，而是反过来从妻子的角度、以妻子的口吻来写。诗以蒲草喻妻子。第一首中的君指丈夫，是说丈夫离家到陇上，妻子不能伴随。第二首将浮萍与蒲草对比，是说浮萍尚且能相随而任意东西，我则连浮萍都不如。第三首"叶短不出水"，对应"妇人不下堂"，虽未明言思念在外的丈夫，但情思表达效果更佳，语浅意深，平淡味长。诗中运用比兴手法是很明显的。第一首"双鱼"喻夫妻，是比。第二首"寄语浮萍草，相随我不如"是比。第三首"青青水中蒲，叶短不出水"是兴，以引出后两句。朱彝尊评此三首："可谓炼藻绘入平淡。篇法祖《毛诗》，语调则汉魏歌行耳。""篇法祖《毛诗》",是说此三首为一个整体,不可分开来看,一首约等同于《毛诗》的一章。"语调则汉魏歌行耳",是说辞调古直。

杂　诗①

古史散左右,诗书置后前②。

岂殊③蠹书虫,生死文字间。

古道自愚蠢,古言自包缠④。

当今固殊古,谁与为欣欢?

独携无言子,共升昆仑颠。⑤

长风飘襟裾,遂起飞高圆⑥。

下视禹九州,一尘⑦集毫端。

遨嬉未云几,下已亿万年。

向者夸夺子,万坟厌其巅。⑧

惜哉抱所见,白黑未及分。

慷慨为悲咤⑨,泪如九河翻。

指摘⑩相告语,虽还今谁亲?

翩然下大荒,被发骑骐驎。⑪

注释

① 杂诗:李善注《文选》,解释杂诗说,"不拘流例,遇物即言",意思是不拘泥于成例,想到什么写什么。

② 后前:本作"前后",为押韵而颠倒次序。

③ 殊：异。

④ 包缠：束缚。

⑤ 无言子：通达之人。昆仑：神话传说中的仙山。

⑥ 圆：古人认为天道圆、地道方。

⑦ 一尘：佛经中语，一尘包含一切。《大方广佛华严经》："于一尘中，普现一切世间境界。"

⑧ 夸夺子：名利之徒。厌（yā）："压"的古字。

⑨ 悲咤（zhà）：悲叹、悲愤。为"夸夺子"悲叹。

⑩ 指摘：批评。

⑪ 大荒：《山海经》载，"海外大荒之中，有山名曰大荒之山，日月所入，是谓大荒之野"。骐骥：同"麒麟"。

评析

此诗可见韩愈对待古书的态度。他认为读书不能食古不化，而应具有发展眼光和动态思维。诗中提出"当今固殊古"，也就是古与今时势殊异，古人的经验智慧主要用以解决当时问题，但万事万物随时变化，所以学习古人经验不能仅从书本出发，而要着眼于现实。全诗分三层，从"古史散左右"至"谁与为欣欢"为第一层，是说读书的方法和态度。从"独携无言子"至"万坟厌其巅"为第二层，是说看事物的角度不同，所得面目亦异。因此要有全面的眼光，站得高才能看得远，总揽全局。"下视禹九州，一尘集毫端"，与李贺诗中"遥望齐州九点烟，一泓海水杯中泻"意思相同，是说角度不同，所得殊异。"遨嬉未云几，下已亿万年"，是指不同空间的时间变化。第二层总体讲事物之变。从"惜哉抱所见"至诗末为第三层。这是由前两层引起的思考和慨叹。韩愈对世人泥古不化的思想不以为然，故而说"惜哉抱所见，白黑未及分"，严厉批评各执偏隅之见,黑白不分、事理不明的做法。

雉 带 箭^①

原头火烧静兀兀^②,野雉畏鹰出复没,

将军^③欲以巧伏人,盘马弯弓惜不发。

地形渐窄观者多,雉惊弓满劲箭加,

冲人决起百余尺,红翎白镞随倾斜。^④

将军仰笑军吏贺,五色离披^⑤马前堕。

注释

① 雉带箭:诗人自拟诗题。

② 静兀兀:干净,一无所有。

③ 将军:徐州刺史张建封。

④ 决起:突然飞起。红翎:指野雉。白镞(zú):白色的箭头。

⑤ 五色:指野雉。离披:分散。

评析

此诗写狩猎场景,是韩愈在徐州担任张建封幕僚时所作。古人围猎,网开一面,诗中原头火烧,即围三面之意。全诗围绕一"巧"字展开:一是将军巧妙观察。野雉在火围攻下,又担心鹰伏击,故而时出时没,射中极为不易,因此必须用巧劲。二是射箭机巧。将军耐心等待时机。地形狭窄,围观者渐

多,野雉逃无可逃,突然冲天飞起,抓住此一瞬间,一击而中。作者写围猎场景,也非常巧致,表现为细节,特别是对野雉出没不定、将军满弓待发、野雉突然飞起、被射中后羽毛散落等描写,达到了状物如在目前的效果。此外,诗人意在称颂张建封,但诗中并无谀词,亦为一巧。

从　　仕①

居闲②食不足,从仕力难任。

两事皆害性③,一生恒苦心。

黄昏归私室④,惆怅起叹音。

弃置⑤人间世,古来非独今。

注释

① 从仕:进入仕途,担任官职。

② 居闲:闲居在家,含有归隐之意。

③ 害性:有损人的自然天性。

④ 私室:家。

⑤ 弃置:放弃、远离。

评析

此诗写仕与闲居的矛盾,颇具代表性。闲居则无力养家,从仕则独力难任。这里所说的难任,并非说不具备出仕能力,而是牢骚之言,是诗人对官场不合理现象的不满,以个人能力不足的含蓄方式来表达。韩愈初次出仕,是在汴州董晋幕府担任幕僚。董晋待之以礼,韩愈深感知遇之恩。董晋去世后,韩愈转任徐州张建封幕僚。他对张建封的一些做法,如击马毬、田猎等提出批评,但张建封置若罔闻。韩愈将在张建封幕中的待遇,与之前任董晋幕职的情况作对比,深感枯燥乏味。诗中所言"害性",即指此。但此诗并非纯粹抱怨和表达不满情绪,而是将其上升至一个高度,从历史角度思考仕隐矛盾现象。事实上,在仕与隐之间,选择非常困难。陶渊明《归去来兮辞序》,说他之所以出任彭泽县令,是因为实在没有办法,"幼稚盈室,瓶无储粟,生生所资,未见其术",可见其难。后来苏轼写诗说,"家居妻儿号,出仕猿鹤怨。未能逐什一,安敢抟九万",也表达了类似的意思。由此可知,出仕与归隐确是一对矛盾。不过,矛盾相互依存,因为无出仕则无归隐,所以隐只有相对仕而言才能成立,才有意义。韩愈面对仕隐矛盾,所采取的办法是"弃置人间世",亦即抛弃而不作选择。他所依据的理由是,自古以来多如此。这个看似合理的选择,其实只不过是诗人的想象,因为在现实生活中,人总有一个实在的生存状态,不可能生活于虚无之中。

海　水①

海水非不广,邓林②岂无枝。

风波一荡薄③,鱼鸟不可依。

海水饶④大波,邓林多惊风。

岂无鱼与鸟,巨细各不同。

海有吞舟鲸,邓有垂天鹏⑤。

苟非鳞羽大,荡薄不可能。⑥

我鳞不盈⑦寸，我羽不盈尺。

一木有余阴⑧，一泉有余泽。

我将辞海水，濯鳞清泠池⑨。

我将辞邓林，刷羽蒙笼枝⑩。

海水非爱广，邓林非爱枝。

风波亦常事，鳞羽自不宜。

我鳞日已大，我羽日已修⑪。

风波无所苦，还作鲸鹏游。

注释

① 海水：取诗首句为题。以海水比喻张建封。

② 邓林：神话传说中极偏远辽阔之地。

③ 荡薄：激荡。《世说新语》载顾长康拜桓温墓，作诗"山崩溟海竭，鱼鸟将何依!"

④ 饶：多。

⑤ 垂天鹏：大翼之鹏鸟。《庄子·逍遥游》："鲲之大，不知其几千里也；化而为鸟，其名为鹏。鹏之背，不知其几千里也；怒而飞，其翼若垂天之云。"

⑥ 鳞羽：指鱼与鸟。能：耐。

⑦ 盈：满。

⑧ 余阴：树荫。

⑨ 清泠池：本指西汉梁孝王钓台，这里指小池。

⑩ 蒙笼枝：新生而丰茂的小树枝。

⑪ 修：长。

评析

　　此诗主要讲在困境之中如何求生存，蕴含生存智慧。韩愈在张建封幕中很不得志，如何处理与上司的关系，怎样突围，当是韩愈其时经常思考的问题。这些问题具有普遍性，因为在工作中，人人都可能遇到类似问题。韩愈的做法是在等待中壮大自己。张建封的强大，就像海水和邓林一样，非有巨鲸之鳞、鲲鹏垂天之翼而不可。这里的譬喻，具有普遍意义。在日常生活中，作为个体存在的人，与庞大复杂的社会网络相比，就好像鱼与海水、鸟与邓林一样，渺茫无归。如何处理弱小的个体与强大的社会之间的关系，韩愈提供的启发是：采取迂回策略，不必强硬对抗。可以退回来，先择"一木""一泉"，汲取木和泉的"余阴"和"余泽"，在此过程中壮大自己。有朝一日，终可重返大海和森林，自由翱翔于海水和丛林之中。

河之水二首寄子侄老成①

其　一

河之水，去悠悠，我不如，水东流。

我有孤侄在海陬②，三年不见兮，使我生忧。

日复日，夜复夜，三年不见汝，使我鬓发未老而先化③。

其 二

河之水，悠悠去，我不如，水东注。

我有孤侄在海浦④，三年不见兮，使我心苦。

采蕨于山，缗鱼于泉；我徂京师，不远其还。⑤

注释

① 老成：韩老成，韩愈兄韩介之子，后过继给韩会为子。老成未仕而卒，韩愈
  曾作《祭十二郎文》。

② 孤侄：老成父母早亡，故称孤侄。海陬（zōu）：海角，偏远之地。此处指老
  成所居之地宣城。

③ 化：此处指头发变白。

④ 海浦：意同"海陬"，即偏远之地。

⑤ 采蕨于山：登山采摘蕨菜。缗（mín）：麻绳。徂（cú）：往、到。不远其还：
  意思是不久当从京城长安返回。

评析

此诗为韩愈居洛阳时所作，写其对侄子韩老成的思念之情。韩家于唐德
宗建中年间，因避战乱而移居安徽宣城。韩愈在汴州董晋幕任职时，老成曾
来看他，贞元十四年（798）返回宣城，至此已近三年。宣城在唐时属偏远之
地，故诗人称其为"海陬""海浦"。从地理位置上讲，宣城在洛阳之东。故诗
歌以水为喻，说自己不如东流之水，河水尚且东流，而诗人却长时间未能与家
人团聚。第一首，写三年不见，使其头发变白。第二首，写诗人不久当从长安

返回,到时一家人再在洛阳团聚。此章还展示了美好愿望,届时还要为老成准备婚事呢!"缗鱼于泉",用《诗经》"其钓维何?维丝伊缗"之意。拿什么来钓鱼好呢?用丝绳和麻绳搓成的钓鱼绳最好。"维丝伊缗",含有撮合的意思。韩愈用此句,含蓄地表示要为侄子成家之事操心。整首诗虽未用华丽的辞藻来宣导思念之情,但其真情在这些具体的美好愿望中得到展示。由此不仅可见韩愈用《诗》的巧妙,而且可以看到他对家人的真切情感。若结合《祭十二郎文》来读此诗,则感受更为深刻。同理,读此诗后再观祭文,体会更为深切。

山　石①

山石荦确行径微②,黄昏到寺蝙蝠飞。

升堂坐阶新雨足,芭蕉叶大支子③肥。

僧言古壁佛画好,以火来照所见稀④。

铺床拂席置羹饭,疏粝⑤亦足饱我饥。

夜深静卧百虫绝,清月出岭光入扉⑥。

天明独去无道路,出入高下穷烟霏。⑦

山红涧碧纷烂漫,时见松枥⑧皆十围。

当流赤足蹋涧石,水声激激风吹衣。

人生如此自可乐,岂必局束为人鞿⑨。

嗟哉吾党二三子,安得至老不更归。

注释

① 山石:以诗开头两字为题,仿古人之例。

② 荦(luò)确：险峻不平。行径微：道路狭窄。

③ 支子：栀子。

④ 稀：指画面模糊不清。也可理解为稀见、珍稀。

⑤ 疏粝(lì)：糙米。

⑥ 扉：门扇。

⑦ 无道路：找不到道路。穷烟霏：到处云烟弥漫。

⑧ 枥(lì)：栎树。

⑨ 局束：不自在。羁(jī)：马嚼。此处用作动词，牵制。

评析

　　此诗写夜宿古寺之所见、所闻、所感。元好问曾将之与宋代秦观诗作比较，"有情芍药含春泪，无力蔷薇卧晚枝。拈出退之山石句，始知渠是女郎诗"，指出《山石》一诗具有清峻之美。诗歌看似率然随意，实际上是一篇用意之作，层次井然、前后照应。前四句，写到寺所观之景。从山路崎岖到蝙蝠乱飞，从黄昏观雨到芭蕉栀子，描画了一幅登山图，展示了山寺的幽静空寂。"僧言"四句，写到寺所经历之事。一是观寺中壁画，虽灯光细微、画面模糊，但诗人感觉应是一幅稀世之作。二是用餐，所食虽粗糙，但足以充饥。"夜深"二句，写宿寺所闻见。由百虫绝而知夜深，由清光入扉而知诗人未眠。"天明"六句，写出寺之景。因烟雾弥漫，找不到下山的道路。幽涧之中，山花烂漫，古木参天，赤足踏石，水声清泠，山风吹衣。"人生"四句，以议论收结。感叹能遇如此之境，得如此之乐，一生足矣。何必受尘世的各种羁绊！末句发人之未发，有如当头棒喝，颇具警醒意味。写景用浓丽之语，叙事抒怀用闲淡之句，浓淡相得，足见其妙。此诗又是一篇登览游记，以时间为主轴，黄昏、傍晚、深夜、天明，移步换景，时空变幻，像一幅接一幅的连环画，体现了"以文为诗"的特点。

落　齿①

去年落一牙，今年落一齿，

俄然落六七，落势殊未已②，

余存皆动摇，尽落应始止。

忆初落一时，但念豁③可耻，

及至落二三，始忧衰即死。

每一将落时，憟憟④恒在己。

叉牙妨食物，颠倒怯漱水。⑤

终焉舍我落，意与崩山比。

今来落既熟，见落空相似。

余存二十余，次第⑥知落矣。

倘常岁落一，自足支两纪⑦。

如其落并空，与渐亦同指。

人言齿之落，寿命理难恃。

我言生有涯，长短俱死尔。

人言齿之豁，左右惊谛视⑧。

我言庄周云，木雁⑨各有喜。

语讹默⑩固好，嚼废软还美。

因歌遂成诗，持用诧⑪妻子。

注释

① 落齿：牙齿动摇脱落。

② 俄然：忽然、突然。未已：没有停止。

③ 豁：空。

④ 憭憭：危惧、害怕。

⑤ 叉牙：参差。颠倒：牙齿上下、前后跟原有的或应有的位置相反。

⑥ 次第：接着、转眼。

⑦ 两纪：一纪指十二年。两纪为概数，指二十余年。

⑧ 谛视：审视。

⑨ 木雁：用《庄子·山木篇》中语。木，指因不材而得终其天年的树木。雁，
指因能鸣而未被杀之雁。

⑩ 语讹：说错话。默：不说话。

⑪ 诧：夸耀。

评析

　　此诗主要写诗人由落齿这一生理现象所引发的诸种情感和心理变化。
贞元十八年（802），韩愈在《与崔群书》中谈到自己"左车第二牙无故动摇脱
去"，后世注家多参考此句而将该诗系于贞元十九年（803）。

　　首六句开门见山，总述已掉之牙和未掉之牙的基本状况。从去年的一
牙，到今年的一齿，再到俄然即六七，诗人牙齿的落势不仅呈现为数量上的大
幅增加，还有速度上的急剧变快，且无趋向停缓的迹象。若依此态势，余下皆
已松动摇晃、岌岌可危的牙齿，估计要等到落完才会停止。"忆初"十句，详记

齿落的过程与心情的转变。回想牙齿初次脱落时,诗人所念及的尚为颜面不美观,但当落齿之事接二连三地发生后,他所担忧的便是生命衰亡问题。因此,诗人愈发畏惧牙齿的掉落。"叉牙妨食物""颠倒怯漱水"两处细节,既指明了将落之齿给日常生活带来的不便,又点出了恐齿落的懔懔之感。可无论诗人的"惜齿情"如何浓重,牙齿终究还是弃他而去了。"崩山"一词,除表现牙齿脱落之疾外,也反映了诗人内心震动之大。"今来"八句,再次讲到未掉之牙。在经历过多次落齿后,诗人已习以为常,并能坦然接受牙齿将会次第落光之事。而在"岁落一"和"落并空"两种假设情况的对比间,诗人发现了二者结局的共同指向。末十二句,借落牙事,抒怀发论。通过"人言"与"我言"的对话,诗人实际上回应的是往昔"齿豁虑衰"的自己。过去,他会因"寿命理难恃"的说法与"左右惊谛视"的目光陷入性命之忧、容貌之患,如今,却能以"长短俱死尔"和"木雁各有喜"作为理据自我宽慰。"长短俱死尔"句意简朴质直,无须赘述。"木雁各有喜"用《庄子·山木篇》典故,以"不材而终天年之木"与"能鸣而得不杀之雁"两例,引出落齿之哀的反面。"语讹""嚼废"本指落齿造成的发音不清和咀嚼不利,但韩愈偏能从此事中发掘沉默寡言和专吃软食的美好之处,诗人的达观可见一斑。最后,以"持用诧妻子"的幽默收束全诗,极具生活气息,较典型地体现了韩诗"以诗为戏"的特点。

古　意

太华峰头玉井莲,开花十丈藕如船①,
冷比雪霜甘比蜜,一片入口沉疴②痊。
我欲求之不惮远,青壁无路难夤缘。③
安得长梯上摘实,下种七泽根株连。④

注释

① 太华：华山。开花十丈：花径长十丈。

② 沉疴（kē）：重疾。

③ 惮（dàn）：惧怕。夤（yín）缘：攀援。

④ 安：怎。下种七泽：广种之意。司马相如《上林赋》："楚有七泽，尝见其一，名曰云梦，特其小小者耳，方九百里。"

评析

此诗写华山峰顶千叶莲花。李肇《国史补》言："愈好奇，登华山绝峰，度不可反，发狂恸哭，县令百计取之乃下。"有学者据此，谓韩愈哭途穷，颇似阮籍，大有深意，假诗以讽时事。其实大可不必作如此解。韩愈登华山乃实有之事，但其恸哭者，哭其恐高，不得下山也。

诗一开头说华山峰顶有千叶莲花，接着用夸张手法，写此花茎长十丈，其藕如船。"十丈"一词有所本。《法苑珠林》载《真人关尹传》曰："真人游时，各各坐莲华之上，华径十丈。有反生灵香，逆风闻三十里。"此句实用老子典故，既写花茎之长，又暗含花气之香。三、四句写莲藕，清凉甘甜，食之可治沉疾。由此引出五、六句，诗人为观此花、食此果，不惧路远，登上山峰。遗憾的是，莲花池还在山峰之上，因无路可通，无法攀援，故不得观。最后诗人发出感叹：如果有梯子连接莲池该多好啊，这样就可以摘下莲藕，广泛种植，让天下所有人都能品尝到奇果。联系第四句所说此果能去沉疴，则末两句实际上表达了一种美好愿望，亦即诗人希望恩泽普施，祛除天下所有人的苦难。

此诗题为"古意",是仿古体诗之写法,不可作近体诗看。又,其中虽提及登华山之事,但并非纪行之作。此亦为理解"古意"之一助。

题炭谷湫祠堂①

万生都阳明,幽暗鬼所寰。②

嗟龙独何智,出入人鬼间。

不知谁为助?若执造化关③。

厌处平地水,巢居插天山④。

列峰若攒指,石盂仰环环⑤。

巨灵高其捧,保此一掬悭⑥。

森沉⑦固含蓄,本以储阴奸。

鱼鳖蒙拥护⑧,群嬉傲天顽。

翾翾栖托禽,飞飞一何闲⑨,

祠堂像侔真,擢玉纤烟鬟⑩。

群怪俨伺候,恩威在其颜。

我来日正中,悚惕⑪思先还。

寄立尺寸地,敢言来途艰。

吁无吹毛刃,血此牛蹄殷⑫。

至今乘水旱,鼓舞寡与鳏⑬。

林丛镇冥冥,穷年无由删⑭。

妍英杂艳实,星琐黄朱班⑮。

石级皆险滑,颠踬莫牵攀⑯。

龙区雏众碎,付与宿已颁⑰。

弃去可奈何？吾其死茅菅⑱。

注释

① 炭谷湫(qiū)祠堂：湫，洞穴、水池，古人认为是龙之居所。炭谷湫在终南山，为当时求雨之所。

② 万生：万物。都(dū)：居、处。寰(huán)：名词用作动词，居住。

③ 造化关：自然变化的关键。

④ 插天山：插天之山，指高山。

⑤ 攒(cuán)：聚。仰环环：仰着的圆环。

⑥ 巨灵：河神。掬：即捧。一掬，意思是炭谷湫如同一捧。悭(qiān)：小气。

⑦ 森沉：幽暗阴沉。

⑧ 拥护：保护、庇护。

⑨ 翾(xuān)翾：鸟飞动的样子。飞飞：飘扬的样子。

⑩ 侔(móu)真：逼真。擢玉：指壁画上的侍童。烟鬟(huán)：指壁画上的侍女。

⑪ 悚惕(sǒng tì)：恐惧。

⑫ 吹毛刃：利剑。血此牛蹄殷：牛蹄染血变红。

⑬ 鼓舞：此处指祭祀。寡与鳏(guān)：老而无夫曰寡，老而无妻曰鳏。

⑭ 镇：意思是说阳为阴所镇压。冥冥：昏暗。穷年：终年。删：去除。

⑮ 英：花。琐：细小。黄朱班：红黄相杂。

⑯ 级：台阶。颠跻(jī)：指上下石阶。莫：无。

⑰ 尨(máng)区雏众碎：尨，指用茅草扎成的用以祭祀的狗；区，用"区"字本义，盛装。此处是指盛装和摆设祭品。付与宿已颁：宿已颁，是指朝廷颁赐求雨的祭文。此句是说烧掉求雨的祭文。

⑱ 茅菅(jiān)：包扎祭品的茅草。

评析

　　此诗作于贞元十九年(803)，写诗人主持或参加的一次求雨祭祀活动。据韩愈《上李尚书书》所载，此年京城长安旱灾严重："不雨者百有余日，种不入土，野无青草。"李尚书即李实，时任京兆尹。长安终南山有炭谷湫，为当时有名的求雨之所。诗歌约分五层：第一层写人与万物皆喜阳，鬼喜阴，唯独龙出入于阴阳之间。因其掌握了造化的关键，故雨和旱由龙所控制，求雨不得不求助于龙。这是写此次祭祀活动的缘由。第二层写炭谷湫的形成。龙本居于平地海水之中，但其厌烦长期如此，故迁居于山中。炭谷湫处于群峰环抱之中，就好像河神聚拢手指头托起的一个小水盆。河神把它高高举起，与群峰相比，显得极为渺小。但正因为有这个小池，鱼鳖得其庇护而自由自在，群鸟也环飞于旁。这是写炭谷湫周边的环境。第三层写祠堂。祠堂是祭祀之所，其内阴森可怖。堂壁有画，画中龙王居中威严，童女环列，群怪侍奉。这个恐怖景象，即使正午阳光充足天气最热之时，也令人惶恐欲退。由此诗人想到：要是有一把利剑，杀死这个长期不雨的龙王该多好啊！因为这个龙王令人厌恶，借水旱要挟献礼祭祀，盘剥鳏寡。第四层写祠堂周围的景象。此地阳为阴所镇压，草木未得修治，一片昏暗。花果相杂，红黄交错。石阶湿滑，无由登攀。第五层写祭祀场景，比较简略。茅草包扎的狗及其他祭品盛装摆好，烧掉早已准备好的朝廷颁赐的祭文，祭祀也就结束了。最后两句，写诗人由丢弃的祭品想到个人的命运：就像被踩踏和焚烧的"刍狗"一样，一旦无用，也就被遗弃了。

　　此诗向为难解。以往学者多将其附会于唐德宗贞元末期的政治斗争，处处指实，好像韩愈在用暗语写自己的不平和牢骚。这种解诗法，显然过度受比兴传统影响,实不可取。诗歌主要记录祭祀活动过程,诗中讽刺、厌恶龙王借机牟利、盘剥鳏寡,以至于诗人要用利剑刺杀之的想法,应代表了当时民众的普遍心声。最后两句,其实也是对"天地不仁,以万物为刍狗"传统说法的延伸,借机发表感叹。有人认为,"林丛镇冥冥"至"颠跻莫牵攀"六句,比较突兀,当置于"飞飞一何闲"一句之后。这种看法也有一定的道理,提供了一种理解此诗的思路。

湘　　中①

猿愁鱼踊水翻波,自古流传是汨罗②。
苹藻满盘无处奠,空闻渔父叩舷歌。③

> 注释

① 韩愈贞元十九年(803)贬阳山县令,作此诗时,初过湘中,已在贞元二十年(804)春。

② 汨(mì)罗:汨水、罗水汇合而成汨罗江,相传为屈原自沉处,在今湖南境内。

③ 苹藻:水草。渔父叩舷歌:渔父拍打船舷而歌。屈原《渔父》:"渔父莞尔而笑,鼓枻而去,乃歌曰。"鼓枻,即叩船舷。

> 评析

贞元十九年(803),韩愈担任监察御史,时关中地区大旱,韩愈上《御史台上论天旱人饥状》，反遭谗害，被贬为连州阳山县令。次年春，途经汨罗江，作此诗以抒牢愁。相传汨罗江是屈原自沉之处，自汉代以降，屈原连同他的作品，渐成弃逐、贬谪象征。西汉贾谊为文以吊屈原："屈原，楚贤臣也，被谗放逐，作《离骚赋》，其终篇曰：'已矣，国亡人莫我知也。'遂自投江而死。"贾谊谪为长沙王太傅，自伤不已。唐代南贬作家，往往借屈、贾以发感叹。韩愈此诗无疑受这种风气影响。诗歌一开头，用"猿愁"和"鱼踊"宣泄情绪，无端遭逐，极不公平，况且初春季节，又在屈原自沉处，各种联想随之而起。第二句说此处相传是汨罗江，既解释上句猿愁和鱼踊的景象之所由，又引起第三句，可见"承"的功夫。第三句承上句而来。到了屈原自沉之地，理应祭拜。但满目都是浮泛的水草，连祭品都无处安放。此句大有深意。使人想起杜甫《蜀相》："映阶碧草自春色，隔叶黄鹂空好音。""自""空"两字，无非是说人们似乎已遗忘了诸葛丞相，以至于草自青、鸟空鸣。韩诗此句，是说屈原似乎也被遗忘、无人祭奠了。这样一位忠君爱国者，人们不再关注了。很显然，写屈原实际上就是写诗人自己。因此，结句说只听到渔父叩舷而歌的声音，是对上句意思的进一步加深，"空闻"一词表达的是：即便渔父还在传唱屈原故事，但似乎引不起任何人注意。由此可见诗人哀怨之深。

答张十一功曹^①

山净江空水见沙，哀猿啼处两三家。

筼筜竞长纤纤笋，踯躅闲开艳艳花。^②

未报恩波知死所，莫令炎瘴^③送生涯。

吟君诗罢看双鬓，斗觉霜毛一半加。^④

注释

① 张十一功曹：张署，河间（今河北河间）人，贞元十九年（803）为幸臣所谗，与韩愈同贬南方，两年后又同时遇赦并移官江陵。功曹：官名，即功曹参军，唐时为正七品。

② 筼筜（yún dāng）：竹名。一种皮薄、节长、竿高的生长在水边的大竹子。踯躅（zhí zhú）：花名，杜鹃花的一种。此为山踯躅，又称黄杜鹃，多生长于南方。

③ 炎瘴：南方湿热，多有瘴气，易致病。

④ 君诗：本诗为韩愈答张署诗，张署原赠诗："九疑峰畔二江前，恋阙思乡日抵年。白简趋朝曾并命，苍梧左宦一联翩。鲛人远泛渔舟火，鹏鸟闲飞露里天。涣汗几时流率土，扁舟西下共归田。"斗觉：顿觉。斗，同"陡"。

评析

此诗作于贞元二十年（804）韩愈被贬岭南，任连州阳山（广东阳山）令时。前四句远、近景相结合，描绘贬所的环境特点："山净江空水见沙，哀猿啼处两三家。"眼前的高山、江水，是"净"的、"空"的。江水澄澈，但能看到的不是往来翕忽的鱼儿，而是沉淀水底的沙砾。四周寂静无声，时而响起猿啼声，远处也只有两三户人家居住。山中无人，江中无舟，水中无鱼，深深的清静寂寥感。"筼筜竞长纤纤笋，踯躅闲开艳艳花"，筼筜和踯躅都是当地风物，在这人烟稀少处，诗人注意到还有绿竹在竞相生长，杜鹃在悠然开放，不知不觉间，笋已长成、花已成丛，生活倒也算闲适。

后四句为诗人情感的抒发以及当时的生活状态描述。面对眼前清净的景色，诗人吟诵着张署寄来的诗，诗中好友邀请自己"扁舟西下共归田"，但是诗人真的愿意适应现在这样闲静的生活吗？不是的，诗人从未想过就此闲居，而始终惦念着"未报恩波知死所"，自己的人生理想还没有实现，最终的葬身之地也不知在何处，因此诗人一直陷于被贬所的瘴气侵害、只能在此处了却残生的恐慌中。吟诵完诗歌，诗人抬头看向镜中的自己，顿时发现鬓发早已斑白，不禁悲从中来。"斗觉"是突然发觉的意思，置于诗歌末尾，使原本沉郁的氛围有了陡峭感。在清净闲适的环境下，诗人尚未感受到身体变化，但被远贬友人的一封信，让诗人坚定了回报圣恩的信念。回报的方式自然是尽可能早地、健康地回到长安，为君王排忧解难，想到这里诗人有意地看向镜子，才"斗觉"鬓发斑白，如此形成理想与现实的巨大落差，使诗人一下子不知所措，随之而来的也必然是长久的悲苦与无奈，不断思考着逐渐衰老的自己，还要多久才能逃脱艰险的处境，回到君王身边呢？至此，全诗虽未提一"悲"字，却尽是悲苦之意。

程学恂评价此诗说："退之七律只十首，吾独取此诗，以为能得杜意。"韩愈以画意写出贬所的偏僻，又以委婉的笔法写自己的悲苦、不甘，似乎要将自己的情感掩盖隐藏，却使之更为浓郁深沉。

同　冠　峡①

南方二月半，春物②亦已少。

维③舟山水间，晨坐听百鸟。

宿云④尚含姿，朝日忽升晓。

羁旅感和鸣，囚拘念轻矫⑤。

潺湲泪久迸,诘曲思增绕。⑥

行矣且无然,盖棺事乃了。⑦

> 注释

① 同冠峡:在广东阳山县西北七十里。诗作于韩愈赴任阳山县令时。

② 春物:与春季有关的事物,如春花之类。

③ 维:系。

④ 宿云:夜晚的云气。

⑤ 囚拘:遭谪心情,如被拘执一般。贾谊《鵩鸟赋》:"寘若囚拘。"轻矫:以鸟
   飞行的样子代指鸟。

⑥ 潺湲(chán yuán):水流的样子。诘(jié)曲:曲折。

⑦ 无然:不要这样。盖棺事乃了:死后才停止。《韩诗外传》:"孔子曰:学而
   不已,阖棺乃止。"

> 评析

此诗写诗人远谪阳山县令途经同冠峡时的闻见与感受,作于贞元二十
年(804)春二月。唐时,阳山县属连州管辖,同冠峡在阳山县境内。南方天气
炎热,节候与北方不同。韩愈生长于北方,对南方气候和物事都感到新奇。
故诗歌一开头就写这种异感,说才二月半,阳山县的春花都将尽了。系舟于
山水之间,晨起听百鸟和鸣。此时,朝霞升起,而昨夜的星云还未散去。人在
贬谪途中,对鸟鸣的感受与平时不同,与鸟相较,似乎人不如鸟。你看,那鸣
叫着的鸟儿在空中自由飞翔,形态轻盈,那是多么快乐。反观自己,好像被拘
执的囚犯,极不自由。当然,诗人这里所说的"囚拘",并不是说身体和犯人一

样不得自由，而是指精神上的束缚和压力。韩愈贬谪阳山，并非流放，所担任的阳山县令，是县里的主官。只不过，他的内心如同杜甫当年困在长安一样，"感时花溅泪，恨别鸟惊心"，困守时观花闻鸟的感觉是别样的。想到自己无端被贬，眼泪终日迸流不止，心中曲折的愁丝越来越多，缠绕得越来越紧。但是，诗人并未沉浸在泪水和愁苦之中。诗的最后两句，自我劝慰：走吧！事情既然已经发生了，就不要再这样了。还是要振作起来，坚持专注自己的学问，死而后已。韩愈在困境中的坚强，令人肃然起敬。

此诗写景学谢灵运，特别是"维舟山水间，晨坐听百鸟。宿云尚含姿，朝日忽升晓"，体现了俊快的特点。其中写鸟，又祖述陶渊明"羁鸟恋旧林""闲谷矫鸣鸥"等诗句。

贞 女 峡①

江盘峡束春湍豪，雷风战斗鱼龙逃。②
悬流③轰轰射水府，一泻百里翻云涛。
漂船摆石万瓦裂，咫尺性命轻鸿毛。④

注释

① 贞女峡：在连州桂阳县（今广东连州市），峡西高岩名贞女山，因岩下有石，相传为女子所化而得名。《太平寰宇记》卷一一七江南西道十五连州桂阳县云："贞女峡，在县南一十五里。"诗作于贞元二十年（804）韩愈任阳山县令时。

② 盘：盘旋。束：收窄。湍（tuān）：急流。

③ 悬流：高悬的流水。

④ 摆：开、拨。轻鸿毛：轻如鸿毛。《汉书·司马迁传》："死或重于太山，或轻于鸿毛。"

评析

　　此诗写韩愈到达阳山后游览贞女峡的见闻。江流盘旋，贞女峡处江面收束变窄，形成落差，急流奔腾。急流下泄发出雷鸣似的声音，与峡中疾风相互交加，好像两军战斗一样，水底鱼龙无处可藏，四散逃奔。高处急流向下射去，江面翻滚的波涛像连绵百里的云海。江水汹涌，漂没船只，劈开巨石，其声如万瓦齐裂。如此危险之境，性命只在咫尺之间。

　　诗歌体现了豪雄风格。首句"豪"字，不仅是贞女峡的特点，也是诗眼，是全诗铺展的中心。次句写声之豪。雷是对激流声的譬喻，水声与风声交加，如两军交战。鱼龙四散逃奔的想象，是对声之豪的加深。三、四句写观之豪，见之于悬、射、泻、翻，展示急流力量之豪。五、六句写水中人性情之豪，不惧危险，视性命轻若鸿毛。

县 斋 读 书①

出宰②山水县，读书松桂林。

萧条捐末事，邂逅得初心。③

哀狖④醒俗耳，清泉洁尘襟。

诗成有共赋，酒熟无孤斟。

青竹时默钓，白云日幽寻。

南方本多毒，北客恒惧侵。

谪谴甘自守，滞留愧难任。⑤

投章类缟带，伫答逾兼金。⑥

注释

① 县斋：县令处理公务的办公之所，此处指阳山县斋。

② 宰：管理、治理。

③ 萧条：清冷寂寥。韩愈《送区册序》："阳山，天下之穷处也……县郭无居
民，官无丞尉，夹江荒茅篁竹之间，小吏十余家。"捐：捐去、抛开。末事：
余事、小事。初心：本意。

④ 狖（yòu）：猿类。

⑤ 自守：自坚其操守。任：忍受。

⑥ 投章：投寄书信。缟（gǎo）带：原本形容白雪，此处指书信多得如雪片纷
飞。伫答：等待回音。兼金：贵重。陆机诗："愧无杂佩赠，良讯代
兼金。"

评析

此诗写诗人任职阳山县令期间的生活，寄赠友朋，期待援引。阳山是岭
南的一个偏远小县，韩愈贬谪至此，担任县令，公务并不繁杂。因此，他有时
间静心读书、出游、写诗、饮酒、钓鱼。从其所述情状看，似乎诗人心中已恢复
平静，过上了"吏隐"生活，就像陶渊明诗中的世外桃源一般。但实际上，诗人
内心波澜起伏，这在后六句中有很强烈的表达。南方多毒、北客怕侵，是说他
不习惯岭南炎热多瘴。虽说遭贬谪后坚持操守，本是分内之事，但也耐不住

对朋友对故乡思念的愁苦。所以,他不断写信给京城友人,希望他们伸手援助,使他早日离开阳山回到长安。从前后情感对比来看,此诗使用了反衬手法。写阳山县斋生活越自适,则思人求援引之心越急切。

叉 鱼①

叉鱼春岸阔,此兴在中宵②。

大炬然如昼,长船缚似桥。③

深窥沙可数,静榜④水无摇。

刃下那能脱,波间或自跳。

中鳞怜锦碎,当目讶珠销。⑤

迷火逃翻近,惊人去暂遥。⑥

竞多心转细,得隽⑦语时嚣。

潭罄⑧知存寡,舷平觉获饶。

交头疑凑饵,骈首类同条。⑨

濡沫情虽密,登门事已辽。⑩

盈车欺故事,饲犬验今朝。⑪

血浪凝犹沸,腥风远更飘。

盖江烟幂幂⑫,回棹影寥寥。

獭去愁无食,龙移惧见烧。⑬

如棠名既误,钓渭日徒消。⑭

文客惊先赋,篙工喜尽谣。

脍成思我友,观乐忆吾僚。⑮

自可捐忧累,何须强问鸮⑯。

注释

① 叉鱼：以鱼叉刺鱼，一种捕鱼方法。

② 中宵：夜晚。

③ 然：燃。此处指点燃火把照明。缚：系、绑。把几条船系在一起，平稳如桥。

④ 搒（bàng）：划船。

⑤ 锦：鱼鳞花纹。当目：叉中鱼眼睛。

⑥ 翻：反而。暂：倏忽。

⑦ 隽：肥美之鱼。

⑧ 罄（qìng）：空、尽。

⑨ 条：串鱼的榆条。此处是指船中的鱼靠在一起，好像用榆条串起来一样。

⑩ 濡沫：鱼互相用口中的水沫沾湿对方的身体。此用《庄子》语："泉涸，鱼相与处于陆，相呴以湿，相濡以沫。"登门：鱼跳龙门。

⑪ 盈车：大鱼。《孔丛子》："卫人钓鱼于河，得鳏鱼焉，其大盈车。"饲犬：以鱼饲犬。桓宽《盐铁论》："彭蠡之滨，以鱼饲犬。"

⑫ 幂幂：浓深密布，覆盖笼罩。

⑬ 獭（tǎ）：水獭。水獭把捕到的鱼摆放整齐，像祭祀一样，俗称獭祭。见：被。

⑭ 如棠名：不务正业之名。《左传·隐公五年》载"公将如棠观鱼者"，臧僖伯谏其勿往。钓渭：吕尚钓于渭水，获遇于周西伯。日：渐。

⑮ 脍（kuài）：把鱼、肉切成薄片。僚：同僚。

⑯ 问鹏：问于鹏鸟。贾谊《鹏鸟赋序》："鹏似鸮，不祥鸟也。"赋曰："请问于鹏，余去何之？"

评析

　　此诗作于贞元二十一年（805）春，写诗人在阳山夜晚叉鱼事。全诗共五层。第一层即开头六句，写叉鱼之前的准备。点燃火把、捆绑船只、悄悄出发，叙述条理连贯。第二层为"刃下那能脱"以下十句，写叉鱼过程：有的被叉中鱼身，有的被叉中鱼目，见火光逃命者因迷路反而更近，受惊者倏忽之间逃远，叉鱼的人互为竞赛，得到大鱼时一齐惊呼。船舱中的鱼越来越多，船舷不断下沉，水潭中的鱼差不多要被叉尽了。用赋体之法，极尽铺排之能事。第三层为"交头疑凑饵"以下六句，写舱中鱼。离岸之鱼，头靠在一起，好像抢食鱼饵，并排摆开的，又像是串在榆条上。鱼儿相濡以沫，很亲密的样子，但登龙门的事情不可能再发生了。像车那么大的鱼是没有了，小鱼只能拿来饲犬。比喻新鲜，语调诙谐。第四层，"血浪凝犹沸"以下六句，写叉鱼结束后返程。烟雾笼罩江面，船只各自散去。"盖江烟幂幂，回棹影寥寥"两句，状物如在目前。第五层即最后八句，写叉鱼感受。从其所用鲁隐公如棠观鱼的典故，可知诗人自嘲不务正事，从其所用吕尚钓于渭水的故事，可见诗人内心落寞。这与他远谪岭南的情状相符。思友和忆同僚，进一步强化落寞情感的表达。最后用贾谊问鹏鸟故事，自伤前途未卜。由叉鱼而及脍，由脍而思友，由友而及己，可见诗人情感细腻，联想丰富。此诗重要处，在于不断转换观察视角的叙事手法。不仅完整记录叉鱼全过程，有条不紊，而且诗末所发感慨，紧扣叉鱼之事，合理合情。

郴 州 祈 雨①

乞雨女郎魂，焘羞洁且繁。②

庙开鼯鼠叫，神降越巫言。③

旱气期销荡，阴官想骏奔④。

行看五马入，萧飒已随轩。⑤

注释

① 郴州祈雨：诗人于郴州待命，观刺史求雨所作。

② 女郎：庙中神像，多作女形。炰（páo）羞：祭祀时供献的祭品。炰：炙；羞：进献。

③ 鼯（wú）鼠：大飞鼠。越巫：越地之巫。这里指起舞降神的人。

④ 阴官：雨师、水神之类。骏奔：疾奔。

⑤ 五马：太守。此处指郴州刺史李伯康。萧飒：风雨之声。

评析

　　此诗写诗人郴州观刺史求雨。全诗围绕称颂刺史李伯康展开。首联写求雨于神庙，进献的祭品种类繁多而洁净，是颂刺史诚心，准备工作做得好。颔联写求雨过程。打开庙门，鼯鼠惊飞，表明此庙长久未用，是颂郴州在刺史治理下风调雨顺。颈联写雨师、水神为精诚所感，疾速致雨。尾联写求雨得雨，萧飒风雨声已随刺史马车而至。

　　颂扬之作贵在得体，不可太露。此诗深得其法。"炰羞洁且繁"，是明颂，但既求雨，荐献之祭品整洁，在情理之中，并不突兀。"庙开鼯鼠叫"，是暗颂，但又为实情，也不过分。"阴官想骏奔"，虽颂刺史之精诚，但用一"想"字，亦婉曲妥帖。末两句暗用典故，是说郴州刺史如同汉代郑弘、百里嵩，以能闻名，雨随人至。

八月十五夜赠张功曹①

纤云四卷天无河，清风吹空月舒波②。

沙平水息声影绝，一杯相属③君当歌。

君歌声酸辞且苦，不能听终泪如雨。

洞庭连天九疑高，蛟龙出没猩鼯号④。

十生九死到官所，幽居默默如藏逃。

下床畏蛇食畏药，海气湿蛰熏腥臊⑤。

昨者州前捶大鼓，嗣皇继圣登夔皋⑥。

赦书一日行万里，罪从大辟皆除死⑦。

迁者追回流者还⑧，涤瑕荡垢朝清班。

州家申名使家抑，坎轲只得移荆蛮⑨。

判司卑官不堪说，未免捶楚⑩尘埃间。

同时辈流多上道，天路幽险难追攀。

君歌且休听我歌，我歌今与君殊科。

一年明月今宵多，人生由命非由他，有酒不饮奈明何！

注释

① 张功曹：张署，遇赦移官江陵府功曹参军。

② 波：月光。

③ 相属：劝酒。

④ 九疑：九嶷山。号：号叫。

⑤ 海气：湿气。蛰：湿。

⑥ 嗣皇继圣：指永贞元年(805)八月宪宗受禅即位。夔皋：尧帝、舜帝时的

两位贤臣。

⑦ 赦书：朝廷颁发的赦免公文。大辟：死刑。

⑧ 迁：贬官。流：流刑。

⑨ 州家：刺史。使家：湖南观察使。坎轲：不遇、不幸。荆蛮：此处指江陵。

⑩ 捶楚：刑具。

评析

    韩愈与张署曾同遭贬谪，又于永贞元年（805）因顺宗即位遇赦，待命郴州；八月宪宗即位，再遇赦，移官江陵。本诗作于其待命郴州时。"以文为诗"是韩愈常用手法，本诗采用古文章法，亦即"前叙，中间以正意、苦语、重语作宾"。首两句可视为小序，之后是韩愈和张署对歌，叙述迁官心迹。从"洞庭连天九疑高，蛟龙出没猩鼯号"到"同时辈流多上道，天路幽险难追攀"都交由张署，唱出他心中的痛苦：异乡奇崛景观的震慑、野生动物出没的惊恐、环境湿热造成的不适和调令始终未到的心灰。以上种种，无不摧残着张署的身体和精神。而诗歌最后两句韩愈的对歌，却将一切都归因于"天命"，发出了"有酒不饮奈明何"的"旷"语。实际上，韩愈并不只是在劝慰友人，也是在劝慰自己，他的心灵何尝不经受着折磨呢？因而中间九句表面上是张署在慨叹贬官、迁官的遭遇，实际上是韩愈故作旷达，借张署之口道出自己悲痛的心情，二人同病相怜。此种抑己扬人的书写方式正如高步瀛所评价："贬谪之苦，判司之移，皆于张歌词出之，所谓避实法也。"

    本诗转韵也值得注意，翁方纲认为此诗为韩愈七古中最具有停蓄顿折的一篇。律诗和绝句须一韵到底，古体诗歌的写作往往每隔几句换韵。本诗首句入韵，后以"君歌声酸辞且苦"句为过渡。第八句"蛟龙出没猩鼯号"到第十四句"嗣皇继圣登夔皋"为一韵，书写对南方环境的不适应。第十八句"涤瑕荡垢朝清班"到第二十四句"天路幽险难追攀"又为一韵,写移官江陵的沮丧。末五句又用首句原韵,所谓"歌字韵复",如此一来,首尾相合,中间的转韵则像是诗人本身崎岖坎坷的心路,抑扬顿挫、一唱三叹而余韵不绝。

谒衡岳庙遂宿岳寺题门楼

五岳祭秩皆三公,四方环镇嵩当中。①

火维②地荒足妖怪,天假神柄专其雄。

喷云泄雾藏半腹,虽有绝顶谁能穷?

我来正逢秋雨节,阴气晦昧无清风。

潜心默祷若有应,岂非正直能感通。

须臾③静扫众峰出,仰见突兀撑青空,

紫盖连延接天柱,石廪腾掷堆祝融。④

森然魄动下马拜,松柏一径趋灵宫。

粉墙丹柱动光彩,鬼物图画填青红。

升阶伛偻荐脯酒,欲以菲薄明其衷。⑤

庙令老人识神意,睢盱侦伺能鞠躬⑥。

手持杯珓⑦导我掷,云此最吉余难同。

窜逐蛮荒幸不死,衣食才足甘长终。

侯王将相望久绝,神纵欲福难为功。

夜投佛寺上高阁,星月掩映云瞳朦⑧。

猿鸣钟动不知曙,杲杲⑨寒日生于东。

注释

① 五岳祭秩皆三公：天子祭天下名山大川，按三公礼遇祭祀五岳。开元十三

年（725）五岳山神皆封王，其中南岳衡山神为司天王。嵩当中：以嵩山居

中。古人认为嵩山居五岳之中，故号中岳。

② 火维：指衡山。古人认为衡山摄位火乡。

③ 须臾：片刻之间。

④ 紫盖连延接天柱，石廪腾掷堆祝融：紫盖、石廪、天柱、祝融，此四座山峰，

为衡山七十二峰之最高者。

⑤ 伛偻（yǔ lǚ）：弯腰曲背，表示恭敬的样子。菲薄：祭具。

⑥ 睢盱（suī xū，一读 huī xū）：急躁而又威严的样子。侦伺：占卜得失。鞠

躬：虔敬的样子。

⑦ 杯珓：用以占卜吉凶的器具。

⑧ 曈曚（tóng méng）：将明未明的样子。

⑨ 杲（gǎo）杲：太阳刚升起的样子。

评析

本诗为永贞元年（805）韩愈遇赦将赴江陵任职，途中经衡州登衡山时所

作，借纪游抒发心中抑郁不快。全诗集写景、叙事、抒情为一体，层次清晰，一

韵到底，有一气呵成、气势磅礴之感。

诗歌可分四个部分：望岳—登山—谒庙—宿庙。首六句“望岳”，以其所

受礼遇和地理位置揭示南岳衡山的崇高地位。其下八句为第二部分“登山”，

“我来正逢秋雨节”，点明季节为秋季，秋天淫雨霏霏、烟雾朦胧、清风不畅，正

像诗人心中的郁结。此时诗人潜心祷告，很快迷雾散去，衡山七十二峰连绵不绝，天柱峰、祝融峰巍然耸立于眼前。从"森然魄动下马拜"到"神纵欲福难为功"为第三部分"谒庙"，也是本诗的核心。诗人进入庙中，在庙令的指引下抛掷杯珓占卜吉凶，不过韩愈对占卜的吉凶并不在乎，在他看来贬谪荆蛮而不死已经很幸运了，此后对于"侯王将相"也没有追逐之心，因而纵使天神想要降福于自己想必也很难成功了。最后四句为第四部分"宿庙"，承接上一段无心功名，诗人在佛寺中夜宿竟能"不知曙"，与《八月十五夜赠张功曹》同为借旷语抒写心中郁闷。

程学恂评此诗："我公富贵不能移，威武不能屈之节操，忽于嬉笑中无心现露。"意思是说韩愈通过戏谑之语抒发心中块垒。"潜心默祷若有应，岂非正直能感通"，意谓阴云迷雾消散，是因为自己的正直感通天神。但为什么只有在登览祷告时才能有此感通，平日里自己的正直却无法感通他人？"侯王将相望久绝，神纵欲福难为功"，是说寺庙里占卜吉凶，但自己早已无心于功名利禄了，连天神都无法降福于自己，日常生活中又有谁能够改变自己的志向呢？全诗诉说无人理解的孤独、郁闷，同时也透露对坚守正直人格的执着。"诗言志"是诗歌创作传统，如果韩愈直接表示自己的正直能感动天地，志向不受世俗影响，那么本诗也会变得索然无味。

岣　嵝　山①

岣嵝山尖神禹碑②，字青石赤形摹奇。

科斗拳身薤倒披，鸾飘凤泊拏虎螭。③

事严迹秘鬼莫窥，道人独上偶见之，我来咨嗟涕涟洏④。

千搜万索何处有？森森绿树猿猱悲。

注释

① 岣嵝（Gǒu lǒu）山：即岣嵝峰，衡山七十二峰之一。

② 神禹碑：即禹王碑，相传为大禹治水祭祀山神之时，得到了金简玉字之书，于是将其刻于衡山上。韩愈此行并未见到神禹碑，现今衡山上也并无此碑，神禹碑大概为当时的传闻。

③ 科斗：一种古篆书体，头粗尾细，像蝌蚪一样。薤（xiè）倒披：小篆书体。古时有倒薤书，形似倒垂的薤叶。鸾飘凤泊：形容碑上字体无拘无束、神采飞动。拏虎螭（chī）：形容碑上文字如同龙虎缠绕一般。拏：牵引。螭：传说中的无角龙。

④ 涟洏（ér）：泪流不止的样子。

评析

　　此诗为永贞元年（805）韩愈自阳山赴江陵途中所作，记述了诗人根据传闻在衡山上寻找神禹碑而不得的失落与感慨。

　　全诗可以分为两个部分。首四句为第一部分，详细描绘了传闻中神禹碑的地理位置、石碑的颜色形状和碑文的字体。末四句为第二部分，传闻中石碑"事严迹秘"，诗人听闻有人曾在山上偶然见过此碑，因此决定前来探索一番。游山玩水、探寻古物本该是一件快乐的事情，然而作者却是又叹息、又垂泪，这是为什么呢？"千搜万索何处有？森森绿树猿猱悲"，原来诗人在山上"千搜万索"都没有找到神禹碑，四周只有绿树成荫、哀猿悲鸣。由此可见，前四句对神禹碑特征的介绍，实际上都是据传闻而来。"科斗拏身薤倒披，鸾飘凤泊拏虎螭"，又仿佛诗人亲眼所见。将石碑上的书体描绘得神采飞动、如在目前,足见韩愈才力之高。

潭州①泊船呈诸公

夜寒眠半觉②,鼓笛闹嘈嘈。

暗浪舂楼堞③,惊风破竹篙。

主人看使范,客子读《离骚》。④

闻道松醪贱,何须吝错刀。⑤

注释

① 潭州:今湖南长沙。

② 觉(jué):睡醒。

③ 舂(chōng)楼堞(dié):舂,冲撞;堞,城墙上如齿状的矮墙。

④ 看使范:读遣使录之类的书,意思是说主人有待客风范。读《离骚》:用
《世说新语》所载东晋王恭语,"痛饮酒,熟读《离骚》,便可称名士"。

⑤ 松醪(láo):松醪酒。吝错刀:意指惜酒钱。吝:爱惜。错刀:以黄金错
其文之刀。

评析

此诗写于泊船潭州之时,是韩愈颂扬湖南观察使杨凭之作。诗人离开衡
山抵达潭州后,受杨凭邀请,短暂停留。首、颔联写泊船情景,颈联写人,尾联
抒情。诗人舟中夜卧,半睡半醒之间忽闻鼓笛喧闹之声,又闻得暗浪冲击矮

墙、风破竹篱之声，由此想起白天与杨凭酬酢场景。杨凭待己以礼，体现了使者的风范。客遇于此的"我"读《离骚》，不免黯然神伤。虽然如此，但人在途中，错刀换酒，一醉方休，以报接遇之情。

韩愈为何舟中读《离骚》？对此可以有两种理解：第一，屈原曾因谗见疏，流放沅湘，《离骚》为其一生理想与遭遇之写照，是后世文人士子的精神源泉。韩愈同样因谗言外放，对自己的前途和理想感到茫然和担忧，因而当其泊舟楚湘之地，自然而然地想起屈原和《离骚》，引发情感共鸣。第二，《世说新语》载东晋王恭语："痛饮酒，熟读《离骚》，便可称名士。"韩诗暗用此典，是说自己也还称得上名士，不枉使者杨凭的待客之道。

洞庭湖阻风赠张十一署

十月阴气盛，北风无时休。

苍茫洞庭岸，与子维①双舟。

雾雨晦争泄，波涛怒相投。

犬鸡断四听②，粮绝谁与谋？

相去不容步，险如碍山丘。

清谈③可以饱，梦想接无由。

男女喧左右，饥啼但啾啾。

非怀北归兴，何用胜羁愁？

云外有白日，寒光自悠悠。

能令暂开霁④，过是吾无求。

注释

① 维：系、拴。

② 犬鸡断四听：听不见四周犬吠与鸡鸣声，形容当时风声、雨声、涛声之大。《庄子·胠箧》："鸡狗之音相闻。"《桃花源记》："鸡犬相闻。"此处反用。

③ 清谈：魏晋时期兴起的士大夫之间谈玄、辨析名理和品鉴人物的风习。

④ 霁（jì）：天空放晴。

评析

　　此诗作于永贞元年（805）韩愈遇赦，自阳山赴任江陵，途经湖南洞庭湖时。"十月阴气盛"点明具体时间。韩愈与张署同行，不料遭遇大风，因此系舟湖上，有感而作诗赠友人。

　　全诗可分三部分。前八句为第一部分，写舟外环境：风雨相交、怒涛拍岸，舟外狗吠鸡鸣声都被掩盖，更重要的是维系生存的粮食也吃完了，一切都令人发愁。之后六句为第二部分，写舟中景象：狂风骤雨撼动船只，舟中人甚至无法行走。"清谈可以饱"对应"粮绝谁与谋"，意思是说谈玄谈理获得精神富足，但舟中男女因饥饿而发出的喧闹、啼哭声也令人不得安宁。最后六句为第三部分，可视为作者的思考和抒怀。自阳山前往江陵是北上，得到朝廷诏命是回归，因此旅程便是"北归"。当韩愈沉浸在北归赴任的兴致中，却遇到风雨阻拦，兴致也逐渐消磨，羁旅之愁顿生。此句结构为"非怀……何用……"，将"北归"置于前，更加深了作者的失落之情。因此诗人期盼早日放晴，只要能尽快度过这一切，顺利前行，也就别无他求了。"云外有白日，寒光自悠悠"两句颇含哲理,意思是,困难是暂时的,未来终可期。

晚 泊 江 口①

郡城朝解缆,江岸暮依村。

二女竹上泪,孤臣水底魂。②

双双归蛰燕③,一一叫群猿。

回首那闻语,空看别袖翻。

注释

① 江口:洞庭湖入长江之口,又称西江口、三江口。

② 二女:指舜之二妃娥皇、女英。传说舜死之后,二妃流下的泪水滴落竹上,
　　形成斑竹。二妃死后成为湘水之神,故斑竹又称湘妃竹。孤臣:指屈原。
　　屈原因谗言见逐,自沉汨罗江。

③ 蛰燕:冬季蛰伏穴居的燕子。

评析

　　此诗写泊舟江村时的闻见与思感。永贞元年(805)秋末,韩愈自岳州出
发,经过洞庭湖入江之口,准备沿长江逆流而上,傍晚泊舟江口有所思而作。

　　诗歌首联、颈联、尾联叙写行程和送别场景,颔联借典故抒情。清晨解开
绳索,乘舟离开岳州城向江陵驶去,傍晚时分泊舟江口,江岸早已在夜色笼罩
下与村庄融为一体。在朦胧迷茫的景色中,诗人敏感的情思又被牵引起来,

由竹想到湘妃，由水想到屈原。此处用典与《潭州泊船呈诸公》"主人看使范，客子读《离骚》"相同，共鸣皆来自相同的孤独感。"双双归蛰燕"写所见，燕子蛰居是洞庭湖特有景象。"一一叫群猿"写所闻，群猿哀号，倍增伤感。"回首那闻语"，是回想郡城边解缆离岸时的送别场景，包含与友人惜别的深情。"空看别袖翻"，是说送行之人久久不肯离去。这与李白《送孟浩然之广陵》"孤帆远影碧空尽，唯见长江天际流"的情感表达效果相通，但观察视角不同。李诗从送行者角度写，韩诗则从离别者角度写。

永 贞 行

君不见太皇亮阴①未出令，小人②乘时偷国柄。

北军③百万虎与貔，天子自将非他师。

一朝夺印付私党，懔懔④朝士何能为？

狐鸣枭噪争署置，睒睗跳踉相妩媚⑤。

夜作诏书朝拜官，超资越序曾无难，

公然白日受贿赂，火齐⑥磊落⑦堆金盘。

元臣故老不敢语，昼卧涕泣何汍澜⑧！

董贤三公⑨谁复惜？侯景九锡⑩行可叹。

国家功高德且厚，天位未许庸夫干⑪。

嗣皇⑫卓荦信英主，文如太宗武高祖。

膺图受禅登明堂⑬，共流幽州鲧死羽⑭。

四门肃穆贤俊登⑮，数君⑯匪亲岂其朋。

郎官清要⑰为世称，荒郡迫野嗟可矜。

湖波连天日相腾，蛮俗生梗⑱瘴疠⑲烝。

江氛岭祲^⑳昏若凝,一蛇两头见未曾?

怪鸟鸣唤令人憎,蛊虫群飞夜扑灯。

雄虺毒螫^㉑堕股肱,食中置药肝心崩。

左右使令诈难凭,慎勿浪信常兢兢。

吾尝同僚情可胜?具书目见非妄征,嗟尔既往宜为惩。

注释

① 太皇亮阴:唐顺宗退位之时,仍处于为德宗居丧期间。太皇:指唐顺宗李诵,贞元二十一年(805)正月即位,八月立皇太子李纯为皇帝,顺宗自称太上皇。亮阴:帝王居丧。

② 小人:指"二王"王叔文、王伾。唐顺宗继位之后,因风疾不能听政,将国家要事交与此二人取决度量。

③ 北军:神策军。

④ 懔(lǐn)懔:威严刚正的样子。

⑤ 睗睒(shì shǎn)跳踉(liáng)相妩媚:意思是说"二王"等人结党,相互示好。睗睒:野兽狂视的样子。跳踉:强横的样子。

⑥ 火齐:珍珠之一种。

⑦ 磊落:众多的样子。

⑧ 汍澜(wán lán):流泪的样子。

⑨ 董贤三公:汉哀帝时,董贤年二十二,位列三公。

⑩ 侯景九锡:梁武帝死后,侯景自加九锡。

⑪ 干:同"奸",弄权之意。

⑫ 嗣皇:指唐宪宗李纯。

⑬ 膺图受禅登明堂:意指唐宪宗李纯即位。

⑭ 共流幽州鲧死羽：共工流放于幽州，鲧被杀死于羽山。意指宪宗即位后，处罚王伾、王叔文等人。

⑮ 四门肃穆贤俊登：意指宪宗即位后，重新任命宰相，延接贤俊之士。

⑯ 数君：指"永贞革新"中的"八司马"，韩泰、韩晔、柳宗元、刘禹锡、陈谏、凌准、程异、韦执谊。八人因与"二王"同党而被贬官。

⑰ 郎官：尚书省六部诸司郎中及员外郎，为清要之职。清要：旧时称地位尊显、职司重要的官职。

⑱ 生梗：桀骜不驯。

⑲ 瘴疠：因瘴气而生疾疫。

⑳ 祲(jìn)：邪气。

㉑ 雄虺(huǐ)毒螫(shì)：虺，毒蛇；毒虫。螫：蜂、蝎等刺人。毒害。

评析

《永贞行》是韩愈诗歌中争议较大的一部作品。王叔文、王伾二人与韩泰、韩晔、柳宗元、刘禹锡、陈谏、凌准、程异、韦执谊八人进行政治改革，史称"永贞革新"。改革失败后，王叔文被贬为渝州司户，王伾被贬为开州司马，韩泰等八人被贬至远僻地方任司马，因此永贞革新又称"二王八司马事件"。诗中所涉之事为此事。革新之时韩愈还处于被贬中。革新宣布失败后，韩愈获赦量移，在江陵与被贬的刘禹锡相遇。据内容，此诗当是韩愈写给刘禹锡的作品。

《唐宋诗醇》说此诗："前幅天昏地暗，中间日出冰消，阅至后幅，又如凄风苦雨。文生于情，变幻如是。"按照事件发展顺序，本诗可分为三部分。前十六句为第一部分，写唐顺宗在位时，"二王"极受宠爱，干预政事，公然行贿，朝中一片混乱，元老重臣在此环境下皆告病归家。中间十句为第二部分，"英主"唐宪宗即位后,将"二王八司马"贬谪,诗人欣喜于朝廷暂且恢复清静的同时,也流露了对"八司马"的同情,将他们与"二王"区分开来。诗人将这些事一一记述下来,颇可见其心中的压抑和愤怒。最后十三句为第三部分,韩愈先前被贬阳山,属连州管辖,因而他告诉刘禹锡连州的环境、居住、衣食、人事等情况,并告诫友人"慎勿浪信"。

《永贞行》流露韩愈对革新的激烈批评,在当时和后世引起不少讨论。有人认可韩愈的批评,也有人认为虽然"二王"在改革时的确含有私心,但没有韩愈所说的这么夸张,同时觉得韩愈对"数君"的议论也失之偏颇。历史真相无从得知,相应的评价也层出不穷,但当我们不执着于这些,便能看到韩愈自始至终都真诚地对待友人,并且自觉具有"不虚美、不隐恶"的著史意识。

木 芙 蓉①

新开寒露丛,远比水间红。

艳色宁相妒,嘉名偶自同。

采江官渡晚,搴木古祠空。②

愿得勤来看,无令便逐风。

注释

① 木芙蓉:花名,又称地芙蓉、木莲、拒霜、华木,陆生植物。秋季开花,花色鲜艳,可与荷花(芙蓉)媲美,故称木芙蓉。

② 采江官渡晚,搴(qiān)木古祠空:一说"秋江官渡晚,寒木古祠空",一说"采江秋节晚,搴木古辞空"。官渡:渡口,古时渡口归官府管辖,故称官

渡。搴：摘取。屈原《九歌·湘君》："搴芙蓉兮木末。"

　　本诗是一首咏物五言律诗，所咏之物为"木芙蓉"。自古以来，不少文人在作品中赞叹夏日荷花盛开的美丽，如杨万里《晓出净慈寺送林子方》"接天莲叶无穷碧，映日荷花别样红"，周邦彦《苏幕遮·燎沉香》"水面清圆，一一风荷举"等等。而韩愈遇赦量移江陵之时正值秋季，途中见到池中荷花早已低垂枯败，唯有陆生的木芙蓉仍鲜艳绽放，因而诗中将木芙蓉与荷花作比，写诗人对木芙蓉的喜爱。

　　诗歌首、颔联从季节、颜色、名字三个方面比较荷花与木芙蓉。首联出句点明木芙蓉盛开的时节为秋季，在这样萧条的季节中，木芙蓉"远"比水中荷花更红艳，其中的"远"字既指时间间隔之长，又指颜色更为浓烈，两重比较，使木芙蓉在诗人心中更胜一筹。颔联直承首联对句："难道说木芙蓉是因为忌妒才要在颜色和名字上与荷花攀比吗？"并不是，两者名字相像只不过是凑巧罢了。诗人此处一个反问，赋予了木芙蓉独立性，木芙蓉不是因为忌妒或攀附而与名花争奇斗艳，只是在适宜的季节里独自美丽地绽放。

　　颈联"采江官渡晚，搴木古祠空"，进一步在两花的生长时节和状态上着笔：想要在江中采荷花已经"晚"了，荷花早已枯萎，现在只能去采摘古祠边盛放的木芙蓉。当诗人摘下鲜艳的木芙蓉后，原本寂静的古祠就更显得"空"了。"晚"与"空"，凸显了池中荷花残破与木芙蓉鲜艳的差异。屈原《九歌·湘君》"采薜荔兮水中，搴芙蓉兮木末"，意思是在水中采陆生植物薜荔是采不到的，在树枝上摘水生植物荷花也是不可行的，二者采摘的位置不正确。而在本诗中，江上仍旧不能采得芙蓉，而枝头却能摘取木芙蓉，诗人反用屈诗原意，更为活泼有趣。尾联写诗人早已抵达江陵却仍想念途中看见的木芙蓉，因此说"愿得勤来看,无令便逐风",意思是希望之后能常常来看木芙蓉,只是恳请上天不要过早地让木芙蓉凋零残败。韩愈对木芙蓉的喜爱,不仅爱其外形之美,更爱其在寂静中独立自守的品格。

春雪间①早梅

梅将雪共春,彩艳不相因。②

逐吹能争密,排枝巧妒新。③

谁令香满座,独使净无尘。

芳意饶呈瑞,寒光助照人。

玲珑开已遍,点缀坐来④频。

那是俱疑似,须知两逼真。

荧煌⑤初乱眼,浩荡忽迷神。

未许琼华比,从将玉树亲。

先期迎献岁,更伴占兹辰。

愿得长辉映,轻微敢自珍。

注释

① 间:间杂。

② 将:与。彩艳不相因:彩指雪,艳指梅,两物本不相干,而成此美景。

③ 逐吹:指雪。排枝:指梅。

④ 坐来:一会儿,顷刻间。

⑤ 荧煌:明亮得令人产生眩晕迷惑感。

评析

本诗为五言排律,作于元和元年(806)春初至江陵时,咏唱梅花与雪花。

一首诗咏一物相对较易,一首诗咏两物则较难。此诗最大特点是既分写梅和雪,又合写雪中梅。首两句写梅雪共春,使原本两不相干的事物相互间杂。次六句分写两物,具有错综之美。"谁令香满座"写梅之芬芳,"独使净无尘"咏雪之洁净;"芳意饶呈瑞"写梅助祥瑞,"寒光助照人"写雪之晶莹反照;"玲珑开已遍"写梅花盛放之姿,"点缀坐来频"写雪花间杂梅丛。"那是俱疑似"以下则合写,梅雪相依存、相映照,使人"乱眼""迷神",恍惚间竟将二者视为同一物,此时梅与雪已不能用"疑似"形容。去冬雪花已迎接新岁到来,今春梅花悄然绽放之时,春雪仍旧伴随着降临,成此美景。

五言排律遵守律诗的所有规则,只是在篇幅上更长,除首尾联外,中间各联都须对仗。因为限制多,所以难出佳品,往往显得堆砌。此诗虽也有"刻意敛才就法"的感觉,但梅雪辉映的景象在诗人笔下还是清新可爱的。

杏　花

居邻北郭古寺空,杏花两株能白红。①
曲江满园不可到,看此宁避雨与风。②
二年流窜出岭外,所见草木多异同。③
冬寒不严地恒泄,阳气发乱无全功。④

浮花浪蕊镇⑤长有,才开还落瘴雾中。

山榴踯躅少意思,照耀黄紫徒为丛。

鹧鸪钩辀⑥猿叫歇,杳杳深谷攒青枫。

岂如此树一来玩,若在京国情何穷?

今旦胡为忽惆怅? 万片飘泊随西东。

明年更发应更好,道人莫忘邻家翁。

注释

① 古寺:江陵有金銮寺,韩愈曾题名,古寺即此。空:荒凉。能白红:意思是
   杏花居然如此红白相杂,反衬古寺荒凉。能:甚、如此、这样。

② 曲江:在长安,其西有杏园。宁:岂。

③ 二年流窜:贞元二十年(804)韩愈贬谪阳山令,二十一年(805)移为江陵
   掾,前后二年。异同:偏义复词,指"异","同"字无义。

④ "冬寒""阳气"句:地气不受控制常常泄出,因而地面的植物不易冻住;天
   也不受控制,常常释放阳气,因而如春天般暖和。二句皆指岭南冬季如
   春,季节不分明。

⑤ 镇:指时之久,如镇日、镇年。

⑥ 钩辀(zhōu):指鹧鸪的叫声。

评析

本诗作于元和元年(806)二月,诗人于古寺赏杏花有感而发。诗歌题目
虽为"杏花",却不同于先前两首咏物诗《木芙蓉》与《春雪间早梅》,赞咏木芙
蓉、雪和梅花来表露自身的意志与信念。本诗只首句"杏花两株能白红"写到

杏花,其余皆为由杏花牵引出的情思。

韩愈在江陵居所旁的古寺中看见两株红白相间的杏花,欣喜到冒着风雨都要前来观赏。面对常见的花卉,诗人如此兴奋,其原因有二:第一,由杏花使诗人想到曲江。曲江在长安东南角,既是当时京城的游览胜地,也是进士及第后的宴饮场所。除此之外,长安还有杏园,是进士及第后举行探花宴的地方。从阳山到江陵,地理位置上虽已向长安靠近,但终究不是长安。第二,诗人以江陵古寺杏花与阳山遍地生长的山榴、羊杜鹃做对比。岭南冬季如春,不但季节更替差异不明显,而且花刚开"还落瘴雾中"。因此,在诗人看来,阳山的一切,都不如今日古寺中两株杏花有生气和春天的味道。但是如前所说,诗人的心思并不停留于江陵杏花,他所向往的是曲江和杏园,是长安的杏花,因而不禁感叹道:"若在京国情何穷?"此句遥接"曲江满园不可到",由对长安的思念起,又以此份思念收。

诗人看到杏花是高兴的,但最后忽然又陷入"惆怅"中,这是为何?"万片飘泊随西东",是说杏花随春风吹拂,零落飘泊,不知终点,正如诗人现在的处境,虽然已经到了江陵,距离长安似乎只有一步之遥,但是什么时候才能回去呢?诗人仿佛预感到自己还将久留此地,因此对古寺中的道人说,明年杏花定会开得更好,到那时切莫忘记邀请"邻家翁"。前八句对长安的美好向往,顷刻间被现实所瓦解。何焯评价说:"安知明年不仍在江陵,京国真不可到矣。落句正悲之至也。"(《义门读书记》)

题张十一旅舍三咏

榴　　花①

五月榴花照眼明,枝间时见子初成。

可怜此地无车马,颠倒青苔落绛英。

井

贾谊宅中今始见,葛洪山下昔曾窥。②

寒泉百尺空看影,正是行人渴死时。

蒲　萄③

新茎未遍半犹枯,高架支离④倒复扶。

若欲满盘堆马乳,莫辞添竹引龙须。⑤

注释

① 榴花:石榴花。

② 贾谊宅中今始见:长沙贾谊宅中有其自凿的水井,上窄下宽,形状如壶。

　　葛洪山下昔曾窥:罗浮山中葛洪炼丹处亦有水井,现今尚存。

③ 蒲萄:即"葡萄"。

④ 支离:散乱。

⑤ 马乳:形似马乳的葡萄。龙须:此处是说葡萄藤蔓似龙之须。

评析

　　元和元年(806)五月,韩愈和张署皆已到达江陵,张署居于旅舍,韩愈前往探望,有感而作此三诗。清代朱彝尊评价前两首:"意调俱新,俱偏锋。"意思是说《榴花》与《井》,意调新颖,那么新在何处呢?

　　《榴花》首句点明时间为五月,火红的榴花已经盛开,时不时地还能在枝头看见刚刚结成的石榴果，韩愈见此十分欣喜，正如看见古寺中盛放的杏花一般。但三、四两句笔锋突然一转，榴花虽盛放，却无人欣赏。"无车马"即无人至此，故"颠倒青苔落绛英"，自开自谢，散乱于青苔之上。明写榴花，暗喻自己与张署的境遇，正如这般美好的榴花一样，虽具才华，但命运弄人，无端远谪岭南，遇赦北归，而又移官江陵蛮荒之地。

《井》中用贾谊与葛洪的典故，西汉贾谊谪居长沙时曾自穿井，东晋葛洪在罗浮山炼丹时亦凿井。遗憾的是，虽有井却不能解渴，故言"寒泉百尺空看影，正是行人渴死时"。正所谓"可汲而不汲，未足以济人也"，有井而不用，隐喻有才而不得施展。

《蒲萄》写葡萄是一种需要人为支撑、依附藤蔓的植物，因此提醒种植之人如果日后想要吃到新鲜葡萄，千万不要耽误了给葡萄藤搭竹架、引龙须。此诗以新茎半枯、高架复扶喻谪而复起，又以欲食葡萄需"添竹引龙须"，比喻欲得其报需先栽培。

三首虽分咏三物，但实际上是一个整体。连贯来看，第一首《榴花》写有才华无人赏，第二首《井》写有能力不得用，第三首《蒲萄》写欲得其报需先培育。这就好像同人对话，一方面诉说遭遇和委屈，另一方面又希望得到栽培，逆境中求援引和帮助的心理表现得非常明显。但是，诗人并非直接吐露这种心思，而是借所咏之物来写。这就抓住了咏物诗创作的要义，既要形似，句句不离所写之物，又要含有隐喻，处处需含所议之理。要在物与情、物与理之间找到一个共通点，借此共通点，联结物、事、情、理。此为咏物诗之真核。

醉赠张秘书①

人皆劝我酒，我若耳不闻。

今日到君家②，呼酒持劝君。

为此座上客，及余各能文。

君诗多态度，蔼蔼春空云。③

东野④动惊俗，天葩吐奇芬。

张籍学古淡，轩鹤避鸡群。

阿买不识字，颇知书八分。⑤

诗成使之写，亦足张吾军⑥。

所以欲得酒，为文侑⑦其醺。

酒味既泠冽，酒气又氛氲。

性情渐浩浩，谐笑方云云。

此诚得酒意，余外徒缤纷。

长安众富儿，盘馔罗膻荤。

不解文字饮，惟能醉红裙。

虽得一饷乐，有如聚飞蚊⑧。

今我及数子，固无莸与薰⑨。

险语破鬼胆，高词媲皇坟⑩。

至宝不雕琢，神功谢锄耘。

方今向泰平，元凯承华勋⑪。

吾徒幸无事，庶以穷朝曛⑫。

注释

① 张秘书：张署，曾任秘书省校书郎。

② 君家：即张署家。

③ 态度：姿态。蔼蔼：众多的样子。

④ 东野：孟郊的字。

⑤ 阿买：韩愈子侄辈的小名。八分：八分书，书体的一种。《唐六典》中记载校
　书郎正字所掌字体有五种，分别为：一、古文；二、大篆，皆不用；三、小篆，
　印玺旗幡用之；四、八分，石经碑刻用之；五、隶书，典籍表奏公私文疏用之。

⑥ 张吾军：壮大自己的声势。

⑦ 俟：等待。

⑧ 聚飞蚊：《楞严经》说，"一切众生，如一器中聚百蚊蚋，啾啾乱鸣，于方寸中
　鼓发狂闹"。

⑨ 莸（yóu）与薰：意指当日酒宴上的人气味相投。莸：一种有臭味的草。
　薰：香草。

⑩ 皇坟：三皇（伏羲、神农、黄帝）之书，又称三坟。《尚书·序》："伏羲、神农、
　黄帝之书，谓之三坟。"

⑪ 元凯承华勋：意为天下太平之时有贤臣辅佐君王。元凯："八元""八凯"，
　皆为上古贤臣。华：舜之号。勋：尧之号。

⑫ 朝曛（xūn）：从早到晚。

评析

　　元和元年（806）六月，韩愈由江陵回长安任国子博士，此时张署也在长
安，韩愈前往拜访，醉酒后作此诗。据诗歌题目，当为醉后赠诗，而据诗意来
看，本诗实为一篇"诗论"，从三个不同角度阐述诗歌观念：

　　首先，以比喻手法赞赏友人的诗歌风格。从诗歌前半部分可以看出，酒
席上除韩愈、张署外，还有孟郊、张籍和阿买等人。由"为此座上客，及余各能
文"引出诗歌评价：三人诗风，或如春天云彩一般多姿，或如天花缤纷能"动
惊俗"，或如轩鹤独立鸡群崇尚"古淡"。在他看来，诗歌创作可以险怪惊人，

可以淡雅古朴，但一定要创新出奇。

其次，将此次酒席中的参与者与"长安众富儿"对比。长安城富家子弟宴席的酒桌上，全都是美味的肉食，虽也饮酒作乐，却不懂得何为"文字饮"，最终只会醉倒在妓乐旁，如同啾啾乱鸣的飞蚊。反观韩愈他们的聚会，只饮酒，但众人却在酒香、酒气中性情逐渐开朗，挥毫作诗，互相调笑评鉴。此即诗人所说的"文字饮"。由此可知，韩愈主张诗歌当出自真性情。

最后，诗人直接表明自己的创作主张："险语破鬼胆，高词媲皇坟。至宝不雕琢，神功谢锄耘。""险语""高词"，即崇尚险怪；"不雕琢""谢锄耕"，即强调自然，即李白所说："清水出芙蓉，天然去雕饰。"

短 灯 檠^① 歌

长檠八尺空自长，短檠二尺便且光。
黄帘绿幕朱户闭，风露气入秋堂凉。
裁衣寄远泪眼暗，搔头频挑移近床。
太学儒生东鲁客，二十辞家来射策^②。
夜书细字缀语言，两目眵^③昏头雪白。
此时提携当案前，看书到晓那能眠。
一朝富贵还自恣^④，长檠高张照珠翠。
吁嗟世事无不然，墙角君看短檠弃。

注释

① 檠（qíng）：灯柱，也可指灯。

② 射策：指科举考试。

③ 眵(chī)：眼中分泌物凝结。

④ 自恣：自我放纵。

评析

韩愈元和元年(806)回京后任国子博士，对"太学儒生"的人生态度和学习情况十分关注。他担忧儒生猎取功名富贵后便忘记过往的贫贱艰辛，沉迷享乐，因而作此诗以劝诫。

首句借宾定主，以八尺长檠"空自长"，衬托二尺短檠"便且光"。"长檠"象征考中后的富贵生活，"短檠"则象征考前的困窘状态。考取功名之前，短檠陪伴着两个人度过漫漫长夜：其一为闺中少妇，秋天深夜，她在为离家博取功名的丈夫裁衣，不时用玉簪挑亮灯芯，一边缝衣，一边流泪。其二为太学儒生，亦即少妇所思念的丈夫。他二十岁离家到京城，每夜就灯苦读，以致双眼昏花、白发丛生。但一旦功成名就，八尺长檠"高张"，照耀满身珠翠的女子，被抛弃的妻子如同墙脚被弃置的短檠一样。

本诗意在结句"吁嗟世事无不然"，世间万事万物不都是这样吗？可见此诗还含有世态炎凉之意。大多数人实现了理想后，就会忘记过往的艰辛和原本的自己。韩愈希望通过这首诗，告诫太学中的青年学子，即便有朝一日飞黄腾达了，也千万不要忘记被弃于墙角、陪伴自己度过无数寒冷黑夜的短檠，不要舍弃当初勤奋学习的淳朴之心！

荐　　士

周诗三百篇①，雅丽理训诰②。

曾经圣人手③，议论安敢到。

五言出汉时，苏李首更号④。

东都渐弥漫⑤，派别百川导。

建安能者七⑥，卓荦变风操。

逶迤抵晋宋，气象日凋耗。⑦

中间数鲍谢⑧，比近最清奥⑨。

齐梁及陈隋，众作等蝉噪。

搜春摘花卉，沿袭伤剽盗。

国朝盛文章，子昂始高蹈⑩。

勃兴得李杜，万类困陵暴⑪。

后来相继生，亦各臻阃奥⑫。

有穷者孟郊，受材实雄骜⑬。

冥观洞古今，象外逐幽好。

横空盘硬语，妥帖力排奡⑭。

敷柔肆纡余，奋猛卷海潦。

荣华肖天秀，捷疾逾响报⑮。

行身践规矩，甘辱耻媚灶⑯。

孟轲分邪正，眸子看瞭眊⑰。

杳然粹而精，可以镇浮躁。

酸寒溧阳尉⑱，五十几何耄？

孜孜营甘旨，辛苦久所冒。

俗流知者谁？指注竞嘲慠⑲。

圣皇⑳索遗逸，髦士㉑日登造。

庙堂有贤相㉒，爱遇均覆焘㉓。

况承归与张㉔，二公迭嗟悼。

青冥送吹嘘，强箭射鲁缟㉕。

胡为久无成？使以归期告。

霜风破佳菊，嘉节迫吹帽㉖。

念将决焉去，感物增恋嫪㉗。

彼微水中荇，尚烦左右芼㉘。

鲁侯国至小，庙鼎犹纳郜㉙。

幸当择珉玉，宁有弃珪瑁？㉚

悠悠我之思，扰扰风中纛㉛。

上言愧无路，日夜惟心祷。

鹤翎不天生，变化在啄抱㉜。

通波非难图，尺地易可漕㉝。

善善不汲汲㉞，后时徒悔懊。

救死具八珍，不如一箪犒。

微诗公勿诮，恺悌神所劳㉟。

注释

① 三百篇：即《诗经》，又称"诗""诗三百"。

② 雅丽理训诰：意思是《诗经》典雅，类于《尚书》的"训"和"诰"。

③ 圣人手：指孔子删诗说。《史记·孔子世家》："古者，诗三千余篇，及至孔
子，去其重，取其可施于礼义三百五篇，孔子皆弦歌之，以求合韶武雅颂之
音，礼乐自此可得而述。"后世认为《诗经》为孔子删定。

④ 苏李首更号：指苏武、李陵的五言诗创作为古代五言诗歌的开端。苏：苏
武。李：李陵。

⑤ 东都渐弥漫：意思是东汉时期五言诗作者渐多。如《文选》载《古诗十九

首》即出自东汉诗人之手。

⑥ 建安能者七：指汉献帝建安时期的孔融、陈琳、王粲、徐幹、阮瑀、应玚、刘
桢，亦称"建安七子"。

⑦ "逶迤"句：指诗歌风气、骨力至晋、宋时代渐渐衰弱。钟嵘《诗品·序》：
"尔后陵迟衰微，迄于有晋。太康中，三张、二陆、两潘、一左，勃尔复兴，踵
武前王，风流未沫，亦文章之中兴也。永嘉时，贵黄老，稍尚虚谈。于时篇
什，理过其辞，淡乎寡味。爰及江表，微波尚传，孙绰、许询、桓、庾诸公诗，
皆平典似《道德论》，建安风力尽矣。"

⑧ 鲍谢：鲍，鲍照；谢，谢灵运。杜甫《春日忆李白》："俊逸鲍参军。"钟嵘《诗
品·序》："元嘉中，有谢灵运，才高词盛，富艳难踪，固已含跨刘、郭，陵轹
潘、左。"

⑨ 清奥：清深。

⑩ 子昂始高蹈：唐诗正音由陈子昂始唱。陈子昂：字伯玉，变革初唐诗风、
倡导复归风雅，代表作有《感遇》三十八篇、《登幽州台歌》等。

⑪ 万类困陵暴：指李白、杜甫勃然而兴，雕刻世间万物，没有遗漏，且万物都
被压在二人之下。陵：凌轹、排挤。暴：暴露。

⑫ 阃(kǔn)奥：深邃的内室，比喻学问或事理的精微深奥所在，此指诗歌创作
的成就。

⑬ 雄骜：雄健。

⑭ 奡(ào)：上古人名，相传力气很大，能在陆地行舟。此句指孟郊作诗妥帖
且有力。

⑮ 捷疾逾响报：此句写孟郊作诗时思维敏捷。自"冥观洞古今"至此句，皆为
韩愈对孟郊诗歌风格特点的描述和称赞。

⑯ 耻媚灶：意思是耻于献媚执政。灶：指执政。古人认为，祭灶于灶陉，灶
虽卑贱，但当时用事，故以之喻权臣。

⑰ 瞭眊(mào)：瞭，眼睛明亮。眊，眼眸朦胧不清楚的样子。《孟子·离娄上》："眸子不能掩其恶。胸中正，则眸子瞭焉。胸中不正，则眸子眊焉。"

⑱ 溧阳尉：孟郊五十岁方中进士，任溧阳尉。

⑲ 指注竞嘲慠(ào)：孟郊对流俗以指指之，提示注意，竞相嘲笑。

⑳ 圣皇：指唐宪宗。

㉑ 髦士：俊士。

㉒ 贤相：指郑馀庆。

㉓ 帱：通"帱"，遮盖、保护。

㉔ 归与张：归登和张建封，即"二公"，孟郊曾受二人知遇之恩。

㉕ 青冥送吹嘘，强箭射鲁缟：向青空吹气，强箭之末不能射穿鲁缟。二事均意指无力。

㉖ 嘉节迫吹帽：《晋书·孟嘉传》载其九月九日参加宴会，风吹帽落而未觉察。此处是说孟郊将离京东归，韩愈等人送行。

㉗ 恋嫪(lào)：爱惜、留恋。

㉘ 芼(mào)：挑拣、采择。

㉙ 郜(gào)：春秋时国名，今在山东成武东南。

㉚ 幸当择珉玉，宁有弃珪瑁：意思是正当拣择珉玉之际，珪和瑁更不应放过。幸当：正当。珉玉：似玉而非玉的石头。珪瑁：美玉。

㉛ 纛(dào)：古时军队或仪仗队的大旗。此句指内心不能平静。

㉜ 啄抱(bào)：指禽鸟幼雏破壳而出。

㉝ 通波非难图，尺地易可漕：移尺寸之地，即可为人造通波之路。此谓举手之劳。

㉞ 善善不汲汲：意思是懂得善待善者的道理，但不急速办理。善善：善待善者。汲汲：汲井水，喻急速。

㉟ 恺悌(kǎi tì)神所劳：此为祝福之语，望神护佑孟郊。恺悌：和乐平易。劳：佑助。

评析

　　此诗是韩愈向郑馀庆推荐孟郊之作。孟郊作为典型的寒士被韩愈牵挂,更能体现诗人对出身贫寒、怀才不遇者的关切与珍惜。既然是推荐人才,就要在诗中尽可能地展示被推荐之人的优秀和独特之处,诗歌从三个角度来写孟郊的才华。

　　首先,韩愈将孟郊的诗歌置于周汉以来的诗歌发展史中加以观照。韩愈认可的本朝诗人只有陈子昂、李白、杜甫,但他认为孟郊能够与这些诗人相提并论。陈子昂和李、杜都崇尚正风正雅、汉魏风骨,积极投身诗歌复古的创作活动。韩愈自身也是复古的倡导者,因此对于持相同理念的人都倍加关注、视为知己。孟郊不仅与韩愈一样崇尚复古,而且更重要的是,他的才学真正征服了韩愈,"冥观洞古今"至"捷疾逾响报",从贯通古今、妥帖有力、刚柔兼备、才思敏捷等不同角度来盛赞孟郊的诗作。

　　其次,写孟郊的品格。"孟轲分邪正,眸子看瞭眊",化用孟子之语,是说一个人品格高低能够从眼眸中看出来。又用孟子之"孟"指代孟郊,意思是,孟郊的德行也像孟轲那样。其可贵之处在于,经受长久磨砺,仍然保持灵魂的"精粹",在境遇不佳、生活酸寒时还能"镇浮躁"、不易节,敢于指摘、嘲笑"俗流"。

　　最后,盛世更需要人才,以此来推荐孟郊。"圣皇索遗逸,髦士日登造""庙堂有贤相,爱遇均覆焘""况承归与张,二公迭嗟悼",是说帝王对人才的搜寻,贤相对才士的庇护,给天下有才的寒士带来了机遇。但唯独孟郊被遗漏,曾经对孟郊有知遇之恩的归登和张建封也连连嗟叹,为其命运感到不公。因为久而无成,孟郊决心归乡,并将离开长安的时间告诉了韩愈。"悠悠我之思,扰扰风中纛""上言愧无路,日夜惟心祷",是说韩愈惋惜的同时更心焦和愧疚。"善善不汲汲,后时徒悔懊",写孟郊离去是朝廷的损失。韩愈还在诗中提醒郑馀庆,现在留住孟郊还不晚,只需您的一句话就足够了。

　　全诗约分四层：从"周诗三百篇"至"亦各臻阃奥"，写孟郊之前的重要诗歌发展节点和流变过程，可作诗歌史来读，反映了韩愈的诗史观念。从"有穷者孟郊"至"可以镇浮躁"，叙述和评价孟郊的诗才。从"酸寒溧阳尉"至"强箭射鲁缟"，写孟郊惨淡的境遇。从"霜风破佳菊"至末尾，写众人送行场面及祝福。由此诗可知，韩愈不仅待友一片真诚，而且举荐得法，叙述条畅，深得"以文为诗"之法。

秋怀诗①（选二首）

其　　一

窗前两好树，众叶光薿薿②，

秋风一披拂，策策鸣不已。

微灯照空床，夜半偏入耳。

愁忧无端来，感叹成坐起。

天明视颜色，与故不相似。

羲和③驱日月，疾急不可恃。

浮生虽多途，趋死惟一轨。

胡为浪自苦？得酒且欢喜。

其　　二

彼时何卒卒？我志何曼曼？

犀首空好饮，廉颇尚能饭。④

学堂日无事，驱马适所愿。

茫茫出门路，欲去聊自勖。

归还阅书史，文字浩千万。

陈迹竟谁寻？贱嗜非贵献。⑤

丈夫意有在，女子乃多怨⑥。

注释

① 秋怀诗为组诗，原十一首，此选第一首和第三首。组诗作于韩愈元和元年(806)官国子博士时。

② 薿(nǐ)薿：茂盛的样子。

③ 羲和：古代传说职掌日月出入之神。

④ 犀首：指无事好饮之人。公孙衍，战国时魏国人，仕魏，官犀首。《史记·张仪列传》："陈轸曰：'公何好饮也？'犀首曰：'无事也。'"廉颇尚能饭：意指年老还有雄心壮志。廉颇：赵国大将，功勋卓越，后因小人谗言不为赵王所用。

⑤ 陈迹：过去的事情，此指古代圣贤治国之道。《庄子·天运》："六经，先王之陈迹也。"贱嗜：浅薄的嗜好。

⑥ 女子乃多怨：本句指丈夫专注于自己的志向，不能像女子、小人一样多凄怨之情。《论语·阳货》："唯女子与小人为难养也。近之则不逊，远之则怨。"

评析

元和元年(806)，韩愈在长安任国子博士，虽然职掌国子生学业，但实际却是一个闲职。终日清闲的生活与其理想抱负相差甚远，秋日萧索之时，诗人闻秋声、感秋风，写下《秋怀诗》十一首以抒内心沉郁。所选两首，较为鲜明地体现了时令和诗人心绪之间的联系。

第一首,从周围环境变化入笔。夜幕降临,窗前两棵树在秋风吹拂下不断发出"策策"的声音。半夜,本该入眠,诗人却在微弱灯光的陪伴下,无法入睡,秋声"夜半偏入耳","偏"有"故意"的意思,带有一丝无奈。秋风起,意味着衰败凋零的季节即将到来。"愁忧无端来,感叹成坐起",叶子传递的细微秋声影响诗人情绪。天刚亮,他已在镜前观察自己的"颜色",发现一夜之间变化很大。感叹容颜与身体不知不觉间衰老,时间过得实在太快了!最后用"浮生虽多途,趋死惟一轨"来自我排解,尤其令人心酸,忧愁不但未减,反而愈加深沉。

第二首,更能见出诗人"忧"从何来,以及面对这种"忧"的态度。首二句"彼时何卒卒?我志何曼曼?",将时间与志向并提,是说困扰诗人的始终是时间流逝与未竟抱负之间的矛盾。后十句具体描述了诗人的现状:"空好饮""尚能饭",终日无事,看似悠闲自在,但与用世理想之间的距离实在太大。朝中没有人探寻先贤治国之道,自己尚古的"贱嗜"似乎也并不合时宜,如此种种,都让韩愈感到忧愁。但他还是在"欲去"之时"自劝",告诉自己,应当专注于自己的事业。

游青龙寺赠崔大补阙①

秋灰初吹季月管②,日出卯南晖景短③。
友生招我佛寺行,正值万株红叶④满。
光华闪壁见神鬼,赫赫炎官⑤张火伞。
然云烧树大实骈,金乌下啄赪⑥虬卵,
魂翻眼倒忘处所,赤气冲融无间断。

有如流传上古时，九轮照烛乾坤旱⑦。

二三道士席其间，灵液⑧屡进颇黎碗。

忽惊颜色变韶稚，却信灵仙非怪诞。

桃源迷路竟茫茫，枣下悲歌徒纂纂⑨。

前年岭隅乡思发⑩，踯躅成山开不算。

去岁羁帆湘水明⑪，霜枫千里随归伴。

猿呼鼯啸鸺鹠啼，恻耳酸肠难濯浣。

思君携手安能得？今者相从敢辞懒。

由来钝呆寡参寻，况是儒官饱闲散⑫。

惟君与我同怀抱，锄去陵谷置平坦⑬。

年少得途⑭未要忙，时清谏疏尤宜罕。

何人有酒身无事？谁家多竹门可款⑮？

须知节候即风寒，幸及亭午⑯犹妍暖。

南山逼冬转清瘦，刻画圭角出崖窾⑰。

当忧复被冰雪埋，汲汲⑱来窥诚迟缓。

注释

① 游青龙寺赠崔大补阙：青龙寺，据《长安志》，在京城南门之东。崔大补阙，即崔群，字敦诗，与韩愈为同年进士。

② 秋灰初吹季月管：古人候气，作十二律管，于室中四时位上埋之，取芦莩烧作灰，实管中，以罗谷覆之，气至则吹灰动谷。

③ 日出卯南晖景短：古人认为，季秋之月，日从卯位之南出。卯南：卯位之南。

④ 万株红叶：指成熟的柿子。据《长安志》载，青龙寺有柿万株。

⑤ 赫赫炎官：赫赫，指旱气；炎官，神话中的火神。

⑥ 赪(chēng)：红色。

⑦ 九轮照烛乾坤旱：传说尧帝之时，十日并出，草木焦枯，尧命后羿仰射十日，射中九日，日中九鸟皆死。

⑧ 灵液：玉的脂膏，即玉膏，古代传说中的仙药。此处指柿液。

⑨ 枣下悲歌徒纂纂：纂，通"攒"；纂纂：集聚的样子。潘岳《笙赋》："咏园桃之夭夭，歌枣下之纂纂。"

⑩ 前年岭隅乡思发：谓贞元二十年(804)在阳山。

⑪ 去岁羁帆湘水明：谓永贞元年(805)自阳山移官江陵，俟命于湘中。

⑫ 呆(ái)：愚笨无知。况是儒官饱闲散：当时韩愈为国子博士，官职清闲，故谓"饱闲散"。

⑬ 锄去陵谷置平坦：除去胸中不平之气，心态平和。即相互劝慰之意。

⑭ 年少得途：崔群虽与韩愈同年中进士，却小韩愈七岁，故谓"年少得途"。

⑮ 谁家多竹门可款：款，叩门、敲门。《晋书·王徽之传》："吴中有一士大夫，家有好竹，欲观之，便与造竹下讽啸。"

⑯ 亭午：正午、中午。

⑰ 窾(kuǎn)：空隙。

⑱ 汲汲：急切的样子。

评析

此诗为元和元年(806)韩愈在长安任国子博士时作。洪庆善云："诗中'正值万株红叶满'，谓柿也。'灵液屡进颇黎碗'，谓食柿也。"诗分三层，为描写寺中柿树、回忆迁谪经历、劝慰崔群。

第一层为前十六句，是全诗最精彩处。围绕"万株红叶满"，展开对青龙寺柿子熟后景象的描绘。将寺中火红的柿林比作炎官所张"火伞"、金乌所啄

"赪虬卵"、后羿所射"九日"。寺中道人坐于柿林下,饮柿液后容颜返童,不禁让人觉得世间确有灵仙。用怪异奇崛的事物来刻画柿树,极尽比喻、夸张之能事,与寻常诗家笔下所写柿景大不同,可谓惊心动魄。

第二层从"桃源迷路竟茫茫"至"恻耳酸肠难濯浣",回忆此前贬谪经历:阳山谪居,眼前只有丛生的羊踯躅。移掾江陵,湘江行舟,陪伴自己的只有霜打的红枫叶,此外便是猿猴、飞鼠和鹧鸪的哀鸣。

第三层从"思君携手安能得"至末尾,写官闲。"由来钝呆寡参寻,况是儒官饱闲散"是说国子博士为闲官,心中不免抑郁。崔群任补阙,按理应是居要之职,但"时清谏疏",似乎也无事,因此才有秋游南山之约。此为诗歌最紧要处,明说时清官闲,暗喻疏言难进。

此诗结构尤有特色。三层之间,绾结细密。一、二层之间,用"桃源迷路竟茫茫,枣下悲歌徒纂纂"衔接。"桃源迷路"用陶渊明《桃花源记》故事,是说成仙之事,承前所言道士食柿汁颜色变化诸事;"枣下悲歌徒纂纂",由乐转悲,启下回想迁谪经历。此两句从柿果累累想到秋枣"纂纂",不仅字面对仗工整,而且妙处更在于句意流转。二、三层之间,以"思君携手安能得? 今者相从敢辞懒"两句贯串。"思君携手安能得",是说在岭南和江陵,即便想与崔群携手出游但也不可得,以总结回忆。"今者相从敢辞懒",开启此下对崔群的劝慰。

喜侯喜^①至赠张籍张彻

昔我在南时^②,数君长在念。
摇摇不可止,讽咏日喁噞。^③
如以膏濯衣^④,每渍垢逾染。
又如心中疾,箴石非所砭^⑤。

常思得游处⑥,至死无倦厌。

地遐物奇怪,水镜涵石剑⑦。

荒花穷漫乱,幽兽工腾闪。

骇目不忍窥,忽忽坐昏垫⑧。

逢神多所祝,岂忘灵即验。

依依梦归路,历历想行店⑨。

今者诚自幸,所怀无一欠⑩。

孟生去虽索,侯氏来还歉⑪。

欹眠⑫听新诗,屋角月艳艳。

杂作承间骋,交惊舌互䑛⑬。

缤纷指瑕疵,拒捍阻城堑⑭。

以余经摧挫,固请发铅椠⑮。

居然妄推让,见为燕天焰⑯。

比疏语徒妍,悚息不敢占⑰。

呼奴具盘食,饤饾⑱鱼菜赡。

人生但如此,朱紫⑲安足僭!

注释

① 侯喜:字叔起,上谷(今河北张家口)人,善为文,韩愈曾将侯喜推荐给卢汀。

② 昔我在南时:指贞元二十年(804)韩愈被贬阳山。

③ 摇摇:指思念之情像旌旗摇荡一样没有停止之时。喁噞(yóng yǎn):鱼在水中群出动口喘息的样子。

④ 以膏濯衣:膏本非濯衣之物,以之濯衣,反而被染。

⑤ 箴石非所砭:箴石,用来制作针的石头;砭,以石针刺皮肉治病。

⑥ 处(chǔ)：相处。

⑦ 石剑：形似利剑的山石或山峰。

⑧ 昏垫：昏，沉没；垫，陷入。

⑨ 行店：旅舍。

⑩ 欠：牵挂。

⑪ 索：离散。歉：同"慊"，满足、满意。

⑫ 攲(qī)眠：倚靠着枕头。

⑬ 杂作承间骋：指诗之外的其他文章也趁机会写出来。交惊舌互舔(tiǎn)：
指对侯喜的诗文构思惊叹不已。舔：吐舌头。

⑭ 拒捍阻城堑(qiàn)：意思是讨论激烈，舌战不疑，如同攻城守城一般。

⑮ 铅椠(qiàn)：此句意思是请韩愈写诗。铅指墨，椠指木片，二者都是古人
的书写工具。

⑯ 居然：没想到。爇(ruò)天焰：爇，燃烧。意同"李杜文章在，光焰万丈长"。

⑰ 比疏：即枇梳、梳篦，齿疏为梳，齿密为篦。此指所作诗篇栉比工整。
悚(sǒng)息：原意为因惶惧而屏息。前后四句为韩愈自谦之辞，席上之
人都赞誉自己的文章，因此韩愈称自己的文章也只是栉比整齐而用词徒
自工丽，心中惶愧不敢妄占第一。

⑱ 钉饾(dìng dòu)：指压桌角的小食物。

⑲ 朱紫：喻高官。

评析

诗作于元和元年(806)诗人任国子博士时。此时孟郊已离开长安，韩愈
与侯喜、张籍、张彻等人相聚。诗分两部分，以"昔我""今者"两句分领。第一
部分回忆南贬期间对众友的思念。写思念之情深，用了两个很好的比喻，一

个是"膏濯衣",膏本非濯衣之物,以之濯衣,反而被染,意思是欲抛除思念烦恼,思念反而更深,亦即"剪不断,理还乱"之意。另一个是以针除疾,病情反而加重。意思是思念之情如同病在腠理,无可救药。第二部分展示了一个诗文竞赛的真实场景。他们互相讨论对方作品,如同战场一般,你来我往,各不相让。最后请韩愈写诗,才一落笔,便得到众人称誉。韩愈自评其诗,只不过排比工整、语词艳丽而已。由此可知中唐诗坛诗文评骘的具体情形,也可知以文会友、"奇文共欣赏,疑义相与析"的真切内涵。

赠 唐 衢①

虎有爪兮牛有角,虎可搏兮牛可触。

奈何君独抱奇材,手把锄犁饿空谷。

当今天子急贤良②,瓯函③朝出开明光④。

胡不上书自荐达,坐令四海如虞唐⑤?

注释

① 唐衢:元和二年(807),韩愈离开长安,前往洛阳,是时唐衢为其宾客,二人交往密切。唐衢善为文,但多次应进士不第,老而无成。世称"唐衢善哭",李肇《唐国史补》:"唯善哭,每一发声,音调哀切,闻者泣下。"白居易《寄唐生》:"贾谊哭时事,阮籍哭路岐,唐生今亦哭,异代同其悲。"

② 急贤良:急择贤良之才。

③ 瓯(guǐ)函:《新唐书·百官志》中说"武后垂拱二年,有鱼保宗者,上书请置瓯以受四方之书。乃铸铜瓯四,涂以方色,列于朝堂"。玄宗朝亦设置

了"知匦使",二者都起到了一定广开言路、广纳贤才的作用。

④ 明光：明光殿，汉代宫殿。此指唐朝宫殿。

⑤ 虞唐：多称"唐虞"，此处为叶韵，调整了位置。唐虞，即尧和舜。

评析

元和二年（807），韩愈离开长安，以国子博士分司的身份来到洛阳。元和三年（808）韩愈仍在洛阳，唐衢时为其宾客，虽富诗才，但屡试进士不第。韩愈此作，表达对唐衢的同情和关切。

首四句写唐衢之才。用了两个奇特的比喻，一是其才如虎爪牛角，突出而犀利；二是其才如锄与犁，谓足以谋身。两个比喻，想象奇异。后四句，为唐衢指明谋身之道。设匦求言是唐代制度，意思是唐衢可献书自荐。天子开明光殿求士，唐衢大才，献书当可获用，可使天下如同尧舜之世。此等言语，表面上似是赞誉唐宪宗爱才，拔识英俊于草泽之中；实际上，亦含讥讽之意，否则像唐衢这样的高才之士早应得以被擢拔。白居易也曾作《伤唐衢》（二首）、《寄唐生》等诗，悯其怀才不遇，又称其善哭，"不悲口无食，不悲身无衣""所悲忠与义，悲甚则哭之"。程学恂评价说："乐天遗唐衢诗，全赋其哭。此独不及其哭，但称其才之奇而已。须知哭处正是奇材无所发泄处也。"

祖 席^① 二 首

前 字^②

祖席洛桥边，亲交共黯然。^③

野晴山簇簇，霜晓菊鲜鲜。

书寄相思处，杯衔欲别前。

淮阳④知不薄，终愿早回船。

秋 字

淮南悲木落⑤，而我亦伤秋。

况与故人别，那堪羁宦⑥愁。

荣华今异路，风雨苦⑦同忧。

莫以宜春⑧远，江山多胜游。

注释

① 祖席：祖是送行时祭祀行神的仪式。相传黄帝子累祖好远游，死于道路，
  后人以为行神。此指饯行的酒席。

② 前字：指分韵作诗，拈得"前"字韵。下"秋字"同。

③ 洛桥：指洛阳天津桥。黯然：忧愁的样子。江淹《别赋》："黯然销魂者，唯
  别而已矣。"

④ 淮阳：淮水之北。此处指王涯任虢州司马之处。

⑤ 淮南悲木落：《淮南·说山训》中说"桑叶落而长年悲"。

⑥ 羁宦：陆机《赴洛诗》中说"羁旅远游宦"。

⑦ 苦：方成珪《韩文笺正》认为"苦"字当作"昔"字。

⑧ 宜春：唐时袁州治所，即今江西宜春。

评析

此两首为元和三年（808）诗人在洛阳送王涯之作。本年春，王涯因外甥皇甫湜对策触忤宰相而受牵连，被贬为虢州司马，秋，再徙袁州。韩愈与王涯是同年进士，兼有与皇甫湜的师生情谊，因而有《祖席》之作。

据"霜晓菊鲜鲜"及"而我亦伤秋"，可知两诗同作于本年秋，王涯从虢州欲转官袁州。又据"淮阳""宜春"，可知第一首写上次虢州之贬，第二首写此次徙官袁州。两诗虽分写，但又是一个整体。其绾合之高明，在于"淮南悲木落"一句，"淮南"是对上篇的总结，"悲木落"则唤起下篇。故"前字"篇中，"前"字不仅为诗韵，而且是对王涯此前贬虢州的追忆。"秋字"篇中，"秋"字作为诗韵外，还点明了送行时间。

祖席之作，分韵题诗本已不易，送贬谪之人尤难，难在把握分寸、话语得体。"前字"篇中，首联用"黯然"，表示同情。颔联写秋景，"野晴"与"霜菊"，颜色鲜明，从"黯然"中转出，由悲转乐，符合所送之人内心情感的变化。接下来写二人情谊，并由此安慰，说淮阳虽好，但不可久留，意思是处境终究会好起来的。这些诗语都考虑周全，极为得体，有同情之心，无落井之意，不会引起误解和误会。"秋字"篇，亦以悲情开头。宋玉《九辩》："悲哉秋之为气也！萧瑟兮，草木摇落而变衰。"淮南木落，本是传统诗歌意象，而今我亦深感秋气，内心悲伤，既为好友无端遭受牵连贬谪而悲，又为自此分离、各在天涯而悲，也为自己仕宦束缚不得自由而悲。颈联写荣华异路、风雨同忧，既是安慰，也是颔联忧思的再进一步。尾联再劝，宜春虽远，但气候风景宜人，也算是苦中一乐。

两首虽分写，但内在精神是一致的。"前字"篇以"黯然"提起，"秋字"篇接言"伤秋"。两诗相合，暗用江淹《别赋》首句"黯然销魂者，唯别而已矣"，与饯别主题相符合。

寄皇甫湜①

敲门惊昼睡，问报睦州吏②。

手把一封书，上有皇甫字。

折书放床头，涕与泪垂四③。

昏昏还就枕，惘惘④梦相值。

悲哉无奇术，安得生两翅⑤？

$\boxed{\text{注释}}$

① 皇甫湜（777—835），字持正，睦州新安（今浙江淳安）人，韩愈门生。

② 睦州吏：为皇甫湜送信的人。

③ 涕与泪垂四：以涕与泪分言之，双涕加双泪故谓"垂四"。

④ 惘惘：失志、迷惘之态。

⑤ 安得生两翅：怎样才能生两翼呢？意思是期待早日相会。

$\boxed{\text{评析}}$

此诗系年尚无定论，但据内容可知作于收到皇甫湜自睦州来信之后。题
为《寄皇甫湜》，可知是以诗代书，叙说收到来信后的极度思念之情。

表达思念之情的方法很多，如何避免落入俗套，此诗是一个非常好的例
子。全诗以一系列动作和设问展开，别出心裁，与众不同。前三联描述自己

闻信、见信、读信的动作。敲门声惊醒了午睡的诗人,问询方知是皇甫湜从睦州寄来了书信。等不及拆信细读,已是涕泪交加。后两联写午梦中与皇甫湜相见,醒来之后,自恨无奇幻之术,不能插上双翅马上飞到对方身边。

其要害处在于写急切,但又于不急切中见出。敲门、问报、手把、拆书、就枕,详述具体过程,似乎不急。其急切藏于细节之中,如送信的睦州吏、信封之上皇甫湜的名字、未及展信已涕泗滂沱、梦中相会、自恨无奇术,写得愈细、其情愈切。何以如此? 这是因为皇甫湜在睦州任职,诗人对睦州、皇甫等信息极为敏感。因此前五句似悠悠叙来,但以"涕与泪垂四"作结,足见其内心迫不及待。梦中相会、恨不能生双翅,也是说急于相见。此诗作为回信,避开了平常书信的客套和矫情,因而信中思念之情深,确实真切动人。

送 李 翱①

广州万里途,山重江逶迤。②

行行何时到,谁能定归期?

揖我出门去,颜色③异恒时。

虽云有追送,足迹绝自兹④。

人生一世间,不自张与施⑤。

譬如浮江木,纵横岂自知。

宁怀别后苦,勿作别后思⑥。

注释

① 送李翱:元和四年(809)初春,李翱自洛阳去广州刺史杨於陵幕中任属吏,

韩愈作此诗送别。据李翱《来南录》，他离开洛阳时，韩愈与孟郊一直送至嵩山附近。

② 广州：当时岭南节度使治所。逶迤：曲折绵延。

③ 颜色：表情。

④ 足迹绝自兹：倒装句，即"自兹绝足迹"。

⑤ 不自张与施：意为不得自由。施：弛。

⑥ 别后思：谢灵运《酬从弟惠连五章》中说"别时悲已甚，别后情更延"。

评析

本诗为送别之作。开头点明李翱即将前往广州，此去将要跋山涉水，行程漫漫，意在提请朋友保重，表达关切之情。刚要分别，诗人便想到了"归期"，那种急于重聚的愿望多么迫切。而归期谁能决定呢？一旦进入仕途，就无法主宰自己的命运了。此番送行，不可谓不远，但终有一别，从此以后，朋友足迹断绝，恐怕不能再至了。着一"绝"字，感情沉痛。诗人不由感慨，浮江之木是横是纵，全凭流水摆弄；人生世间，俯仰由人，一如浮江之木。古时知识分子只有从政这条出路，一入仕便身不由己，远离故土，离别亲友。既然大家都是这样，那么分别迟早要发生，这是诗人在无可奈何之中对友人的安慰。

最后两句为全篇警策。在送别友人的诗作中，诗人们以各种方式表达别后相思。如"无论去与住，俱是梦中人"（王勃《别薛华》），以梦中相见写双方的相思；"唯有相思似春色，江南江北送春归"（王维《送沈子归江东》），以美丽的譬喻写无边的相思；"狂风吹我心，西挂咸阳树"（李白《金乡送韦八之西京》），以奇特想象和可以触摸到的物象写永恒的相思。而韩愈一反前人路数，翻出"宁怀别后苦，勿作别后思"的诗句，语气坚定。因为离别时内心虽痛苦,但二人毕竟还可以执手相看,互道珍重;而离别之后,想听却听不到,想看却无法看,所以诗人宁愿时间凝结在分别的瞬间,即使饱尝别时苦味,也不愿有更苦的别后相思。写思念之情,却从反面说"勿作别后思",情感表达更为深刻。此诗古拙、平易,情感真实,没有刻意追求险怪,体现了韩诗的另一种风格。

送郑十校理^①

相公倦台鼎,分正新邑洛。^②
才子富文华,校雠天禄阁^③。
寿觞^④佳节过,归骑春衫薄。
鸟唔正交加,杨花共纷泊。^⑤
交亲谁不羡,去去翔寥廓。^⑥

注释

① 郑十校理:即郑澣,本名涵,后改名瀚,元和四年(809)由长安尉改任集贤校理。

② 相公倦台鼎:相公指郑馀庆,曾担任宰相。台鼎:古称三公为台鼎,如星有三台,鼎有三足。分正新邑洛:指郑馀庆担任东都留守。分正,即"分政"。

③ 校雠天禄阁:校雠,指校对文字。天禄阁,本为汉朝藏书之阁,此处代指唐集贤院。

④ 寿觞:祝寿的酒杯。

⑤ 哢(lòng)：鸟鸣声。纷泊：纷纷落下。

⑥ 交亲：指东都留守郑馀庆的下属。寥廓：辽阔的天空。

评析

本篇作于元和五年(810)春，时韩愈为都官员外郎，分司东都。郑馀庆任东都留守，韩愈为其下属。郑馀庆之子郑瀚在集贤院任校理，元和四年(809)返洛阳省亲。次年春回长安，韩愈等人送行。这种关系的送行诗比较难写，但韩愈处理得非常好。

首四句分写郑馀庆和郑瀚担任的官职。郑馀庆曾任宰相，现为东都留守。诗中用一"倦"字，变被动为主动，化解了郑馀庆贬官的尴尬。其子郑瀚有才华，担任集贤院校理。集贤院置于玄宗开元十三年(725)，为国家藏书之所，地位较高，选任官员，要求严格。郑瀚在此任职，确属不易。此四句以叙写事实来称颂郑氏父子，非常妥帖。五、六两句写郑瀚回长安，"寿觞"一词用得好，既称赞郑瀚有孝道，又是对前四句的呼应，否则分述郑氏父子，其间没有关联。"春衫薄"既写送行时间，又由此引起七、八两句。正因为送行在春天，才会出现"鸟哢交加""杨花纷泊"的场景。最后两句是祝愿之辞，以一"羡"字，再次称誉而不露痕迹。末两句与时序也非常契合，说鸟翔寥廓，正由"鸟哢正交加"引出，无丝毫突兀。

燕河南府秀才得生字①

吾皇绍祖烈②，天下再太平。

诏下诸郡国，岁贡乡曲英③。

元和五年冬，房公④尹东京。

功曹⑤上言公，是月当登名。

乃选二十县，试官得鸿生。

群儒负己材，相贺简择精。

怒⑥起簸羽翮，引吭吐铿轰。

此都⑦自周公，文物继名声。

自非绝殊尤⑧，难使耳目惊。

今者遭震薄⑨，不能出声鸣。

鄙夫忝县尹⑩，愧栗难为情。

惟求文章写，不敢妒与争。

还家敕妻儿，具此煎焘烹。

柿红蒲萄紫，肴果相扶擎⑪。

芳茶⑫出蜀门，好酒浓且清。

何能充欢燕，庶⑬以露厥诚。

昨闻诏书下，权公作邦桢⑭。

文人得其职，文道当大行。

阴风搅短日，冷雨涩不晴。

勉哉戒徒驭，家国迟⑮子荣。

注释

① 燕河南府秀才得生字：燕，即宴。此处指选拔乡贡进士后的宴会。得生字，指分韵题诗得"生"字韵。

② 吾皇绍祖烈：吾皇，指唐宪宗。绍，继承。烈，功业。

③ 乡曲英：州县所举乡贡进士。

④ 房公：房式，当时担任河南府尹。

⑤ 功曹：功曹参军掌考课、学校等事。

⑥ 怒：奋力，勉力。《庄子·逍遥游》："怒而飞，其翼若垂天之云。"

⑦ 都：东都洛阳。

⑧ 尤：超乎寻常。

⑨ 今者遭震薄：震薄，以风雷相激比喻考生才高。遇此高才，故不敢发声。

⑩ 鄙夫忝县尹：韩愈当时担任河南县县令。

⑪ 檠：或作"擎"。

⑫ 荼："茶"的古字。

⑬ 庶：希望，差不多。

⑭ 邦桢：喻宰相。《论衡·语增》："夫三公，鼎足之臣，王者之贞干也。"权德舆当时新任宰相，故谓"权公作邦桢"。

⑮ 迟(zhì)：等待。

│评析│

本诗作于元和五年(810)冬，当时身为河南县县令的韩愈，以地方长官身份宴请参加府试成功者，以奖掖后进、开启来学。依照唐制，每年仲冬，州(府)县选拔优秀人才，送尚书省礼部。其程序，先县试，再州(府)试。韩愈此次宴请者，当是参加府试成功的河南县考生。

此诗可分为两部分，从首句至"不敢妒与争"为第一部分，从"还家敕妻儿"至末尾为第二部分。第一部分写此次宴会发生由来。唐代科举贡士，由州县而礼部，层层选拔。"诏下诸郡国，岁贡乡曲英"，是说朝廷下诏开科贡士，要求各地选拔人才。韩愈所在河南府自然也要选士，河南府下辖二十县，韩愈担任河南县县令,负责本县考试工作,选送优秀者参加河南府试。府试成功者再参加礼部主持的考试,这些考生称为"乡贡进士"。参加礼部进士试及第者,称为"前进士"。"相贺简择精"是说此次府试结束,并由此引出对他们的赞誉,说洛阳本为古都,文人辈出,人才济济。"今者遭震薄"是说这些参加府试者如同风雷相激一般,使"我"发不出声来。这当然是韩愈自谦之辞,意思是与他们相比,自己非常惭愧。

第二部分写他作为河南县县令,宴请本县参加府试成功者。从"还家救妻儿,具此煎煮烹"来看,此次宴请属于私人行为。"何能充欢燕,庶以露厥诚",也是说表达个人的一点诚心。由此可知,此次宴会并非官方的"乡饮酒礼",而是一次饮酒赋诗的诗会,与诗题"得生字"所说的分韵赋诗是一致的。最后八句是祝愿之辞。听闻权德舆已任宰相,权氏本文坛领袖,你们这些才俊之士适逢其时,大有可为,不要辜负大好时机。

此诗以散句叙写事情由来和经过,充分体现了韩愈"以文为诗"的特点。此外,此诗还具有以诗为戏的色彩。如既说参加府试者才高,竟使自己无法发声,又说自己忝为县令,实在对不起这份俸禄,等等,都有戏谑的意味。这也正反映了此次活动的私人性质。

学诸进士作精卫衔石填海①

鸟有偿冤者,终年抱寸诚。②
口衔山石细,心望③海波平。
渺渺功难见,区区命已轻。④
人皆讥造次,我独赏专精。⑤
岂计休无日⑥,惟应尽此生。

何惭刺客传，不著报仇名。⑦

① 学诸进士作精卫衔石填海：学，仿效。诸进士：指参加河南府府试的应试
   者。"精卫衔石填海"，当是河南府府试诗题。精卫：鸟名，传说炎帝小女
   溺死于东海，化为精卫鸟，常衔西山之石以填海。

② 偿冤：报仇。寸诚：寸心、决心。

③ 心望：希望。

④ 渺渺：渺茫、毫无可能。功难见：难以实现其事业。见：看见。命已轻：
   性命轻微。

⑤ 造次：荒唐可笑。专精：精诚专一。

⑥ 计：考虑。休无日：没有终止的日期。

⑦ 刺客传：司马迁《史记·刺客列传》，记述侠客冒死行刺为人报仇之事。不
   著：没有记载。

　　唐宪宗元和五年(810)，韩愈任河南县县令，时府试诗题为《精卫衔石填
海》，仿效而作。前四句正面破题，一、二两句点明"精卫"，三、四句破"衔石填
海"，是为起。五、六两句为承，"渺渺功难见"，结前四句，是说精卫填海不成。
"区区命已轻"，是传统对精卫的评价，说精卫白白葬送了性命，以启后四句。
"人皆讥造次，我独赏专精"，是转。人们讥笑精卫行为荒唐，"我"却欣赏其坚
持不懈的精诚。"岂计休无日，惟应尽此生"是对"转"的再次强化，不计时日，
尽此一生，精神足以动人。最后两句"何惭刺客传，不著报仇名"，是合，总结

全诗诗意,精卫不入刺客传,著史者应惭愧。

　　唐代科举考试竞争激烈,进士尤甚。王定保《唐摭言》"三十老明经,五十少进士",可见一斑。进士试诗,要出奇制胜。韩愈参加三次进士考试才成功,虽然艰辛,但也积累了不少经验。此仿作河南府试诗题《精卫衔石填海》,既有怀旧之情,又含争雄之意。其制胜之处在于,形式上中间四联对仗工整,诗意上则一反常调,认为精卫衔石以填沧海,是其坚韧专精精神的体现。诗思出人意表,自然可作举子们模仿揣摩的范例。

辛卯年雪①

元和六年春,寒气不肯归。

河南二月末,雪花一尺围。

崩腾相排拶②,龙凤交横飞。

波涛何飘扬,天风吹幡旗。

白帝盛羽卫,鬖髿振裳衣。③

白霓④先启涂,从以万玉妃。

翁翁陵厚载,哗哗弄阴机。⑤

生平未曾见,何暇议是非?

或云丰年祥,饱食可庶几⑥。

善祷吾所慕,谁言寸诚⑦微?

注释

① 辛卯年雪:辛卯年,即元和六年(811),韩愈时在河南县县令任上。这一年

关内外大雪,白居易、卢纶等均有诗记此。

② 排拶(zā):排挤逼迫。

③ 白帝:五帝之一,主司西方。鬖髿(sān suō):头发凌乱的样子。

④ 白霓:白色的副虹。

⑤ 翕(xī)翕:聚合、趋附的样子。陵:同"凌",超越。厚载:即大地。哗哗:吵嚷喧闹。阴机:古代阴阳学说认为天地间万物万象有阴阳二类,日为阳,月为阴,晴天为阳,雪天为阴,"阴机"指阴类物象振作的时机。

⑥ 庶几:大概、差不多。

⑦ 寸诚:寸心,一点心意。

评析

元和六年(811)春,韩愈继续任河南县县令。适逢天气特别寒冷,雪也下得特别大,于是引起了他极大的兴趣。他以极其关注的心情,挥翰成诗。

开头四句交代年月时节,突出了"寒气"和"雪花"两点。"寒气不肯归"是说寒冷持续不断。隆冬以还,直至春天二月末,不仅严寒未散,而且降下大雪。"雪花一尺围"言雪片之大,似从李白"燕山雪花大如席"转来。此下十句写雪景:雪花又多又密,在空中碰撞、聚集,有如龙凤交错飞舞。纷纷扬扬的雪花在天空中好似波涛翻滚,又像天风掀动无数的旗帜。飘扬的雪花犹如天神白帝出巡,带着数不清的仪仗卫兵,他们披头散发,抖动衣裳;白霓是先锋,启路先行,万千洁白的妃子紧紧跟上。漫天大雪强行侵凌大地,使阴机勃发,传出哗哗声响。此用赋体铺张扬厉的手法,一而再、再而三地描摹、比况,铺写雪景,场面壮阔、上天入地、惊心动魄。又以古奥生僻的词语如"鬖髿""厚载"之类,造成生涩、奇险的艺术效果。

后六句即景抒情。诗人平生未曾见过这样的大雪,对它的出现,是好是坏,是福是祸,不敢妄加议论,唯以诚心祷告。韩愈曾于贞元十九年(803)作《御史台上论天旱人饥状》,为京郊灾民请求免税而获罪。时隔八年,当这场大雪降临河南县时,身为县令,韩愈更加关注,表明他关心民生疾苦是一以贯之的。

李 花 二 首

其 一

平旦入西园,梨花数株若矜夸。

旁有一株李,颜色惨惨似含嗟。

问之不肯道所以,独绕百匝至日斜。

忽忆前时经此树,正见芳意初萌牙。

奈何趁酒不省录,不见玉枝攒霜葩。①

泫然为汝下雨泪,无由反饰②羲和车。

东风来吹不解颜,苍茫夜气生相遮。

冰盘夏荐碧实脆,斥去不御惭其花。③

其 二

当春天地争奢华,洛阳园苑尤纷拿④。

谁将平地万堆雪,剪刻作此连天花?

日光赤色照未好,明月暂入都交加。

夜领张彻投卢仝,乘云共至玉皇家⑤。

长姬香御四罗列，缟裙练帨⑥无等差。

静濯明妆有所奉，顾我未肯置齿牙⑦。

清寒莹骨肝胆醒，一生思虑无由邪⑧。

注释

① 省录：检点收拾。不省录，即疏忽之意。霜葩：形容花白如霜花。

② 斾（pèi）：旗子。反斾：犹如扯起回头旗，此处指时间倒转。

③ 碧实：指李子，李子有"碧李"之称。斥去不御惭其花：因愧对其花，将不食其果。斥：拒绝。御：服用。

④ 纷挐：纷纭错杂的样子。《淮南子·本经训》："巧伪纷挐，以相摧错。"

⑤ 玉皇家：以天上宫殿形容月下花间一片寒白。

⑥ 缟：白色细丝。练：白色丝帛。帨（shuì）：佩巾。

⑦ 顾我未肯置齿牙：意思是李花回头看"我"，似对"我"不置一语，不理不睬。顾：回头看。齿牙：即"齿牙余论"，评说之意。

⑧ 思虑无由邪：《论语·为政》中说："《诗》三百，一言以蔽之，曰：思无邪。"

评析

　　此两首为元和六年（811）作。第一首大意是见李花已结果实，未能及时鉴赏而有遗憾。开篇采用对比手法，先写梨花矜持夸张，颇有自得之意；而旁边一株李树却颜色惨淡，好像饱含怨嗟。以拟人手法，将诗人感情贯注其中。"问之不肯道所以"，是说李花似乎有难言之隐，足见李花怨嗟之情，也表明诗人对李花格外关注。接着写诗人独绕李树开始反思，懊悔当初李花正值芳华、霜葩聚满玉枝之时，自己没有趁酒兴领略她的风采神韵。这也道出李花

"颜色惨惨似含嗟"的原因，正当赏时而不被赏，怎能不怨恨嗟叹呢？"泫然为汝下雨泪"，是写由感慨而至悲伤落泪，堪称李的知音。而此时李树因花时已过，被黑夜吞没了。这种感伤情绪是那样真切，以至产生追返时光、让其倒转的痴想，这当然是没有办法的。结尾说由于没有及时领略李花的神韵风采，而自觉有悔愧之心，乃至以冰盘端来李花的果实也不肯品尝，可见诗人之于李花的一片痴情。

第二首与第一首并非同时之作。前者写河南县官园李花，后者写卢仝家李花。首联写花放的时节和环境。二、三两联说万堆雪化作连天花，想象奇特。岑参诗"忽如一夜春风来，千树万树梨花开"，以花形容雪，韩愈却以雪喻花。两相比较，前者令人不觉雪之寒而有春意，后者令人神往李花冰清玉洁。夕阳西下、明月初升之际，诗人带领张彻至卢仝家赏花：卢仝家李花好似一身素白的仙子，神情冷然，姿态高雅，于"我"不置一语，似别有所思。受此感染，诗人似乎为之清醒而思虑澄澈。

此二诗妙在善解花语。第一首"颜色惨惨似含嗟"，写李花似有怨言，故诗人问之，但花又不语。诗人不得其解，独自徘徊于李树之下。第二首"静濯明妆有所奉，顾我未肯置齿牙"，写李花不肯与"我"语，别有所思。后来欧阳修《蝶恋花》"泪眼问花花不语，乱红飞过秋千去"，或受此影响。清代朱彝尊读此二诗，谓其"绝有风致，又与他诗迥别。只就一时所见光景写入骨髓，无所因袭，亦不强置，凿空撰出，真趣宛然，后鲜能继者"，当有感而发。

河南令舍池台①

灌池才盈五六丈，筑台不过七八尺。

欲将层级压篱落，未许波澜量斗硕②。

规摹^③虽巧何足夸,景趣不远真可惜。

长令人吏远趋走,已有蛙黾^④助狼藉。

注释

① 河南令舍池台:韩愈为河南县县令,令舍中有池台。

② 硕:即石。

③ 规摹:设计、规划。

④ 蛙黾(měng):蛙的一种。

评析

此诗开篇借用杜甫"秋水才深四五尺,野航恰受两三人"(《南邻》)句法,言其所灌的小池才方圆五、六丈,修筑的高台不过七、八尺。想要用高台压住篱落,但似乎压不住,因此小池几乎被篱落遮住。池中泛起的波浪,也不过斗石而已。这种小小的池台设计得再怎么巧妙也不值得夸赞,因其景趣不够悠远,令舍中属吏也避而远之,小池成了蛙类的乐园,一片狼藉。这样看来,好像诗人也不大喜欢这个小池台了。实际上是正话反说,他内心还是喜欢这个虽不被关注,但倒也自在的小池台。

不过,本诗主题不在于池台,而是借池台来表明一种审美态度。从《诗经》开始,古典抒情诗逐渐形成了含蓄优美、天然玲珑的基本品格,直至李白仍是如此。李白的创作虽某种程度上冲击了这种美学传统,但在理论上仍与其一脉相连,主张"清水出芙蓉,天然去雕饰"。到韩愈这里,这种审美趣味才得到较为彻底的反动。一方面,他继承了杜甫"语不惊人死不休"的刻意为诗,主张以强劲的艺术力量,运斤成风,对艺术对象进行大刀阔斧的改造,创造新奇生硬之美。另一方面,他又批评那种以精致小巧为特点的优美,这与杜甫"或看翡翠兰苕上,未掣鲸鱼碧海中"一句中对初唐诗的批评相通。白居易曾有诗寄韩愈,谓其"户大嫌酒甜,才高笑小诗",或可作此诗"规摹虽巧何足夸"的注脚。

池 上 絮①

池上无风有落晖,杨花②晴后自飞飞。
为将纤质凌清镜③,湿却无穷不得归。

注释

① 絮:柳絮。
② 杨花:即柳絮。
③ 纤质凌清镜:纤质,纤小的身躯;凌,靠近;清镜,指池水。

评析

本诗当作于元和六年(811)韩愈任河南县县令时,描写柳絮,情感细腻,颇具新意。一、二两句看似写景,但中心还是柳絮,重在一"自"字。首句"无风",是为次句铺垫。柳絮自飞,写其主动心态,好像不安定地寻求什么。此两句符合起与承的结构关系。第三句为转,接上第二句,解释柳絮何以自飞,原来是为了将纤小的身躯靠近池水,以求临镜自照。按理说,诗意至此已较完足,似不必再写。妙处就在于第四句忽然一转,"湿却无穷不得归",柳絮为临水自照，不料却被重重打湿，再也飞不起来了。柳絮本寻常物，但在诗人笔下，翻出几重意思，其不落俗套的出奇处：一是抛开平常写柳絮因风而起，写无风自飞，既写柳絮外在之轻盈，又写其内心之萌动；二是平常写柳絮临水自照，多从柳条拂水处着笔，但此诗却从脱离柳枝的柳絮本身写。三是平常写柳絮与水的关系，无非自照而已，此诗却更进一层，写其湿重难返。由此三点，引人无限遐思，造成余韵无穷的艺术效果。

石　鼓①　歌

张生②手持石鼓文，劝我试作石鼓歌。

少陵无人谪仙死③，才薄将奈石鼓何！

周纲陵迟四海沸④，宣王愤起挥天戈⑤。

大开明堂⑥受朝贺，诸侯剑佩鸣相磨⑦。

蒐于岐阳⑧骋雄俊，万里禽兽皆遮罗⑨。

镌功勒成⑩告万世，凿石作鼓隳嵯峨⑪。

从臣才艺咸第一，拣选撰刻⑫留山阿。

雨淋日炙野火燎，鬼物守护烦㧑呵⑬。

公从何处得纸本，毫发尽备无差讹。

辞严义密读难晓，字体不类隶与科⑭。

年深岂免有缺画，快剑斫断生蛟鼍⑮。

鸾翔凤翥众仙下，珊瑚碧树交枝柯。

金绳铁索锁纽壮，古鼎跃水龙腾梭⑯。

陋儒编诗⑰不收入，二雅褊迫无委蛇⑱。

孔子西行不到秦，掎摭星宿遗羲娥⑲。

嗟余好古生苦晚,对此涕泪双滂沱。

忆昔初蒙博士征,其年始改称元和。

故人从军在右辅㉑,为我量度掘臼科㉑。

濯冠沐浴告祭酒㉒,如此至宝存岂多?

毡苞㉓席裹可立致,十鼓只载数骆驼。

荐诸太庙比郜鼎㉔,光价岂止百倍过?

圣恩若许留太学,诸生讲解得切磋。

观经鸿都尚填咽㉕,坐见㉖举国来奔波。

剜苔剔藓㉗露节角,安置妥帖平不颇。

大厦深檐与盖覆,经历久远期无佗㉘。

中朝大官老于事,讵肯感激徒媕婀㉙。

牧童敲火牛砺角,谁复著手为摩挲?

日销月铄就埋没,六年西顾空吟哦。

羲之俗书趁姿媚,数纸尚可博㉚白鹅。

继周八代㉛争战罢,无人收拾理则那㉜。

方今太平日无事,柄任儒术崇丘轲㉝。

安能以此上论列?愿借辩口如悬河。

石鼓之歌止于此,呜呼吾意其蹉跎!

注释

① 石鼓:据李吉甫《元和郡县志》、欧阳修《集古录》,石鼓为周宣王时所作,其
　 形似鼓,其数有十,鼓面有文字,记周宣王田猎事。

② 张生:即张籍。也有人认为是张彻。

③ 少陵无人谪仙死:杜甫、李白均已逝去。少陵:指杜甫。谪仙:指李白。

④ 周纲陵迟四海沸：周纲，周王朝的统治。陵迟，即衰微、没落。四海沸：喻
　　天下骚乱、群雄割据。

⑤ 宣王愤起挥天戈：宣王，指周宣王。挥天戈，南征北伐。

⑥ 明堂：古代天子朝会之所。

⑦ 剑佩鸣相磨：形容诸侯朝会之盛。

⑧ 蒐（sōu）于岐阳：蒐，田猎；岐阳，岐山之南。

⑨ 遮罗：围猎。

⑩ 镌功勒成：刻石纪功。

⑪ 隳（huī）嵯峨：毁坏高山。此处指毁山凿石作鼓。

⑫ 拣选撰刻：拣石、选工、撰文、刻字。

⑬ 扐呵（huī hē）：亦作"扐诃"，挥手呵斥，引申为护卫。

⑭ 隶与科：隶字与科斗文字。

⑮ 快剑斫断生蛟鼍：形容石鼓文字缺画，好像龙和鼍被利剑斩断后的
　　形状。

⑯ 古鼎跃水龙腾梭：比喻石鼓文字湮灭，如水波难寻其迹。偶尔略见笔
　　画，也像飞龙一瞥而过，或现首不现尾，或现一鳞一爪，字的全形终不
　　可见。

⑰ 编诗：整理古诗。

⑱ 二雅褊（biǎn）迫无委蛇：意思是《诗经》的大雅和小雅狭隘，而石鼓文悠游
　　从容。褊迫：狭隘、狭窄。委蛇（wēi yí）：蛇，或作佗。从容不迫。

⑲ 掎摭（jǐ zhí）星宿贵羲娥：掎摭，摘取；羲娥，指羲和、嫦娥，并言日月。意思
　　是孔子整理古诗，遗漏了石鼓文。

⑳ 右辅：即凤翔府。韩愈友人曾任职于此。

㉑ 臼科：指安置石鼓的凹形底座。科：通"窠"。

㉒ 祭酒：即国子祭酒，掌管国子监的最高官职。此处指郑馀庆，时任国子

祭酒。

㉓ 苞：用为动词，同"包"。

㉔ 郜鼎：春秋时代的青铜器。《左传·桓公二年》："取郜大鼎于宋。"

㉕ 观经鸿都尚填咽(yè)：填咽，阻塞，形容人多拥挤。鸿都门为东汉藏书之所。汉灵帝熹平四年(175)，蔡邕奏请正定六经文字，并刻石碑，立于太学门外，即熹平石经。每天前来观看和摹写的人很多，十分拥挤，阻塞街道。

㉖ 坐见：将见。此为预料之词。

㉗ 剜苔剔藓：因为石鼓"雨淋日炙"多年，上面生满了苔藓，要使字迹清晰，就要剜剔上面的附着物。

㉘ 期无佗(tuō)：佗，同"他"。意思是希望不会有什么意外。

㉙ 媕婀(ān ē)：犹豫不决的样子。

㉚ 博：换取。

㉛ 继周八代：周以后的八个王朝，泛指秦汉之后诸朝。

㉜ 理则那(nuó)：那，同"何"。无可奈何之意。

㉝ 丘轲：孔子和孟子。孔子名丘，孟子名轲。

评析

此诗作于唐宪宗元和六年(811)。韩愈感慨石鼓废弃，力谏保护而不得采纳，因作此诗。

全诗约可分为五层：第一层为首四句，写作《石鼓歌》之缘由，张生持石鼓文拓本来，观石鼓文有感而发。第二层从"周纲陵迟四海沸"至"鬼物守护烦㧑呵"，写石鼓之由来。韩愈认为石鼓当制作于周宣王时。其内容则是记宣王田猎之事，以表彰其南征北伐之功。第三层从"公从何处得纸本"至"对此涕泪双滂沱",写所观纸本石鼓文,先写其字形,再写其内容。第四层从"忆昔初蒙博士征"至"六年西顾空吟哦",写曾建议保护石鼓的具体过程。第五层从"羲之俗书趁姿媚"至诗末,写石鼓之价值,再次提请重视保护石鼓。

　　此诗可注意处有以下几点:一是叙事井然。全诗时空不断转换,第一层是当下,第二层是远古,第三层回到当下,第四层是回忆六年前的事,第五层又回到当下。每层意思独立完整,各层之间又衔接紧密,形成一个回环往复、时空交错的整体。二是想象、联想、比拟方法的使用。石鼓制作过程,如劈山、掘石、选材、刻写等等,都是想象。由张生所持石鼓文,回忆此前之事,是联想。写石鼓文字古拙、残剥等用了大量比喻,形象而贴切。三是议论独具识见,特别是对石鼓价值的评价,如"如此至宝存岂多""荐诸太庙比郜鼎,光价岂止百倍过""圣恩若许留太学,诸生讲解得切磋"。四是感叹和批评。慨叹深于世故的中朝官员,做事犹豫不决。批评"柄任儒术崇丘轲"只不过是口号而已,一旦涉及具体事务,则很难付诸行动。五是用韵多借用,特别要注意"委蛇""无佗""则那"读音和词义的古今差异。

峡 石 西 泉①

居然鳞介不能容,石眼环环水一钟。②

闻说旱时求得雨,只疑科斗③是蛟龙。

注释

① 峡石西泉:峡石是县名,因此地有峡石坞,故名,在今河南三门峡。

② 居然:惊讶之状。鳞介:水中动物,如鱼、蟹之类。环环:一圈一圈相连。

③ 科斗：即蝌蚪。

此诗为诗人离洛之京，途经陕州峡石时所作。诗中所写峡石坞蛤蟆泉，泉眼极小，所贮水不过一小杯，仅容蝌蚪，放不下小鱼小虾。但"水不在深，有龙则灵"，传闻此处求雨极为灵验，使人怀疑这些蝌蚪可能是蛟龙所化。

本诗有两点值得注意：一是诗人观察仔细。描写泉眼极小，说贮水一钟，鱼虾不容。宋人杨万里写荷花，"小荷才露尖尖角，早有蜻蜓立上头"，与此相似，能把握一刹那、一瞬间的观感。二是听闻此地求雨灵验。诗中的"疑"字，既是说蝌蚪疑似蛟龙，又表明他对传说的怀疑态度。一个"疑"字，不仅用字巧妙，还可知诗人对于求雨传闻的理性态度。中国古代素有求雨传统，如《论语》所载孔子与弟子"风乎舞雩"，"舞雩"即求雨台。但是，理性看待自然灾害问题，雨是求不来的。借助祭祀仪式求雨，只不过是统治者用以推卸责任的一种方式。这样来看，诗中的"疑"字，既表明了一种理性精神，也是诗人在当时敢于质疑权威的一个重要例证。

送陆畅归江南①

举举江南子，名以能诗闻。②
一来取高第，官佐东宫军。③
迎妇丞相府，夸映秀士群。④
鸾鸣桂树间⑤，观者何缤纷。
人事喜颠倒，旦夕异所云⑥。

萧萧青云干,遂逐荆棘焚。⑦

岁晚鸿雁过,乡思见新文⑧。

践此秦关雪,家彼吴洲⑨云。

悲啼上车女⑩,骨肉不可分。

感慨都门别,丈夫酒方醺⑪。

我实门下士,力薄蚋与蚊。⑫

受恩不即报,永负湘中坟⑬。

注释

① 陆畅:字达夫,浙江湖州人,元和元年(806)进士。

② 举举:举止端丽。以能诗闻:陆畅能诗,诗思敏捷。如《惊雪》:"天人宁许巧,剪水作花飞。"《山斋玩月》:"起来自擘窗窗破,恰漏清光落枕前。"《经崔谏议玄亮林亭》:"蝉噪入云树,风开无主花。"

③ 高第:登进士第。东宫军:陆畅曾任皇太子僚属。

④ 迎妇丞相府:陆畅娶董溪女,溪为德宗朝宰相董晋子,故称丞相府。秀士:参加科举考试的举子。

⑤ 鸾鸣:夫妻和谐。桂树:以折桂喻高第。

⑥ 旦夕异所云:早晚说法不同。指董溪元和六年(811)被赐死于湘中。

⑦ 青云干:仕途亨通。司马相如《子虚赋》:"上干青云。"遂逐荆棘焚:理想破灭。

⑧ 乡思见新文:思乡之情见于新作。

⑨ 吴洲:陆畅家乡湖州。

⑩ 上车女:指陆畅妻子。

⑪ 醺:微醉。

⑫ 我实门下士：韩愈曾于董晋幕府中任职。蚋与蚊：指蚊虫。北方称蚋，南
方称蚊。

⑬ 湘中坟：董溪死后葬于湘中。

评析

此诗为韩愈在京城长安送别友人陆畅时作，同时践行者还有张籍等人。
陆畅于元和元年(806)登进士第，始任校书郎，后转任东宫太子僚属。其妻董
氏，是董溪之女，董晋的孙女。陆是江南湖州人，言语常带吴音，尝为妻子嘲
讽，以诗答之曰："粉面仙郎选圣朝，偶逢秦女学吹箫。须教翡翠闻王母，不奈
乌鸢噪鹊桥。"谓吴语如翡翠琳琅之音，而非鸠舌之鸟语，可见其才思敏捷。

元和六年(811)，董溪因犯事贬窜南方，赐死长沙，葬于卒所。董溪死后，
家族衰落，身为董家女婿的陆畅，其仕途亦受此影响。万般愁苦之中，见秋风
起而思家乡，离京之际，韩愈等众好友为其送行。诗中描写送别场面，"悲啼
上车女，骨肉不可分"，是说董氏不断哭泣，所哭者：一是父亲不久前被赐死，
二是自己要与儿女短暂分离。"感慨都门别，丈夫酒方醺"，这既是说诗人自
己，也是指包括陆畅在内的所有在场者。所感慨者，既有与好友离别的伤感，
也有董溪被赐死而无力援手的悲慨。所以接下来，韩愈又说他的力量微弱得
像蚊蚋一样，实在是心有余而力不足，无法报答董晋的知遇之恩。韩愈进士
及第后，入仕首次任职，即在董晋幕府担任观察推官。董晋对其奖掖提携，韩
愈刻骨铭心，一直等待着报恩时机。但在董晋儿子董溪遇事时，他欲报答而
又无能为力。其内心之愧疚、忐忑、惶恐，斑斑可见。从诗歌作法上看，此诗
并未有新创造。但其情感之真挚，表达之诚恳，使人能直达诗人内心，能身历
其境地了解一个真性情的诗人。从这一点来说，情感动人是创作的根本。

赠刘师服①

美君齿牙牢且洁，大肉硬饼如刀截。

我今呀豁落者多，所存十余皆兀臲。②

匙抄烂饭稳送之，合口软嚼如牛呞③。

妻儿恐我生怅望，盘中不钉④栗与梨。

只今年才四十五，后日悬知渐莽卤⑤。

朱颜皓颈讶莫亲，此外诸余⑥谁更数？

忆昔太公⑦仕进初，口含两齿无赢余。

虞翻十三比岂少，遂自惋恨形于书。⑧

丈夫命存百无害，谁能检点形骸⑨外？

巨缗东钓⑩倘可期，与子共饱鲸鱼脍。

注释

① 刘师服：宪宗元和中举进士，元和七年（812）在京与侯喜、轩辕弥明联唱，并与韩愈过往。

② 呀豁（xiā huò）：空阔、敞开的样子。兀臲（wù niè）：动摇不安的样子。

③ 牛呞（shī）：牛反刍。

④ 钉（dìng）：唐俗，黏果列席前，称作看席钉坐。

⑤ 莽卤：稀疏。《庄子》原作"卤莽"，唐人用作"莽卤"。

⑥ 诸余：种种，一切。

⑦ 太公：姜太公，又称姜尚、子牙、太公望等。

⑧ 虞翻：字仲翔，三国时期吴国学者。惋恨形于书：《三国志·吴志》载虞翻年老上书，"臣年耳顺……发白齿落"。

⑨ 形骸：人的形体外貌。

⑩ 巨缗东钓：指用大钓鱼绳、投竿东海而钓。

评析

　　此诗作于元和七年（812），韩愈时年四十五岁。以"忆昔"为界，诗分两段。诗人首言牙齿脱落，食需软烂，犹如老牛反刍，羡慕刘师服牙齿坚实。诗人妻儿甚为怜惜，不敢在盘中置放梨与栗等较硬的食物。诗人这样写，体现了家庭温情，从对家庭生活的关注，可知其对日常生活的热情。接下来诗人借助古人以宽慰自我。姜太公遇周文王时，牙齿只剩两颗；三国时期著名学者虞翻年老时，也只余十三颗牙齿，但他们都不以为意。在诗人看来，落齿属于形体问题，与人的内心和精神没有必然联系，只要内在精神足够强大，生活就一定会丰富多彩。因此，毫无必要专注和执着于这些问题。应学习《庄子》"游于形骸之内"，从而达到"放浪形骸之外……快然自足，不知老之将至"的境界。由此可见韩愈对古人精神的体认。

　　韩愈对牙齿脱落问题的关注，还反映了诗歌身体美学问题。牙齿与身体健康密切相关，诗人看似洒脱，不以为意，但这正反映了他内心的恐惧。韩愈家族中男性普遍短寿，其恐惧与此有关。韩诗中出现了大量的身体词语，显示出对身体器官的特别重视，是一个值得关注的现象。

游太平公主山庄①

公主当年欲占春，故将台榭压城闉②。

欲知前面花多少，直到南山③不属人。

① 太平公主山庄：太平公主是唐高宗和武则天之女，其山庄在乐游原。

② 城阃（yīn）：城门。阃：古指瓮城的门。

③ 南山：终南山。

此诗写登临游览，实际是一首咏史诗。太平公主是唐高宗李治和武则天的小女儿，深得宠爱。特别是在武则天执政后期，骄奢更甚。唐中宗李显去世后，韦皇后争夺皇位，被太平公主与李隆基合力消灭。公主本人后来亦因涉嫌争夺皇位，为李隆基擒获，赐死家中。诗中说公主欲占尽天下春色，其实是写其政治野心。公主穷奢极欲之态，见于第二和第四句。"故将台榭压城阃"，是说故意将舞榭歌台修建在城门；"直到南山不属人"，是说公主山庄占地之广，从城门直至终南山都是她的。这是当年公主在世时的盛况，但现在呢？诗人虽未明说，但其意很明显，"不属人"一句已透露出来。春色是占不住的，"不属人"既是说公主所占之地不属他人，也是说春色不属公主。由此可知，诗歌讽刺意味是很强烈的。

此诗所咏之史是李唐本朝史，与其他咏前代史不同。诗人之所以敢于讽刺太平公主，是因为中唐较宽松的文学环境，这与白居易创作《长恨歌》、元稹写《连昌宫词》是相通的。宋人洪迈曾于《容斋续笔》中说："唐人歌诗，其于先世及当时事，直辞咏寄，略无避隐。至宫禁嬖昵，非外间所应知者，皆反复极言，而上之人亦不以为罪。"在列举了白居易、元稹、杜甫、张祜、李商隐等人大量的诗歌之例后，他又不无遗憾地说："今之诗人不敢尔也。"据此可知，诗歌创造性与文学环境关系密切。

晚　春

谁收春色将归去？慢绿妖红半不存。^①

榆荚只能随柳絮，等闲撩乱走空园^②。

注释

① 将：持。慢绿：渐渐变绿的叶子，以绿色指代绿叶。妖红：以红色指代
红花。

② 等闲：一般、一样。撩乱：同"缭乱"，杂乱、缤纷。走：吹跑。

评析

　　此诗写晚春景象。诗人抓住了晚春季节具有代表性的四种物象来写，红
花、绿叶、榆荚、柳絮，突出了时间性。但对四种事物的处理方式不同，红花和
绿叶为一组，以"半不存"来写其零落。榆荚和柳絮为一组，以吹尽来写其缭
乱。这样看来，诗中蕴含了春风春雨，雨打花叶，风吹荚絮，由此勾勒了一幅
晚春图画，不无感伤色彩。所有这一切都围绕着"归"字，诗歌劈头用一反问
句，"谁收春色将归去"，接下来都是对此问题的回答。答案是什么呢？是春
雨打落叶和花，是春风吹尽絮和荚。而飘零吹尽，又归结为"空"，契合了绝句
创作起承转合的基本规则。

　　此诗另一可论之处是以颜色代本体的艺术手法。杜甫"绿垂风折笋，红
绽雨肥梅"，其中"绿"代绿叶，"红"代红花。此诗中"慢绿"和"妖红"即用此手
法。古典诗词中，这种指代用法很常见。例如，杜牧《江南春绝句》"千里莺啼
绿映红"，柳永《八声甘州》"红衰翠减"，李清照《如梦令》"绿肥红瘦"等，红绿

对举。也有单用的，例如白居易《赋得古原草送别》"晴翠接荒城"，以"晴翠"代指绿草。欧阳修《蝶恋花》"乱红飞过秋千去"中的"乱红"，苏轼《水龙吟》"恨西园、落红难缀"，张先《天仙子》"明日落红应满径"，龚自珍《己亥杂诗》"落红不是无情物"中的"落红"，则以"红"代红花。

桃 源 图①

神仙有无何眇芒②，桃源之说诚荒唐。
流水盘回山百转，生绡③数幅垂中堂。
武陵太守好事者，题封远寄南宫下。④
南宫先生忻得之，波涛入笔驱文辞。⑤
文工画妙各臻极，异境恍惚移于斯。⑥
架岩凿谷开宫室，接屋连墙千万日。
嬴颠刘蹶了不闻，地坼天分非所恤。⑦
种桃处处惟开花，川原近远蒸⑧红霞。
初来犹自念乡邑，岁久此地还成家。
渔舟之子来何所？物色相猜更问语。
大蛇中断丧前王，群马南渡开新主。⑨
听终辞绝共凄然，自说经今六百年⑩。
当时万事皆眼见，不知几许犹流传。
争持酒食来相馈，礼数不同樽俎异。⑪
月明伴宿玉堂⑫空，骨冷魂清无梦寐。
夜半金鸡啁哳鸣，火轮飞出客心惊。⑬
人间有累⑭不可住，依然离别难为情。

船开棹⑮进一回顾,万里苍苍烟水暮。

世俗宁⑯知伪与真,至今传者武陵人。

注释

① 桃源图:描绘桃源景象的画作。

② 眇芒:同"渺茫",遥远而模糊不清。

③ 生绡:本指未漂煮过的丝织品,此处指画作。

④ 武陵太守:元和初武陵郡太守窦常。南宫:唐时尚书省所辖各机构统称南省,也称南宫。

⑤ 南宫先生:虞部郎中卢汀。波涛入笔驱文辞:卢汀得画后作题画诗。

⑥ 文工画妙:文工指卢汀题画诗工稳,画妙指桃源图高妙。恍惚(huǎng hū):须臾之间。

⑦ 嬴颠刘蹶(jué):指秦汉之亡。地坼(chè)天分:指晋魏之乱。坼:裂开。恤:忧虑。

⑧ 烝(zhēng):火气上行。

⑨ 大蛇中断:刘邦斩白蛇。群马南渡开新主:西晋末琅琊、西阳、汝南、南顿、彭城诸王南渡。晋元帝姓司马氏,大兴元年(318)即位,都于金陵。

⑩ 六百年:秦至东晋约六百年。

⑪ 馈:赠送饭食。樽俎(zǔ):古代盛酒肉的器皿。樽以盛酒,俎以盛肉。

⑫ 玉堂:仙人居所。

⑬ 啁哳(zhāo zhā):声音繁杂而细碎。火轮:太阳。

⑭ 有累:有牵挂。

⑮ 棹:船桨。

⑯ 宁(nìng):怎。

评析

　　此诗是一首和他人之作的题画诗,画的内容是桃源景色。晋末宋初,陶渊明曾作《桃花源记》和《桃花源诗》,想象和虚构了一个世外桃源。后人因其中有"武陵人捕鱼为业",遂将桃源与武陵(今湖南常德)联系起来。唐宪宗元和初年,武陵郡太守窦常令人绘制了桃源图,并将其送至京城长安,虞部郎中卢汀为画题诗,韩愈和其诗而成此作。

　　为什么韩诗劈头就说"神仙有无何眇芒,桃源之说诚荒唐",认为桃源神仙之说不可信呢? 这与中唐武陵发生的"道童成仙"故事有关。据说,武陵桃花观道童瞿柏庭曾于德宗贞元八年(792)白日升仙,当地人信之不疑,影响越来越大。元和年间刘禹锡贬谪朗州(今湖南常德),曾游桃花观,也听闻此事,并作诗以记之。不过,刘禹锡在诗中认为道童成仙之事不太可信。韩愈在京城应该也听过这个故事,他的态度与刘禹锡一样,所以在为桃源图题诗时,一开始就表明了自己的看法。

　　以"异境恍惚移于斯"为界,此诗可分两部分。第一部分写所见桃源图及其由来,交代了诗歌写作的缘由和过程。第二部分实际上是对陶渊明《桃花源记》的改写,以桃源人与渔者对话的形式展开。从"架岩凿谷开宫室"至"岁久此地还成家",是桃源人自叙身世。"架岩凿谷开宫室,接屋连墙千万日",是说桃源先民避乱至此,筚路蓝缕,凿石开路,建造居室。"嬴颠刘蹶了不闻,地坼天分非所恤",是说世外之事了不相闻,也就是"不知有汉,无论魏晋"的意思。中间一转,以"渔舟之子来何所? 物色相猜更问语"转入捕鱼人的回答。渔者告诉桃源人,说从秦世至今已过去了六百余年。"争持酒食来相馈"以下,是写桃源人"各复延至其家,皆出酒食"。渔者夜不成寐,天明返家。待其欲再寻此地,已是云水茫茫,无迹可寻。末两句"世俗宁知伪与真,至今传者武陵人",照应开头。世人哪里知道,至今还在不断流传的桃源故事,是陶渊明想象出来的呢?

春　雪

新年都未有芳华,二月初惊见草芽。①

白雪却嫌春色晚,故②穿庭树作飞花。

注释

① 华:花朵。初:才。

② 故:有意。

评析

韩愈写雪的诗歌可谓不少,可见诗人对物候的敏感。此诗与众不同处在翻空出奇。首两句并不直接写,而从"芳华"和"草芽"写来。经历寒冬后,对春天特别盼望,对花自然也是十分渴望的。"新年都未有芳华"是写渴望。"二月初惊见草芽"是写惊喜。草芽虽不是花,但嫩芽意味着春天的气息。首两句是铺垫,营造一种氛围:春天虽至,花尚未开,不免有些失落。第三句忽然一转,白雪似乎也嫌春色来得太晚,有些等不及了。白雪与诗人的心情是一样的。接下来第四句"故穿庭树作飞花",是写白雪以己身作花,在树丛中飞舞,好像要弥补春色晚至的遗憾。用一"故"字,突出白雪的主动性和有意识,使其脱离物的属性,而像人一样,有感知,有灵性。这样一来，就突破了从外形描摹来写雪的传统。即便如被人乐道的谢道韫的"未若柳絮因风起"，也是从外形上着力。清代刘公坡《学诗百法》说："作诗实写则易落板滞，空翻则自见灵动……唐诗中韩愈《春雪》一首，可谓极空翻之能事矣。"韩愈此诗"空翻"处有两点：一是首两句从对面写来，不写雪，只写春，写对春天的期盼和失落。二是三、四句写雪，但抛开形态描摹，写其性灵。此即避实就虚。

戏 题 牡 丹

幸自同开俱隐约，何须相倚斗轻盈。①
陵晨②并作新妆面，对客偏含不语情。
双燕无机还拂掠，游蜂多思正经营。③
长年是事皆抛尽，今日栏边暂眼明。④

注释

① 隐约：依稀不明，指牡丹刚开时的状态。相倚：指花枝互相倚靠支撑。
② 陵晨：到了早上。陵：动词，升、登。此处意为到。
③ 无机：没有心机、无意。经营：指蜂于花间盘旋采蜜。
④ 是事：此事，即观赏牡丹之事。暂眼明：即"眼暂明"，意思是栏边赏花，眼睛突然为之一亮；暂，突然。

评析

此诗围绕题中的"戏"字，从不同的角度写牡丹。首联写牡丹自语。诗人似乎听到牡丹花窃窃私语：庆幸同时开花，又都刚刚开放，想要展示自己的轻盈体态，无须借助其他花枝。从侧面切入，展示了花丛争艳的场景。"幸自"和"何须"两词，将花人格化，想象花的心理活动，细腻逼真。此两句以戏语写花与花的关系。

颔联写花不语。上句"并作新妆面"，承首联牡丹花的争奇斗艳而来，"并作"也还是"斗"。下句"对客偏含不语情"，指牡丹含羞矜持，写花与访客的关系。这里的"客"，包含颈联和尾联中的"双燕""游蜂"以及赏花的诗人。此句转得非常精彩，引出后两联。"并作"和"偏含"，以花拟人，也含有"戏"的意味。

颈联写访客对花的态度。双燕对花无心，但又时时拂掠，有"戏"的意思。游蜂有意，忙于采花酿蜜，故细心"经营"。此两句写牡丹花香，含有"桃李不言，下自成蹊"之意。

尾联写诗人赏花心情。长时间没有出门游赏，今日得观牡丹，眼睛突然为之一亮。"暂眼明"即"眼暂明"，写诗人见到牡丹后的愉悦之情。

作者以拟人的笔法写牡丹花的心理活动，以及双燕、游蜂、诗人对花的态度，故而未着一色，而妍态毕现；未施一味，而花香四溢。

盆 池 五 首

其 一

老翁真个似童儿，汲水①埋盆作小池。
一夜青蛙鸣到晓，恰如方口②钓鱼时。

注释

① 汲水：取水。

② 方口：地名。《新唐书·地理志》："孟州济源县有枋口堰。"此地当是韩愈常去钓鱼处。

评析

此组诗以"盆池"为题，写诗人作池、种藕、观鱼、听蛙之趣。

第一首写作池。用盆建成一个小池，井中汲水，使其充盈。水池建好之后，马上引来了青蛙。晚上听一片蛙声，勾起了诗人昔日曾在枋口夜钓的回忆。前人认为，韩愈作为一个大文学家，所写绝句，有时不甚合律，如此诗中"老翁真个似童儿，汲水埋盆作小池"，简直就是戏谑之语。这种评价有一定的道理。但从韩诗求变求异的角度来看，这正好体现了韩愈绝句的特点。绝句的变化并非从韩愈开始，杜甫早已开创变异之路，如《江畔独步寻花》，"黄四娘家花满蹊，千朵万朵压枝低。留连戏蝶时时舞，自在娇莺恰恰啼"，用俚语俚调，直抒胸臆。韩诗之变，与此类似。但韩愈好异，喜避熟就生，故自成一格。

其 二

莫道盆池作不成，藕梢①初种已齐生。

从今有雨君须记，来听萧萧打叶声。

注释

① 藕梢：藕尖。种藕尖则生新藕。

评析

　　第二首写盆池种藕。不要说盆池建不成，所种藕尖已开始生根发芽了。从今以后，但凡雨天，则请君来听雨打荷叶的萧萧声。诗中隐含了一个场景，似乎诗人在与朋友、邻居对话。可能有人听说诗人建了一个小池子，准备种花养鱼，就嘲笑他。诗人回答说，你不要嘲笑了，池中的新藕都已长出来了，等到雨天，你就来听雨打荷叶的声音吧。这种邀请不禁使人想起孟浩然《过故人庄》中的诗句："待到重阳日，还来就菊花。"诗中隐含的对话，又使人想到李清照《如梦令》"知否知否，应是绿肥红瘦"的场景。这种场景预置，正是韩诗的趣味所在。此组诗的中心是趣，善于将生活趣事与诗趣相结合，正是诗人的高明之处。

其　　三

瓦沼①晨朝水自清，小虫无数不知名。

忽然分散无踪影，惟有鱼儿作队行。

注释

① 瓦沼：陶瓦所做的小水池，即盆池。

　　第三首写盆池中的虫趣和鱼趣。经过一晚上的澄净,清晨盆池中的水非常清澈,水底布满了无数不知名的小虫。忽然之间,这些虫子逃散得无影无踪,原来是鱼儿排队觅食来了。这首诗的突出之处是诗人的观察力。他把池中发生的很有戏剧性的一幕记录下来,就像叙述虫与鱼的故事。虫鱼本是盆池中的小事物,但若将之入诗,就需要细致的观察力和丰富的联想力。可以试着比较一下杨万里的《闲居初夏午睡起》:"梅子留酸软齿牙,芭蕉分绿与窗纱。日长睡起无情思,闲看儿童捉柳花。"儿童捉柳花,鱼儿觅食,演绎的都是生活日常。

其　　四

　　泥盆浅小讵①成池,夜半青蛙圣②得知。

　　一听暗来将③伴侣,不烦鸣唤斗④雄雌。

① 讵(jù):怎。

② 圣:通的意思,即声通天地万物。

③ 将:带领。

④ 斗:互争高下,此处指蛙声相和。

> **评析**

　　第四首写盆池中的蛙声。陶泥盆既小又浅,似乎不能成池。只有夜半时分的青蛙通其情,才把盆池当作它们欢乐的场所。青蛙在黑暗的池中寻求伴侣,只要听一声对方的鸣叫,就无须一唱一和来辨别雌与雄。青蛙鸣叫作为自然物语,其声之高下、频率之长短,传递不同的信息。但将之与觅偶联系起来,则是诗人听蛙声后的想象。诗中写青蛙,用了一个"圣"字。有人解释为唐时方言,类似杜甫诗中的"遮莫",白居易诗中的"格是"。据《艺文类聚》所引《风俗通》:"圣者,声也,通也,言其闻声知情,通于天地,条畅万物也。"韩诗所用,正是声通万物之意。

其　　五

池光天影共青青,拍岸才添水数瓶。
且待夜深明月去,试看涵泳①几多星。

> **注释**

① 涵泳:沉浸、潜游。

> **评析**

　　第五首写盆池虽小,却是一片天地世界。白日池水之光与倒影的天色,浑然一体。添几瓶水,便得见波涛拍岸景象。夜晚池水映明,倒涵星光。此诗得见诗人格局奇伟、气象阔大。"池光天影",使人不由得想到朱熹《观书有感》中的名句"天光云影共徘徊"。"拍岸"一句,使人联想到苏轼《念奴娇·赤壁怀古》"惊涛拍岸,卷起千堆雪"。以小见大、由微知著,引人无限想象是此诗的特色。

示　儿①

始我来京师,止携一束书。

辛勤三十年,以有此屋庐②。

此屋岂为华,于我自有余。

中堂高且新,四时登牢蔬③。

前荣馔宾亲,冠婚之所于。④

庭内无所有,高树八九株。

有藤娄络之,春华夏阴敷。⑤

东堂坐见山,云风相吹嘘。

松果连南亭,外有瓜芋区。

西偏屋不多,槐榆翳⑥空虚。

山鸟旦夕鸣,有类涧谷居。

主妇治北堂,膳服适戚疏⑦。

恩封高平君,子孙从朝裾⑧。

开门问谁来,无非卿大夫。

不知官高卑,玉带悬金鱼⑨。

问客之所为,峨⑩冠讲唐虞。

酒食罢无为,棋槊⑪以相娱。

凡此座中人，十九持钧枢^⑫。

又问谁与频，莫与张樊^⑬如。

来过亦无事，考评^⑭道精粗。

踸踔媚学子，墙屏日有徒。^⑮

以能问不能，其蔽岂可祛^⑯。

嗟我不修饰^⑰，事与庸人俱。

安能坐如此，比肩于朝儒。

诗以示儿曹，其无迷厥初^⑱。

注释

① 示儿：韩愈写给其子韩昶的诗。据诗中"始我来京师""辛勤三十年"，当作于元和十年(815)。

② 此屋庐：韩愈宅第在长安靖安坊。

③ 登：进献祭祀之物。牢蔬：时祀之物。

④ 前荣：房屋前檐。馔：宴请。于：唐时习用语，款待。

⑤ 娄络：缠绕。敷：铺展、铺开。

⑥ 翳：遮蔽、隐藏。

⑦ 戚疏：亲疏。

⑧ 恩封高平君：韩愈妻子封高平郡君。朝裾：朝服。

⑨ 金鱼：唐时官员佩戴的金鱼袋。

⑩ 峨：高。

⑪ 棋槊：博耍游戏。

⑫ 持钧枢：做宰相，执国之权柄。

⑬ 张樊：张籍、樊宗师。

⑭ 考评：评论诗文。

⑮ 跹（xiān）跹：好学相得的样子。媢学：好学。墙屏：门墙、门下。

⑯ 祛（qū）：去除、祛除。

⑰ 修饰：修整装饰，使整齐美观。此处为精进努力之意。

⑱ 无迷厥初：慎始慎终之意。

评析

此诗为韩愈写给其子韩昶之作。作者在诗中回顾自己三十年来的奋斗经历，告诫儿子需努力精进。诗歌围绕新居布局和相关人事展开。韩愈长安新居在靖安坊，其布局包括中堂、前庭、东堂、西屋、北堂。各自用途不同，中堂主要用以四时祭祀，前庭待客，东西两边栽种果木、蔬菜，亦可赏景，北堂主膳食，由此可见唐人房屋的基本结构。往来之人，高官贵人之外，特别提到与张籍、樊宗师评骘诗文，甚为相得。此外还有不少请益问学的年轻学子，号称"韩门弟子"，联翩而来，有得而去。

孔子曾对其子孔鲤说："不学诗，无以言……不学礼，无以立。"由此形成古代家庭教育传统。东汉以降，更加重视家风培养和文化传承，如诸葛亮《诫子书》、颜之推《颜氏家训》等，即为著例。以诗歌形式进行家庭教育，似发端于陶渊明《责子》。后多以《示儿》为题，如杜甫《元日示宗武》《又示宗武》、韩愈《示儿》、陆游《示儿》等。前人认为，退之《示儿》所示皆利禄事，与杜甫示宗武之作所示皆圣贤事，判然有别。这种说法有一定道理，据此可知杜、韩其人其诗风格之异。杜甫被誉为"诗圣"，其诗被称为"诗史"，似乎与普通民众有一定距离。观韩愈之作，则更多烟火味，与普通民众距离更近。选择这种方式进行教育，与中唐竞争激烈的现实相关。韩诗从新居切入，并无炫耀之意，反而透露了"长安米贵，居大不易"的无奈。宋以后教育子弟，舍利禄而专言品行，此风大变，由实入虚。但在唐前，则多以利禄诱进，观《颜氏家训》可知。这反映了韩愈为人为诗真实的一面，也为当今家庭教育提供了一种借鉴。

落　花

已分将身著地飞，那①羞践踏损光辉。

无端又被春风误，吹落西家②不得归。

注释

① 那：哪。

② 西家：东西不定之意。鲍照《拟行路难》："中庭五株桃，一株先作花。阳春妖冶二三月，从风簸荡落西家。"

评析

此诗写落花之凄苦，分三层：第一层是落花离树着地，失去根本。第二层是花被人践踏而损去往日光辉，愤愧难当。第三层是东西飘荡，无所依归。全诗以花喻人，故有"羞""误""归"之语。朱彝尊评其："婉曲有致，纯是比意。"元和十一年(816)，韩愈因言淮西事，为执政所不喜，五月由中书舍人降为太子右庶子。诗人有感于此，借花为喻，以抒胸中抑郁不平之气，深得诗歌比兴之意。即便抛开这些比意，其描述落花之情状，亦足以动人。

风 折 花 枝

浮艳侵①天难就②看，清香扑地只遥闻。

春风也是多情思，故拣繁枝折赠君。

注释

① 侵：迫近。

② 就：靠近。

评析

此诗写春风吹折花枝，颇有意味。风折花枝，本是寻常事，但在诗人笔下却不寻常。首两句写春风吹折花枝的过程：繁花满树，浮艳侵天，让人难以靠近观赏。一阵风来，枝折花坠，清香扑鼻。照通常情理，诗意至此已足。但诗人接下来笔锋一转，说春风多情，有意拣选最高处最艳丽的花枝相赠。后两句由前两句引出，体现了绝句写作"转"的功夫。这样一来，诗歌更加具有韵味，诗意得以升华。南朝陆凯《赠范晔》："折花逢驿使，寄与陇头人。江南无所有，聊赠一枝春。"折梅乃是诗人的动作，折梅赠春饱含着对友人的思念之情。此诗中折花者乃春风，春风似解人意，故折高枝赠君子。比较之下，韩诗意味似更深长。

调① 张 籍

李杜文章②在，光焰万丈长。

不知群儿愚，那用故谤伤③？

蚍蜉撼大树④，可笑不自量。

伊⑤我生其后，举颈遥相望。

夜梦多见之，昼思反微茫。

徒观斧凿痕，不瞩⑥治水航。

想当施手时，巨刃磨天扬。

垠崖划崩豁，乾坤摆雷硠。⑦

惟此两夫子，家居率⑧荒凉。

帝欲长吟哦，故遣起且僵。⑨

翦翎⑩送笼中，使看百鸟翔。

平生千万篇，金薤垂琳琅⑪。

仙官敕六丁，雷电下取将。⑫

流落人间者，太山一豪芒⑬。

我愿生两翅，捕逐出八荒⑭。

精诚忽交通⑮，百怪入我肠。

刺手拔鲸牙，举瓢酌天浆。⑯

腾身跨汗漫，不著织女襄。⑰

顾语⑱地上友，经营无太忙。

乞君飞霞佩，与我高颉颃。⑲

注释

① 调：调侃、调笑。

② 文章：此处指李白、杜甫的诗篇。

③ 谤伤：诽谤中伤。

④ 蚍蜉：蚁类小虫。撼：摇动。

⑤ 伊：发语辞。

⑥ 瞩：看见。此两句以大禹治水为喻，只见留下的斧凿痕迹，未见其开辟水
道的具体情形。意谓只看到李杜留下的诗篇，未能穷原竟委。

⑦ 划：劈开。豁：裂开。雷硠（láng）：山崩之声。

⑧ 率：大概。

⑨ 帝：天帝、上天。起且僵：来到人间，经受艰困。

⑩ 翎：鸟羽。

⑪ 金薤（xiè）：薤叶书，喻文字优美。琳琅：精美的玉石。意为李杜诗篇播于
金石。

⑫ 六丁：六甲之神。雷电：雷电之神。

⑬ 豪芒：细微。意谓李杜诗篇留存人间者，不过千百分之一，世人未得见其
全部。

⑭ 八荒：八方荒远之地。

⑮ 交通：条畅通达。

⑯ 剌（là）手：剌，本指违反、违背常理；剌手，反手、转手。天浆：帝台之浆。

⑰ 汗漫：广无边际。织女襄：织女的车驾。

⑱ 语（yù）：告诉。

⑲ 乞：送给。颉颃（xié háng）：上下飞翔，飞而上曰颉、下曰颃。

评析

　　此诗涉及韩愈对李白和杜甫诗歌的评价。以诗歌形式来评论前人作品，
非韩愈开创。杜甫曾作《戏为六绝句》，例如"王杨卢骆当时体，轻薄为文哂未
休。尔曹身与名俱灭，不废江河万古流"，以诗歌形式评论"初唐四杰"。韩愈

诗题用一"调"字,亦有戏谑之意。李杜孰优孰劣,中唐时期不断有相关讨论。元稹曾在《唐故工部员外郎杜君墓系铭并序》中对李杜二人作了比较,推崇李白。韩愈跟李白的关系更为密切,李白曾为韩仲卿作《武昌宰韩君去思颂碑并序》,极力称颂。但在韩愈看来,李白与杜甫是唐代诗歌史上的双子星座,难分伯仲。

此诗一开头,肯定李杜诗歌的贡献和地位,"李杜文章在,光焰万丈长",否定了中唐诗坛对二人的不公允评价。接下来分四层评说:第一层以大禹治水为喻,说后世人只见李杜留下的诗作,未能穷原竟委,未知其当时创作的具体情形。第二层想象天帝亦喜好诗歌,故派遣李杜来到人间,但又不使二人享受荣华富贵,令他们经受苦难,好像剪掉翎毛、关在笼中的鸟儿,只能看其他鸟儿自由翱翔。第三层说李杜遗留下来的诗篇,不过是其全部诗篇极小的一部分,好像泰山与豪芒的区别一样。未能读其全篇,又怎能公正客观地评价呢?第四层写诗人追随李杜所受的影响。读李杜之诗,可遥感神灵、启发心志,以至于下可深入渊海,上可酌取"天浆"。入海谓李杜之沉雄,酌浆谓诗歌之高洁。读李杜之诗,使人神游物外,出八荒之表,以至物我两忘。

韩愈标举李杜,由此既可溯其诗学渊源,又可观其论诗思想。以李杜为师,并由此上溯,李杜诗学是韩愈诗歌创作的重要源头。在评价前人诗歌方面,韩愈重视想象与还原,此可由大禹治水之喻见出。韩愈认识到李杜经历苦难人生之后,才有神奇诗作,与其一向主张的"欢愉之辞难工,穷苦之音易好"的看法是一致的。当然,其中还含有"知人论世"的传统。强调读诗人全文后再来评价,可见评价之不易、立论之艰难。由李杜诗歌引发而神游八荒,可见韩愈重视诗歌的想象和创造。这与他逐奇求异的心理是相通的。

庭楸

庭楸止五株①，共生十步间。

各有藤绕之，上各相钩缠②。

下叶各垂地，树颠各云连。

朝日出其东，我常坐西偏；

夕日在其西，我常坐东边。

当昼日在上，我在中央间，

仰视何青青，上不见纤穿③；

朝暮无日时，我且八九旋，

濯濯晨露香，明珠何联联。④

夜月来照之，蒨蒨⑤自生烟。

我已自顽钝，重遭五楸牵。

客来尚不见，肯到权门前？

权门众所趋，有客动百千，

九牛亡一毛，未在多少间⑥。

往既无可顾，不往自可怜。⑦

注释

① 五株：古人认为，在房屋西边种五株楸树，子孙孝顺，可息口舌之争。《杂
   五行书》："舍西种楸梓各五根，子孙孝顺，口舌消灭也。"

② 钩缠：缠绕它树。

③ 纤穿：微小的洞罅。

④ 濯（zhuó）濯：光明的样子。联联：接连不断的样子。

⑤ 蒨(qiàn)蒨：鲜明的样子。

⑥ 未在多少间：意思是趋附权门者既多，多一个少一个都无所谓。

⑦ 顾：留意、注意。怜：爱。

评析

此诗最大的特点是以赋法而兼及比兴。以楸树兴起，以时间变化展开铺排，从晨、朝日、当昼、夕日写到夜月，又以这些变化比喻世态炎凉之变迁。最后以不趋权门，憩于树荫明志。有人认为，密遮不透日光的树荫，乃是先王之道的比喻。憩于树下，远离纷争，专心求道，是韩愈与世人不同之处。这种说法有一定道理。但其实亦不必强作此解。很显然，任何人在官场都有不得志不如意之时。遇到这种情况，该如何化解呢？在韩愈看来，不必因此而趋炎附势。诗歌展示出来的，正是这样一种场景：他从早到晚，悠游于楸树之下，仰观细察，内心充满喜爱。这种场景，实际上提供了诗人日常生活的片段。从诗歌中可以看到，诗人厌倦官场，感到疲倦，回归家庭之后内心的喜悦。家中的平静生活，似乎给了诗人一种解脱。诗末说"往既无可顾，不往自可怜"，展现出一种无可无不可的心态，似有陶渊明"羁鸟恋旧林，池鱼思故渊"式的惬意和轻松。

"客来尚不见，肯到权门前"，隐含了韩愈的"吏隐"心理。"吏隐"是唐人的一种普遍心理，杜甫任左拾遗期间所作《曲江对酒》："吏情更觉沧洲远，老大徒伤未拂衣。"拂衣者，归去也；沧洲者，归隐之所也。但这里又有矛盾，因为归隐是相对出仕而言的，所以不存在未曾做官的隐士。仕而不得隐，未仕则不得谓之隐，是仕与隐之间的张力所在。由此来看韩诗，则发现诗人的所谓明志，似乎也是极为矛盾的。

听颖师^①弹琴

昵昵儿女语，恩怨相尔汝。^②

划然变轩昂^③，勇士赴敌场。

浮云柳絮无根蒂，天地阔远随飞扬。

喧啾^④百鸟群，忽见孤凤凰。

跻攀^⑤分寸不可上，失势一落千丈强。

嗟余有两耳，未省^⑥听丝篁。

自闻颖师弹，起坐^⑦在一旁。

推手遽止之^⑧，湿衣泪滂滂。

颖乎尔诚能，无以冰炭置我肠。^⑨

$$\boxed{\text{注释}}$$

① 颖师：善于弹琴的僧人，他曾向几位诗人请求作诗表扬。

② 昵(nì)昵：亲热的样子。尔汝：表示亲近，即"卿卿我我"之意。

③ 划然：忽地一下。轩昂：形容音乐高亢雄壮。

④ 喧啾(jiū)：喧闹嘈杂。

⑤ 跻(jī)攀：犹攀登。

⑥ 未省(xǐng)：不懂得。

⑦ 起坐：激动不已的样子。

⑧ 推手：伸手。遽(jù)：急忙。

⑨ 诚能：指确实有才能的人。冰炭置我肠：此用《庄子·人间世》"朝受命而
   夕饮冰，我其内热欤"典故，意思是喜惧交集。

评析

此诗着重摹写诗人听颖师弹琴的感受。分两部分,前十句正面摹写声音。以"听"字切入,琴声袅袅轻柔,似儿女互诉衷肠;骤然激越昂扬,如将士冲锋陷阵;转而起伏回荡,若云絮蹁跹飘浮;倏地热闹非凡,恰百鸟引吭高歌;最后,又像凤凰翩然高举,一心向上,饱经攀援之苦,无奈跌落下来,跌得那样快、那样惨。这里除了用形象化的比喻显示琴声的起落变化外,似乎还别有寄托。联系后面的"湿衣泪滂滂",极有可能包含着诗人对自己境遇的慨叹。韩愈曾多次上表剖析得失,陈述政事,希望当局能有所警醒,从而革除弊端,励精图治,结果屡遭贬斥,心中不免有愤激不平之感。"湿衣"句与白居易《琵琶行》"江州司马青衫湿"颇类似,只是后者表达得比较直接、显豁罢了。后八句,诗人写到了音乐效果,以自己听琴时坐立不安、眼泪滂沱和冰火肝肠的强烈反应,侧面衬托出音乐的感人力量,为直接描写音乐的独特魅力提供了主观依据,而效果的描写又印证了音乐刻画的真实可信。二者各尽其妙,交互为用,相得益彰。

纵观全诗,情感起伏如滔天巨浪,汹涌澎湃,层见叠出,幻化无穷。上联与下联,甚至上句与下句,都有跌宕变化。全诗为读者展示了两个大的境界:一是曲中的境界,即由乐曲的声音和节奏所构成的情境;二是曲外的境界,即乐曲声在听者(诗人自己)身上得到的反响。两者亦分亦合,犹如影之与形。清人方东树评价韩愈写诗"用法变化而深严"(《昭昧詹言》),着实妙极。此外,清人方扶南将之与白居易《琵琶行》、李贺《李凭箜篌引》相提并论,推许为"摹写声音至文",实至名归。

符读书城南^①

木之就规矩,在梓匠轮舆。^②

人之能为人,由腹有诗书。

诗书勤乃有,不勤腹空虚。

欲知学之力,贤愚同一初。

由其不能学,所入遂异闾^③。

两家各生子,提孩巧相如。

少长聚嬉戏,不殊^④同队鱼。

年至十二三,头角稍相疏^⑤。

二十渐乖张^⑥,清沟映污渠。

三十骨骼成,乃一龙一猪。

飞黄腾踏去,不能顾蟾蜍。

一为马前卒,鞭背生虫蛆。

一为公与相,潭潭^⑦府中居。

问之何因尔^⑧,学与不学欤。

金璧虽重宝,费用难贮储。

学问藏之身,身在则有馀。

君子与小人,不系父母且。

不见公与相,起身自犁锄。

不见三公后,寒饥出无驴。

文章岂不贵,经训乃菑畲^⑨。

潢潦^⑩无根源,朝满夕已除。

人不通古今,马牛而襟裾。

行身陷不义,况望多名誉。

时秋积雨霁，新凉入郊墟。

灯火稍可亲，简编可卷舒。

岂不旦夕念，为尔惜居诸[11]。

恩义有相夺，作诗劝踌躇。[12]

<table>
注释
</table>

① 符：韩愈儿子韩昶的小名。城南：指长安近郊樊川（今陕西长安区南），其地有韩愈别墅。

② 规矩：圆规和矩尺。《荀子·劝学》："木受绳则直，金就砺则利。"梓匠：木工。轮舆：轮人和舆人，造车的工匠。《孟子·尽心下》："梓匠轮舆，能与人规矩，不能使人巧。"

③ 闾：里门、里巷。秦时贫民居里门左侧，富人居里门右侧。

④ 不殊：没有区别。

⑤ 疏：区分开来。

⑥ 乖张：相差很大。就像下一句说的清沟与污渠那样不相同了。

⑦ 潭潭：犹沉沉，宫室深邃的样子。

⑧ 何因尔：即"因何尔"，为什么这样？

⑨ 葘畲（zī shē）：田地。

⑩ 潢潦：地面低洼处的积水。

⑪ 居诸：《诗·柏舟》中说"日居月诸"。居、诸，本语助词，这里用来指时光。

⑫ 相夺：恩以爱之，义以教之，两者不并立，故云。踌躇：犹疑不前。

<table>
评析
</table>

韩愈很重视家庭教育，此即他写给儿子韩昶的诗。"人之能为人，由腹

有诗书",将读书升华至做人的准则。只要勤奋,就能读懂诗书。为此他对比了两户人家的小孩:孩提时候,同样乖巧;少年时候,一同玩乐,像并行的游鱼;十二三岁以后,渐渐显示差别;到了三十岁,简直像"一龙一猪"了。除日渐鲜明的贤愚之别外,读书还对人生际遇至关重要,有的飞黄腾达,身居高位;有的卑微粗鄙,任人奴役。读书人更通达为人处世之道,知恩晓义,受人尊重。读书终身受益,金钱财富会耗费殆尽,而学到的知识不会流失。如果只流连于父母宗族置办的产业却不思学业,即使三公之后,也会"寒饥出无驴";相反,那些"起身自犁锄"的勤学者,终究会走向人生的巅峰。

有人认为,韩愈激励孩子读书的手段比较俗,与他的身份不符。其实,这正表明韩愈不仅是一个真性情的人,而且深通家庭教育。因为对年龄不大的孩子来说,空言理论是起不到实质性激励作用的。有时采用一些具体的激励措施,效果反而更佳。

病　　鸱①

屋东恶水②沟,有鸱堕鸣悲。

有泥掩③两翅,拍拍不得离。

群童叫相召,瓦砾争先之。

计校④生平事,杀却理亦宜。

夺攘不愧耻,饱满盘天嬉。

晴日占光景,高风送追随。

遂凌紫凤群,肯顾鸿鹄卑?

今者运命穷,遭逢巧丸儿⑤,

中汝要害处，汝能不得施。

于吾乃何有，不忍乘其危。

丐⑥汝将死命，浴以清水池。

朝餐辍⑦鱼肉，暝宿防狐狸。

自知无以致，蒙德久犹疑。

饱入深竹丛，饥来傍⑧阶基。

亮无责报心，固以听所为。

昨日有气力，飞跳弄藩篱。

今晨忽径去⑨，曾不报我知。

侥幸非汝福，天衢⑩汝休窥。

京城事弹射，竖子岂易欺。

勿讳泥坑辱，泥坑乃良规。⑪

注释

① 病鸱(chī)：受伤的鸱鹰。古人认为鸱为恶鸟。

② 恶水：浊水。

③ 掩：被泥粘住。

④ 计校：检查。

⑤ 巧丸儿：善射弹丸的人。

⑥ 丐：施舍、救助。

⑦ 辍：停止。

⑧ 傍：依靠。

⑨ 径去：自行离去，不告而别。

⑩ 天衢：天街，京城大路，喻高显之位。

⑪ 讳：憎恶、隐瞒、回避。良规：很好的教训。

评析

　　直观来看，不妨认为这是诗人怜爱小生命，不忍看它垂死挣扎的样子，不肯乘鸟之危加害于它，这才决定把它救起来。叙述病鸥被救的过程，完全出于一片同情，"亮无责报心，固以听所为"，显现了作者宽大为怀的心胸。同时，也表达了希望与它们和谐共处的理想。人与自然融合，人与自然同在，对今天的人们也有所启发。

　　作为寓言诗，题目举出一个"病"字，意义丰富。一是鸥鸟坠落污泥，又招致童子袭击，不能自救，危在旦夕。二是究其一生，鸥鸟品行令人诟病，具体表现为：素日贪食好逸，耀武扬威，与鸿鹄不可同日而语，无凌云之志；一旦腹背受敌，只能任人宰割；受人恩惠后，依傍求取的媚态日显，最终不思报答，不告而别，丑态毕露。此乃非义之病也，义与非义的对比是君子与小人的对比。

　　当然，生活中诸如此类的非义之流比比皆是，是像群童一样予以打击报复？或是任其咎由自取，视而不见？或是明知其本性，依然不计回报，心怀悲悯？值得我们思考。我们不可能以最高的道德标准去衡量和要求所有人作出统一选择，但既然看清事实，预知且接受一切后果，就可以按照内心从容应对了。《病鸥》反映了当时的现实，起到警醒作用，从中也能看出诗人的品格和性情。

嘲鲁连子①

　　鲁连细而黠，有似黄鹞子。②

田巴兀老苍,怜汝矜爪觜。③

开端要惊人,雄跨④吾厌矣。

高拱禅鸿声,若辍一杯水。⑤

独称唐虞贤,顾未知之耳。⑥

注释

① 鲁连子:鲁仲连,又称鲁连,战国时齐人,喜为人排难解纷,善辩,终生不仕。

② 细:幼小。黠(xiá):小聪明。鹞子:形状似鹰而较小的一种猛禽。

③ 田巴兀老苍:田巴,战国辩士。老苍,老鹰。此处是说田巴兀自像有经验的老鹰。怜汝矜爪觜(zuǐ):意思是田巴爱护鲁仲连以利嘴自矜,不与他抗争。矜:自夸。爪:名词用作形容词,锋利之意。觜:同"嘴"。

④ 雄跨:倨傲。

⑤ 禅:让。辍:舍弃。一作"啜"。

⑥ 唐虞:即尧和舜。顾:却。之:代指田巴拱手将美誉让与鲁仲连这一行动。

评析

全诗围绕田巴与鲁仲连的一次相逢展开。战国辩士田巴,未逢对手。时鲁仲连十二岁,自请迎战,言国事危急,慷慨陈词,直指田巴没有救急之策,如猫头鹰般喋喋不休,令人生厌。田巴羞愧万分,不再高谈阔论,还对少年鲁仲连夸赞不已。本诗题为"嘲",据史实,重说理,采用对比的表现手法,启人深思:初出茅庐的小孩与持重隐忍的老者,前者豪气点评,不留情面;后者赠出美名,淡然处之。尤其结尾处的议论,直接批评了鲁仲连虽一味称颂尧舜的让位之贤,却唯独没发现自己也堂而皇之地接受了田巴让出的"鸿声",充满了浓重的讽刺意味。

诗歌隐含了韩愈与李绅的"台参"之争。李本受韩举荐而晋升,后却因韩不来参拜自己而心生怨愤,状告于殿前,着实哗然。韩愈善于以犀利老练的笔锋记录生活,看似不动声色,实则情感饱满,爱恨分明。可见他也有身处官场的不得已,有遇人不淑的委屈压抑,故巧借文字,辩驳是非,一吐为快。从这一点来看,诗人有血有肉,和普通人无异。

闲 游 二 首

其 一

雨后来更好,绕池遍青青。

柳花闲度竹,菱叶故①穿萍。

独坐殊未厌,孤斟讵能醒。

持竿至日暮,幽咏欲谁听。

其 二

兹游苦不数②,再到遂经旬。

萍盖污池净,藤笼老树新。

林乌鸣讶客③,岸竹长遮邻。

子云④只自守,奚事九衢尘。

注释

① 故：一作"乱"。

② 数：多、频繁。

③ 乌：乌鹊，此处代指林中鸟。一作"莺"。讶：同"迓"，迎接。

④ 子云：汉扬雄的字。《汉书·扬雄传》："有以自守，泊如也。"

评析

此二诗作于元和十二年(817)，时韩愈被政敌寻衅打压，由中书舍人降为右庶子。官场困顿，且年近五旬，心绪一时难以平复，所谓闲游，实则经历了"非闲—觅闲—守闲"的心路。

从时节来看，第一首应在春季，春雨洗礼后，池草、柳花、短竹、菱叶、浮萍渲染出一幅春意盎然的郊野画面。美景尽览，韩愈却"独坐""孤斟"，垂钓至日暮，吟咏无人听，无人陪伴和理解的落寞显而易见，执拗于现实的愤懑充斥于字里行间。从首句来看，这已不是韩愈第一次游春至此，他说服自己走在"觅闲"的路上，却仍于"非闲"的泥泞心绪中挣扎。第二首写"经旬"之后的旧地重游，此时的浮萍、藤枝、岸竹愈加茂盛葱郁，与春季"闲度竹""故穿萍"不同，入眼的是"污池净""老树新"，如同官场的是非纷纭、萦绕心头的百千愁绪瞬间随风而逝，年迈的韩愈终于在自然美景的陪伴下，抛却了执念纷争，挣脱了种种桎梏，解放了自己的身心，解锁了人生百态。在与自然合一的同时，也寻回了本心——高洁自守，淡泊如初，情志升华至"守闲"的新高度。

过 鸿 沟①

龙疲虎困割川原②,亿万苍生性命存。

谁劝君王回马首,真成一掷赌乾坤?③

注释

① 鸿沟:在荥阳东二十里。此诗为韩愈从裴度平蔡,元和十二年(817)八月
入汴过鸿沟所作。

② 龙、虎:喻刘邦、项羽。川原:喻鸿沟。

③ 谁:指张良、陈平。昔刘邦纳其谏,过鸿沟,追项羽至阳夏而灭楚。一掷赌
乾坤:此用李白《经乱离后天恩流夜郎忆旧游书怀赠江夏韦太守良宰》中
语,"天地赌一掷,未能忘战争"。

评析

此诗短小精悍,却让读者从多个角度拓宽了对韩愈的认识:以史入诗,
以文为诗,诗文练达,言简义丰。昔刘邦、项羽以鸿沟为界,项羽东归,刘邦欲
西去。在张良、陈平的极力劝谏下,刘邦调转马头,卷土重来,追击楚军至阳
夏之南并灭之,汉军大捷。元和十二年(817),韩愈随裴度平定叛乱,行军至
鸿沟,思古人,进良言:派千员精兵从小路进入蔡州,必能擒拿吴元济,依仗
平定淮西的声势,镇州王承宗可用言辞说服,不必用兵。事实证明,韩愈不仅
在文坛上声名显赫,功绩不凡,在政治、军事等方面同样格局高远,谋略过人。
这样的韩愈,愈加熠熠生辉,夺人目光。

值得一提的是,第三句以"谁"提笔,着重强调韩愈于军旅中从容谋划的

智慧并有一腔敢与张良、陈平媲美高下的自信。同时,他又极度推重裴度的身份和地位,鼓励对方果敢决策,成就大事。其情之真,其心之切,让我们见识了庙堂之外、沙场之上的韩愈,意气风发,壮志凌云。

和李司勋过连昌宫①

夹道疏槐出老根,高甍巨桷压山原②。
宫前遗老来相问:今是开元几叶孙?③

注释

① 李司勋:李正封,随裴度平淮西,任随军判官,在京曾任吏部司勋员外郎,故称李司勋。连昌宫:唐高宗时建筑的离宫,在今河南宜阳,往来长安、洛阳两地要从宫前经过。唐玄宗在开元年间曾使用,以后长期锁闭。
② 甍(méng):屋脊。桷(jué):方形的椽子。
③ 遗老:经历世变的老人。今:即当今皇上,指唐宪宗。叶:代。

评析

唐宪宗元和十二年(817)七月,宰相裴度出任统帅,韩愈任行军司马,前去平定淮西叛乱。十月叛乱平定,十一月启程回朝,中途经过连昌宫,同行判官李正封作七言绝句一首,韩愈和作。

前两句咏连昌宫。诗人一行凯旋时,离宫赫然。低处所见,古槐夹道,枝叶萧疏，无人理会；老根露出，盘突纠缠，残损之状不堪入目。高处所见，屋脊高张，方橼井然，仍有着威镇山原的气势。多少年来国势衰微，可见一斑。诗人如此仔细观察与描写，既紧扣诗题，又为人物活动提供了背景。作为盛唐时代唐玄宗的离宫，无疑是带有象征色彩的。当诗人一行在宫前低回之际，一位白头老人问及时事：当今皇上是开元玄宗皇帝的第几代子孙？诗歌就此戛然而止。有意突出询问者的热烈情感和潜在期许，省去的回答并不重要。野老追念故君，兼怀盛世，大有深意。

唐宪宗锐意图强，先后平定刘辟、李锜。讨平淮蔡之役，更是削除国家多年心腹之患，由此声威大振。从某种角度看，诗人正是以连昌宫为切入点，借野老口吻，以开元盛世的厚望寄于宪宗。如此着笔，以小见大，既使诗歌免入歌功颂德的俗媚泥淖，又含蕴丰厚的时代内容和积极向上的情思。

读皇甫湜公安园池诗书其后^①二首

其　一

晋人目二子，其犹吹一吷。^②

区区自其下，顾肯^③挂牙舌？

春秋书王法，不诛其人身。^④

尔雅注虫鱼，定非磊落人。^⑤

湜也困公安，不自闲其闲。

穷年枉智思，掎摭粪壤间^⑥。

粪壤多污秽，岂有臧不臧^⑦？

诚不如两忘，但以一概量。⑧

其　二

我有一池水，蒲苇生其间。

虫鱼沸相嚼，日夜不得闲。

我初往观之，其后益⑨不观。

观之乱我意，不如不观完。

用将济诸人，舍得业⑩孔颜。

百年能几时，君子不可闲。

注释

① 读皇甫湜公安园池诗书其后：皇甫湜，韩愈门生，元和十三年(818)至十五
年(820)，困顿于江陵府公安县(今湖北公安)。皇甫湜作《公安园池诗》，
韩愈读后有感而作此二诗。

② 晋人目二子：意思是戴晋人评论尧和舜。晋人：梁国贤者戴晋人。目：评
论。二子：指尧和舜。映(xuè)：用口吹剑头小孔发出的声音。此指剑头
小孔。

③ 顾肯：岂肯。

④ 王法：指《春秋》纪事之法。不诛其人身：意为《春秋》纪事，对事不对人。

⑤ 注虫鱼：《尔雅》有《释虫》《释鱼》篇。磊落：指洒脱开朗。

⑥ 掎摭粪壤间：此处是说皇甫湜沉迷小事。掎摭：拾取。粪壤：比喻
小事。

⑦ 臧：善、好。

⑧ 两忘：此用《庄子·大宗师》"与其誉尧而非桀也，不如两忘而化其道"之语。一概量：概，古代量粟麦时用来刮平斗斛的器具。《楚辞·怀沙》："同糅玉石兮，一概而相量。"

⑨ 益：更加。

⑩ 业：从事。

评析

元和十三年（818），皇甫湜被贬至公安县，困顿抑郁，流连园池。身为师长，韩愈开导这位门生的艺术值得学习和借鉴。第一首，首先援引古人旧事，劝皇甫湜学会释怀。《庄子·则阳》载惠子言："尧舜于戴晋人之前，譬犹一映也"，意为即使看似事关重大，也可能微不足道。《春秋》在著书时有删减裁汰，十分中肯。相较之下，《尔雅》显得事无巨细，过于拘泥小节。这种劝慰方式，有理有据，背景宏阔又对比有度，醍醐灌顶，在思想上引起对方的重视和认同。接着，联系皇甫湜日常"掎摭粪壤间"，郑重指出如此下去将毫无意义，因为"粪壤多污秽"，切不可长期流连于此而逃避现实。否则，岁月蹉跎，精神涣散，既是不可逆的损失，也是毕生的遗憾。所以，端正心态的最好方法，应是以道家"两忘"境界自勉，学会放手，懂得释怀。

第二首，韩愈先联系自身的生活经历和情感经验，继续鼓励皇甫湜收心敛性。在韩愈看来，过分徜徉美景，会对心智造成干扰。要做到意念如一，应与外在诱惑划清界限。接着，直接为皇甫湜指明出路：及时回归学业，以修身、齐家、治国、平天下为己任。最后，韩愈告诫皇甫湜时光短暂，切莫虚度光阴，并给皇甫湜提出人生唯一和终极的目标，当时刻以君子的高标准自我要求。

在教导门生的过程中，韩愈不是一味批评指责，而是循循善诱，有理有据，既适时指出弊端，又尊重对方的人格和情感，诚为良师益友。

独　钓①

一径向池斜，池塘野草花。

雨多添柳耳②，水长减蒲芽。

坐厌亲刑柄③，偷来傍钓车。

太平公事少，吏隐讵相赊④？

注释

① 独钓：组诗共四首，此为第二首。

② 柳耳：寄生在柳树上的木耳。

③ 坐：因。亲刑柄：指自己任刑部侍郎。

④ 吏隐：亦官亦隐。赊：远。

评析

元和十二年(817)腊月，韩愈因功迁刑部侍郎，从"坐厌亲刑柄"来看，此诗当作于任职期间。内容上，诗人观察细致入微，从"柳耳""蒲芽"着手，描写春天万物复苏、蓬勃发展的景象。结构对仗工整，前两联写景，颔联中"添"对"减"、"柳耳"对"蒲芽"。"添"字写出了春天的蓬勃生机，"减"字则衬托春水涨高。颈联"坐厌"与"偷来"为对，厌亲刑柄、来傍钓车为一义，表达诗人暂且放下功名利禄,做自己喜欢的事情。诗人独钓,似乎"渔翁"之意不在鱼,享受的是"无案牍之劳形"的快乐。

此诗关键在吏隐。吏隐的意思是一边做官一边隐居。按理说,这种情况是不可能发生的,因为既然出仕,就无法归隐。但唐人追求吏隐的生活方式,或在公务之余做短时间的隐士,如王维任职期间,闲暇时常隐于辋川别墅;或将办公之所当成归隐之处,唐诗中有不少写郡斋生活的诗,多为此种生活之反映。韩愈选择的吏隐,似二者兼而有之。当然,此诗特标"吏隐"一词,除表达对此生活方式的钦羡外,还有照应上句"太平公事少"的意思,不无委婉称颂之意。

华　山　女①

街东街西讲佛经,撞钟吹螺闹宫庭②。

广张罪福资诱胁,听众狎恰排浮萍③。

黄衣道士亦讲说,座下寥落如明星④。

华山女儿家奉道,欲驱异教归仙灵⑤。

洗妆拭面著冠帔,白咽红颊长眉青⑥。

遂来升座演真诀,观门不许人开扃⑦。

不知谁人暗相报,訇然⑧振动如雷霆。

扫除众寺人迹绝,骅骝塞路连辎軿⑨。

观中人满坐观外,后至无地无由听。

抽钗脱钏解环佩,堆金叠玉光青荧⑩。

天门贵人⑪传诏召,六宫愿识师颜形。

玉皇颔首许归去,乘龙驾鹤来青冥⑫。

豪家少年岂知道,来绕百匝脚不停。

云窗雾阁事慌惚,重重翠幔深金屏。

仙梯难攀俗缘重,浪凭青鸟通丁宁。⑬

注释

① 华山女:华山道观中的女道士。

② 闹宫庭:寺庙宫殿中十分热闹。

③ 广张:大肆宣传。狎恰排浮萍:狎恰,密集、拥挤。排浮萍:如水上大堆大片的浮萍一样被推来推去。此处形容人多。

④ "黄衣"二句:意思是道士讲道,听众寥寥。黄衣:唐代道士服颜色。此处指代道士。明星:即晨星。

⑤ "华山"二句:异教,指佛教;仙灵,指仙道。

⑥ 帔(pèi):道袍。咽:指脖颈。

⑦ 扃(jiōng):门扇。

⑧ 匐然:拟声词,形容大声。

⑨ 骅骝:泛指马。辎(zī)軿(píng):指车辆。辎:上有帷盖的车子。軿:后有帷幕的车子。

⑩ "抽钗"二句:这两句写信道教的听众当场献出身上的金银珠宝。青荧:形容珠玉的光泽。

⑪ 天门贵人:宫廷内监。

⑫ 乘龙驾鹤来青冥:龙、鹤本是神仙乘驾之物,这里喻指宫里的马车。青冥,本指天,这里喻指宫中。

⑬ "仙梯"二句:仙梯难攀,指入宫后的华山女身份地位不是一般人能够接近的。俗缘重:指贪恋尘世因缘。浪凭:任凭。丁宁:一般写作"叮咛",这

里指语言、消息,喻豪家少年与华山女消息相通,秘密相约。

评析

韩愈排斥佛道,不遗余力,此诗当是诗人元和十一、十二年(816、817)作。以女道士开"道讲",与佛教争夺群众为题材,极力描绘佛、道激烈的斗争。诗中渲染僧、道开讲的场面,描绘出一幅当时长安城的社会风俗画。佛教"听众狎恰排浮萍",而道教"座下寥落如明星",佛、道势力形成鲜明对比。当佛教的宣传取得胜利时,道教利用女色以资引诱,"扫除众寺人迹绝,骅骝塞路连辎軿。观中人满坐观外,后至无地无由听",反败为胜。"洗妆拭面著冠帔,白咽红颊长眉青。遂来升座演真诀,观门不许人开扃",描写华山女利用姿色假借神灵以惑众,用欲招故拒的手段吸引听众。华山女进而轰动皇宫,得到天子召见。诗既讽天子,又讽"豪家",笔锋尖锐,隐而实现。诗人以旁观者的视角,似欲唤醒众人却力不从心。此诗针砭时弊,讽刺社会,体现了诗人极高的胆识和勇气。

左迁至蓝关示侄孙湘①

一封②朝奏九重天,夕贬潮州路八千。
欲为圣明除弊事,肯将衰朽惜残年。③
云横秦岭家何在?雪拥蓝关马不前。
知汝远来应有意,好收吾骨瘴江边。④

注释

① 左迁至蓝关示侄孙湘：汉时依上古法，朝列以右为尊，故谓降秩为左迁。蓝关：即蓝田关，在今陕西蓝田东南。侄孙湘：韩愈的侄孙韩湘。

② 封：上呈给皇帝的意见书，这里指韩愈的《论佛骨表》。

③ 除弊事：破除弊政。弊事，指唐宪宗迎凤翔法门寺佛骨进宫。肯将衰朽惜残年：哪能因衰老而吝惜残余的生命呢？

④ 应有意：应该有所准备。瘴江：潮州的韩江，唐时为瘴疠之地。

评析

元和十四年(819)正月，韩愈上《论佛骨表》，反对崇佛："佛本夷狄之人，与中国言语不通，衣服殊制，口不言先王之法言，身不服先王之法服，不知君臣之义，父子之情。"在奏文中，他极力反对宪宗迎凤翔法门寺佛骨进宫，认为佛骨乃枯朽之骨，凶秽之物，不宜入宫。佛法未至中国，天下太平，百姓安乐寿考。自汉明帝始有佛法，其后乱亡相继，运祚不长。此事触怒了唐宪宗，韩愈被贬为潮州刺史。

首联写诗人因上谏书而被贬偏远的潮州。颔联进一步陈说上书缘由，为反对皇帝崇佛，甚至毫不吝惜自己的生命。由此可知，诗人内心非常清楚，进谏一定会有极大的生命危险。颈联虚实结合。秦岭、蓝关是韩愈离开长安前往潮州的必经之处，秦岭难以逾越，蓝关雪滑，道路泥泞，此皆实写。"家何在"，是说回首无家可归，"马不前"寓意前途茫茫，无路可通，此为虚写。尾联沉痛而又凄凉，诗人告诉侄孙韩湘，自己此番贬谪，凶多吉少，也许分别就是诀别。虽是贬谪，实却有去难回，其痛楚溢于言表。整体来看，此诗既反映了诗人遭贬后内心的酸楚,又可见其为国家前途而不惜个人生命的倔强性格。

题楚昭王庙①

丘坟满目衣冠尽,城阙连云草树荒。②
犹有国人③怀旧德,一间茅屋祭昭王。

注释

① 楚昭王庙:楚昭王名轸,楚平王子,是春秋时期楚国的贤王,在位二十七年。楚昭王庙在湖北宜城县东南。

② 衣冠:一般用来指士大夫。此处指楚昭王后人。城阙连云:形容楚国盛时景象。草树荒:指眼前一片萧条。

③ 国人:指楚国旧人。

评析

元和十四年(819),韩愈因谏迎佛骨触怒宪宗,被贬潮州刺史,途经襄阳宜城驿楚昭王庙,有感而作。

此诗为怀古之作,借历史隐喻现实。"丘坟满目",是写眼前所见,"衣冠尽",是联想历史,想到楚昭王的后代今已不存。"城阙连云",写楚昭王在位时楚国的繁盛,是历史回忆。"草树荒",又回到现实,写目之所见。其中含有深沉的古今对比,华丽的衣冠和连云的城阙都已化作泥土,只剩下一座座古坟和荒凉的衰草枯木。这种对比是咏史诗的常见手法,刘禹锡《乌衣巷》"旧时王谢堂前燕,飞入寻常百姓家"即如此。此诗关键处在于第四句,"一间茅屋祭昭王",是说楚国旧人尚感念昭王,立庙祭祀,长年不衰。何以如此? 是因为楚昭王有德。这就将历史与现实联系起来。内中实隐含诗人对遭受贬谪的哀怨。礼贤下士、从谏如流是诗人对国君的期待,但现实中往往并非如此。从历史看现实,"一间茅屋"还有讽刺意味,即使贤如楚昭王,于今也不过落得个"一间茅屋"而已。

泷　吏^①

南行逾六旬,始下昌乐泷。

险恶不可状,船石相舂^②撞。

往问泷头吏,潮州尚几里?

行当何时到? 土风复何似?

泷吏垂手笑:官何问之愚!

譬官居京邑,何由知东吴?

东吴游宦乡,官知自有由。

潮州底处所? 有罪乃窜流。^③

侬幸无负犯,何由到而知?

官今行自到,那遽妄问为?

不虞卒见困^④,汗出愧且骇。

吏曰聊戏官,侬尝使往罢。

岭南大抵同,官去道苦辽。

下此三千里,有州始名潮。

恶溪瘴毒聚，雷电常汹汹。

鳄鱼大于船，牙眼怖杀侬。

州南数十里，有海无天地。

飓风有时作，掀簸真差事⑤。

圣人于天下，于物无不容。

比闻此州囚，亦有生还侬。

官无嫌此州，固罪人所徙。

官当明时来，事不待说委⑥。

官不自谨慎，宜即引分⑦往。

胡为此水边，神色久惝恍⑧？

瓿大瓶罂小⑨，所任自有宜。

官何不自量，满溢以取斯？

工农虽小人，事业各有守。

不知官在朝，有益国家不⑩？

得无虱其间⑪，不武亦不文。

仁义饰其躬，巧奸败群伦。

叩头谢吏言：始惭今更羞。

历官二十余，国恩并未酬。

凡吏之所诃⑫，嗟实颇有之。

不即金木诛⑬，敢不识恩私。

潮州虽云远，虽恶不可过。

于身实已多，敢不持自贺。

注释

① 泷（lóng）吏：泷，即昌乐泷，在今广东乐昌市。泷吏，即下文所言"泷头

吏",掌管泷水的小吏。

② 舂(chōng)：撞。

③ 底：何。窜流：发配、流放。

④ 不虞：不料。卒见困：卒，同"猝"，突然。困：难倒。

⑤ 差事：怪事。差：通"诧"，奇怪。

⑥ "官当"二句：意思是你在朝廷政治清明的时候来到这里，不用说都知道，你是犯了罪被贬到这里的。

⑦ 引分：照着本分。

⑧ 惝恍(tǎng huǎng)：失意、忧愁的样子。

⑨ 瓨(gāng)大瓶罂(yīng)小：瓨，瓮的别名。瓨、瓶、罂同为腹大口小的容器，大者叫瓨，小者叫瓶、罂。

⑩ 不：音义同"否"。

⑪ 得无虱其间：是否如同虱子寄生其中。

⑫ 诃：斥责。

⑬ 即：受。金木：指金属和木制成的刑具。

评析

　　此诗是韩愈元和十四年(819)赴潮州，途经昌乐泷所作。泷吏告诉诗人，此去潮州途中险恶，路程尚远。潮州有瘴毒、雷电、鳄鱼、飓风等等，环境恶劣。被贬到岭南的大小官，他也见多了，"官当明时来，事不待说委"，不用说都知道诗人是犯了事的。"官不自谨慎，宜即引分往"，泷吏建议诗人要谨慎，按照本分去做事。"瓨大瓶罂小，所任自有宜"，无论是大瓶，还是小瓶，都是容器。喻指各种官职自有其本职工作范围和对象，不要做超越职务权力的事情。泷吏的话似乎让诗人受到启发，无可言答，无地自容，"叩头谢吏言：始惭今更羞"。但是,细想之下,这个泷吏看似精明清醒,实则老于城府,不明事理。韩诗只不过借其口来讽刺像他这样的官员。

此诗的写法很独特。诗人同泷吏一问一答,在这过程中凸显了泷吏的形象,也使诗人的复杂情绪得以表达。朱彝尊评价:"欲道贬地远恶,却设为问答,又借吴音野谚,以致其真切之意。"确是如此。

过始兴江^①口感怀

忆作儿童随伯氏^②,南来今只一身存。

目前百口^③还相逐,旧事无人可共论。

注释

① 始兴江:即东江,位于韶州。
② 伯氏:指诗人之兄韩会。
③ 百口:家中人口很多。

评析

首两句,诗人回忆年少时随同兄嫂南迁经历。大历十四年(779)四月,起居舍人韩会被贬韶州刺史,韩愈随其至韶州。而今"我"又遭南贬,拖家带口,途经此地。今昔对比,诗人不禁悲从中来,感慨万千。

全诗以"忆""存""逐""论"为线索,由此关联现在与过去。今昔相关者有三方面:一是贬谪,数十年前是兄长韩会遭贬,而今"我"又被谪。二是贬谪之所都是岭南。兄长谪居韶州，而今"我"贬官在更远的潮州。三是两次贬谪中的家人对比。长兄长嫂来韶州时是一家人，而今随"我"同逐的家人更多。上次来韶州时的家人，如今只剩下"我"一个，以至于"旧事无人可共论"，就连往事的回忆，也只一人独存了，内心之孤独和无奈，无处可诉。朱彝尊评价："道得真切，炼得简妙。"可谓深通诗人之意。

初南食贻元十八协律①

鲎实如惠文，骨眼相负行。②

蚝③相黏为山，百十各自生。

蒲鱼尾如蛇，口眼不相营④。

蛤即是虾蟆⑤，同实浪异名。

章⑥举马甲柱，斗以怪自呈。

其余数十种，莫不可叹惊。

我来御魑魅⑦，自宜味南烹。

调以咸与酸，芼⑧以椒与橙。

腥臊始发越，咀吞面汗骍⑨。

惟蛇旧所识，实惮口眼狞⑩。

开笼听其去，郁屈尚不平。

卖尔非我罪，不屠岂非情。

不祈灵珠报⑪，幸无嫌怨并。

聊歌以记之，又以告同行。

注释

① 贻元十八协律：贻，赠送。元十八，指元集虚，行第十八。协律，太常寺协
　律郎。

② 鲎(hòu)实如惠文：鲎鱼形象像惠文冠。骨眼相负行：鲎鱼眼睛长在背
　上，背上有骨，雌负雄而行。

③ 蚝：即牡蛎。

④ 营：一作"萦"，缠绕。

⑤ 虾蟆：即蛤蟆，青蛙之类。

⑥ 章：章鱼。

⑦ 御魑魅(chī mèi)：魑魅为鬼物。《左传·文公十八年》："流四凶族……投
　诸四裔，以御魑魅。"御魑魅是诗人自言遭贬斥。

⑧ 芼(máo)：以菜和羹。

⑨ 发越：气味散发。骍(xīng)：赤色的通称，这里指面色红赤。

⑩ 狞(níng)：凶恶。

⑪ 不祈灵珠报：珠产自蚌类。此处意思是不食蚌类。

评析

　　此诗为赴潮州途中所作，将初食海边食物的异样感觉告诉好友元集虚。
其最重要的特点是惊异。韩愈从北方南贬潮州，对海边饮食产生很大兴趣，
初食之下，发现与北方很不相同，由此形成惊异的体验。诗人少年时代曾跟
随兄嫂至韶州，后又贬官连州阳山县令。应当说，他对岭南风物并不陌生。
但是韶州和阳山并不近海，所以在饮食方面，前两次南迁都未有深切的差异

感。此次贬谪潮州刺史,地近南海,当地居民的饮食习惯与中原大不相类。诗中提到的鲨鱼、牡蛎、蒲鱼、蛤蟆、章鱼、水蛇、蚌等水产品,在当时的北方是很难作为常用食材的。不仅如此,有些海产品甚至很难见到。因此,其怪异形状和味道,都引起诗人极大的不适。韩愈把蛇卖了,实在不敢食用。又未食蚌类,可能也与恐惧有关。但这些新奇的东西,作为诗材,倒很切合韩愈逐异的诗歌心理,因此将之入诗,自在情理之中。诗人之所以再三强调南海食物之异,求异诗心之外,恐怕还与其自感弃逐的想法有关。这从"我来御魑魅,自宜味南烹"两句中透露出来。《左传·文公十八年》:"舜臣尧,宾于四门,流四凶族——浑敦、穷奇、梼杌、饕餮,投诸四裔,以御魑魅。""御魑魅"一词,可见诗人自比"四凶",隐含内心之痛。

宿曾江口①示侄孙湘二首

其　一

云昏水奔流,天水潗相围②。

三江灭无口,其谁识涯圻?③

暮宿投民村,高处水半扉。

犬鸡俱上屋,不复走与飞。

篙舟入其家,暝闻屋中唏。④

问知岁常然,哀此为生微。

海风吹寒晴,波扬众星辉。

仰视北斗⑤高,不知路所归。

其 二

舟行亡⑥故道，屈曲高林间。

林间无所有，奔流但⑦潺潺。

嗟我亦拙谋⑧，致身落南蛮。

茫然失所诣，无路何能还？

注释

① 曾江口：曾江今增江，是东江的支流。增江口，是曾江、澄溪水、九曲水汇
入东江的总口。

② 天水漭（mǎng）相围：漭，辽阔无边。此指水与天相连，形容水势之大。

③ 三江灭无口：形容水大，看不见各自水口。涯圻（yín）：岸边。圻：同
"垠"，边际。

④ 篙舟：撑船。篙：名词用作动词，撑。唏：叹息声。扬雄《方言》："哀而不
泣曰唏。"

⑤ 北斗：北斗星，此处喻皇帝。

⑥ 亡：同"无"。

⑦ 但：只。

⑧ 拙谋：指自己上表论迎佛骨之事，言涉不敬。

评析

此两首为赴潮州途中所作。第一首写舟行水上，所见水边居民遭受水患
的情状。三江汇流于曾江口，水天相接。一旦涨水，村民的房子便被淹没。

诗人投宿在村民家,房屋浸泡在水中,家禽家畜都在屋上躲避洪水。撑船进屋,听见黑暗的屋内传来唏嘘声。诗人一边感叹江边村民生活的艰辛,一边又将其与自己此番行程联系,仰视夜空,但见北斗,既高且远,归程无期。其中对村民遭受大水围困,从几个不同的角度展开描写,尤为真切动人:"高处水半扉",写房屋;"犬鸡俱上屋,不复走与飞",写家畜家禽;"篙舟入其家,暝闻屋中唏",写受困之人。

　　第二首写逐客之戚。诗人被贬蛮荒之地,被洪水困在林间高地上,听闻四周水声,若有所悟。此刻诗人似乎心生悔意,认识到自己上表论迎佛骨之事,出言不敬,致使贬谪。"亡故道""无所有""失所诣""无路还"诸语,反复陈说,其前途之渺茫、归途之难料、身体之疲惫、内心之懊丧等一览无遗。

琴操①十首（选三）

猗兰操②

孔子伤不逢时作③。

兰之猗猗,扬扬其香。④

不采而佩⑤,于兰何伤?

今天之旋,其曷为然?

我行四方,以日以年。

雪霜贸贸,荠麦之茂。⑥

子如不伤,我不尔觏。⑦

荠麦之茂,荠麦之有。

君子之伤,君子之守。

注释

① 琴操：琴操即琴曲。古琴曲本无辞，后人据曲作辞，东汉蔡邕曾作《琴操》十二首。韩愈《琴操》，似仿蔡邕之作。

② 猗兰操：琴曲名。

③ 孔子伤不逢时作：此为《猗兰操》小序。

④ 猗（yī）猗：繁茂的样子。扬扬：香气飘扬。

⑤ 佩：采兰而佩。

⑥ 贸贸：纷乱的样子。荠麦之茂：荠麦生于霜雪之时，非常茂盛。

⑦ 子：指兰。尔觏（gòu）：尔，此处指兰。觏：同"遘"，遇见。

评析

韩愈作《琴操》十首，据诗中所述，系于贬潮州时，盖以诗明志，自守其操也。但若此时作，似过于自灿，难免招谤。或是一时戏谑之辞，亦未知也。

《猗兰操》一首，以兰自喻，而托之于孔子。写孔子感叹不遇时，实则写诗人自伤。首四句，写兰花生于幽谷，香气四溢，向来象征君子，形成采兰佩兰的传统。今此兰花未被采摘，是未被用之意。但对兰花来说，不被采佩，无妨其自芳。这是君子传统。次四句，写孔子周游四方，是说虽如幽谷之兰未被采，但孔子并未因此自伤，而是固守本心，不改己志，游于诸侯之间，宣扬学说。再次四句，写孔子途遇荠麦。荠麦初生，其形似兰。写荠麦繁茂，是说如荠麦之类的野草盛极一时，与深谷不见用之幽兰形成强烈对比。兰花之伤，不伤于自不见用，伤于荠麦为大用。最后四句，是说物各有其本性，荠麦茂盛由其本性使然，兰花不被用，自然也与其本性有关。

此诗主旨非常明显,见于"不采而佩,于兰何伤"及"君子之伤,君子之守",借兰花自喻:虽有不遇,但不改固穷之节。在写法上,四句一转韵,意随韵转,四韵形成四层意思。

拘　幽　操①

文王羑里作②。

目窈窈兮,其凝其盲。③

耳肃肃④兮,听不闻声。

朝不日出兮,夜不见月与星。

有知无知兮,为死为生?⑤

呜呼! 臣罪当诛兮,天王圣明。

注释

① 拘幽操:琴曲名。

② 文王羑(yǒu)里作:此为《拘幽操》小序。传说周文王曾被囚于商朝的羑里,作此诗。

③ 窈窈:昏暗的样子。凝:凝视。

④ 肃肃:萧条冷落的样子。

⑤ 有知无知:不知身在何处。为死为生:不知是死是生。

评析

《拘幽操》拟周文王拘于羑里而作。传说周文王被执,囚于羑里。此诗拟作,想象其时情形。前八句，写文王被囚之处，光线昏暗，如同盲人，四周无声，又似聋瞍。早上看不见太阳，晚上看不见月亮和星星。长期在这样的环境中生活，使人容易产生错觉，不知身在何处，也未知是死是活。后两句，写文王自咎。这是长期被关押之下的一种心理反应。有人认为，这是韩愈上疏遭贬后的认罪行为，或许有一定道理。正如《宿曾江口示侄孙湘二首》（其二）所言，"嗟我亦拙谋，致身落南蛮"，遭谪南贬后，诗人难免常懊悔自责。但说得如此直白，似乎不符合贬谪时的实际情形。事实上，周文王对商朝并不臣服，即便喊出"臣罪当诛兮，天王圣明"这样的话，也只不过是为脱身的权宜之辞。此诗的意义或许在于，通过想象和描写周文王囚于羑里的情状，展示在极端环境之下人的心理变化。

履　霜　操①

尹吉甫子伯奇无罪，为后母谮而见逐，自伤作。②

父兮儿寒，母兮儿饥。③

儿罪当笞④，逐儿何为？

儿在中野⑤，以宿以处。

四无人声，谁与儿语？

儿寒何衣？儿饥何食？

儿行于野，履霜以足⑥。

母生众儿，有母怜之。

独无母怜，儿宁⑦不悲？

注释

① 履霜操：琴曲名。

② 尹吉甫子伯奇无罪，为后母谮而见逐，自伤作：此为《履霜操》小序。传说

尹吉甫为周朝上卿,生子伯奇。伯奇母死,吉甫再娶。后母生子,设计陷害,伯奇被逐而宿于野外。

③ 父兮儿寒,母兮儿饥:此为互文,意思是父亲、母亲啊,儿又寒又饥。

④ 笞:鞭打。

⑤ 中野:野外。

⑥ 履霜以足:脚踩寒霜。

⑦ 宁(nìng):岂、怎。

评析

此诗写孤儿失恃的传说故事。尹伯奇遭受后母陷害,被迫离家,宿于野外。诗中写伯奇饥寒交迫,哭诉无罪。首四句,写其自诉罪不至于被逐,顶多也只是受鞭打而已,此为诉冤。次八句,写伯奇处境艰难,野外寒冷无食,无人可语,孤苦伶仃,是说其无奈和无助。后四句,写伯奇羡慕那些有父母关爱之人,希望得到后母的怜爱。

后母虐孤是传统题材。此诗显然也受此感触,用一连串的反问句来表达伯奇的内心不平,"逐儿何为""谁与儿语""儿寒何衣""儿饥何食""儿宁不悲",使人为之哀叹。据说后来尹吉甫终于醒悟,伯奇的冤屈也得以平息,后母被处死。据此来看,此诗似与韩愈贬潮有一定的关系,或许诗人也在为自己鸣冤,希望得到援助。但也不必强作此解,将其置于《琴操》十首的整体中来看,自明君子之志的意思是明显的,——确指则难以求实。

别 赵 子 ①

我迁于揭阳,君先揭阳居。②

揭阳去京华③，其里万有余。

不谓小郭中，有子可与娱。④

心平而行高，两通诗与书。

婆娑海水南，簸弄明月珠。⑤

及我迁宜春⑥，意欲携以俱。

摆头笑且言，我岂不足欤？

又奚⑦为于北，往来以纷如？

海中诸山中，幽子⑧颇不无。

相期风涛观，已久不可渝。⑨

又尝疑龙虾⑩，果谁雄牙须？

蚌蠃鱼鳖虫，瞿瞿以狙狙⑪。

识一已忘十，大同细自殊。

欲一穷究之，时岁屡谢除⑫。

今子⑬南且北，岂非亦有图？

人心未尝同，不可一理区。⑭

宜各从所务，未用相⑮贤愚。

注释

① 别赵子：赵子即赵德，潮州人。韩愈离开潮州，作诗告别。

② 迁：官职调动。这里指元和十四年（819）初，韩愈因谏宪宗迎佛骨事而被
贬为潮州刺史。揭阳：唐属潮州管辖，今属广东。

③ 京华：京城，此处指长安。

④ 郭：城。有子可与娱：《诗·郑风·出其东门》中说"聊可与娱"。此处意
为，虽被贬至离京城万里有余的潮州，但因为能和赵德一起娱乐，也可算

是幸事一件。

⑤ 婆娑：盘旋舞动的样子。簸弄：玩弄。

⑥ 宜春：唐宜春郡，即袁州。今属江西。

⑦ 奚：何。

⑧ 幽子：隐士。

⑨ 相期风涛观，已久不可渝：和隐士相约观海涛，此言已久，不可因随公去袁州而改变。期：约定。渝：改变。

⑩ 龙虾：指龙与虾两物。

⑪ 瞿(jù)瞿以狙(jū)狙：瞿瞿，惊视不安的样子；狙狙，伺察的样子。

⑫ 谢除：流逝。意思是赵德自言，尝闻龙虾蚌蠃鱼鳖虫，大小不相同，一直想弄清楚，终未成行，此次当前往。

⑬ 子：尊称，指韩愈。

⑭ 人心未尝同：人心不同，各有所图。《左传·襄公三十一年》："人心之不同，如其面焉。"区：区分。

⑮ 相：区别。

评析

此诗为韩愈在潮州告别赵德时所作。元和十四年（819）初，韩愈因谏宪宗迎佛骨事而被贬为潮州刺史。十二月二十四日改授袁州刺史，欲邀赵德一同前往，赵德拒之，韩愈作此诗以别。

全诗可分两部分，从"我迁于揭阳"至"意欲携以俱"为第一部分，简述写作缘由：被贬潮州，幸遇赵德志趣相投，改授袁州刺史，欲邀前往而不得，故以诗别之。"摆头笑且言"以下为第二部分，叙写赵德拒绝同往的原因：我本潮州人，生活于此很满足，与隐士相约观风涛美景，看虫鱼争霸，岂不快哉！

然而时光流逝，这些相约已久的事还没实现，怎能因随公去袁州而改变呢？人各有志，不可强同。

　　此诗有两点值得注意：一是不同于一般送别诗将"我"作为叙述主体，而从赵德的角度展开叙写。这种反客为主的创作手法早在《诗经》中就有体现，例如《卷耳》写妇人思恋丈夫，没有将过多笔墨放在思妇的描写上，而是浓墨重彩地用后面三章描写思恋中的男子。这种创作手法，能使读者更深刻、具体地感受到赵德的洒脱。二是虽为送别诗，但既不表劝慰关心，也不抒不舍伤感，更不言积愤明志，而抒人生见解。"人心未尝同，不可一理区。宜各从所务，未用相贤愚"，人各有志，不可强求，不同的生活态度并非评判贤愚的唯一标准。由此亦可知诗人的豁达。

将至韶州先寄张端公使君借图经^①

曲江山水闻来久^②，恐不知名访倍难。

愿借图经将^③入界，每逢佳处便开看。

注释

① 将至韶州先寄张端公使君借图经：诗人到韶州之前，先写诗寄给韶州张刺史，以借阅韶州图经。端公：唐人对侍御史的别称。使君：指韶州刺史。图经：指地记、方志之类的书籍。

② 曲江：唐曲江县，韶州州治所在地。闻来久：听闻已久。

③ 将：携带。

评析

　　此诗写于元和十五年（820）韩愈自潮州赴任袁州刺史途中。未入韶州，先借图经，以便观览，可知以诗代书之意。

　　图经又称地记、方志，详细记录各地风土人情、自然地理、历史人物等信息。阅览图经是了解一地最快、最直接的方式。《新唐书·百官志》："职方郎中员外郎，掌地图。凡图经非州县增废，五年乃修，岁与版籍俱上。"唐代要求各地方五年报送一次图经，可知图经修撰有相应规定。图经在唐人生活中发挥着重要作用，通过图经可丰富见闻，如王建《题酸枣县蔡中郎碑》："不向图经中旧见，无人知是蔡邕碑。"意思是，从图经所载，可知此碑文为蔡邕所撰。

　　诗歌最关键处是"闻来久"，含义丰富。韩愈少年时期曾跟随长兄韩会到过韶州，韩会去世后，匆匆离开。南贬潮州时他也经过韶州。因此，韶州对韩愈来说，是生命历程中非常重要的一个地方，记忆深刻。但是，少年时期，兄长贬官，又是紧张学习的阶段，恐怕没有什么心思游览韶州风景名胜。上次途经韶州，日程催逼，也不可能有闲暇停留。此次得以移官袁州，心情大好，因而提前以诗代信，向韶州刺史借阅图经。"每逢佳处便开看"之"佳"字，含有赞美张刺史之意，意思是韶州虽处岭南，但风景极佳。此"佳"字，还可以看出诗人心情之佳。从"闻来久"到"佳处看"，心情一转，五味杂陈，酸甜苦辣咸汇于一处。

题秀禅师房①

桥夹水松行百步，竹床莞席到僧家②。
暂拳③一手支头卧，还把渔竿下钓沙。

① 禅师：对僧人的尊称。

② 竹床：或作"竹林"。莞（guān）席：用莞草编织的席子。莞生于水中，茎圆。

③ 拳：屈曲。

评析

此诗为元和十五年（820）韩愈由潮州量移袁州，途经韶州所作。韩愈虽然排佛，但是他和僧人交往甚多，因此也写了不少与僧人的酬赠诗，此即其中一首。

诗歌写拜访秀禅师时所见，朱彝尊评为"清迥绝俗"。首句写前往秀禅师住处途中之景：幽静的小桥夹杂在水松之间，用白描手法写秀禅师居住环境的静谧清幽。次句写秀禅师住处之简，只有竹床和莞席。由此，可以看出秀禅师清心淡泊的修养。末两句写秀禅师钓鱼：先屈曲一只手支着脑袋躺一会儿，至于垂钓碧沙，那就暂放一边吧，颇有姜太翁钓鱼之势。"拳""支"两个动词的使用，生动形象，写出了秀禅师小憩时的样子，刻画了秀禅师的悠闲与脱俗，语言浅近却意境深远。正是秀禅师超凡脱俗、清静淡泊的品格吸引了韩愈，由是才作此诗以赠之。关于末两句，其实还有不同的解读角度，"拳一手""卧""钓沙"的主语还可以认为是韩愈，韩愈寻禅师不遇，但并没有惋憾之感，而是颇有兴致地小憩钓鱼，足见其悠闲之情。

在写法上，前两句虽写环境，但也在侧面表现人物品格，做到了环境与人物描写融为一体。通过所绘静谧清幽之景，韩愈和禅师这超然物外的人格形象才得以更好地呈现在读者眼前。

韶州留别张端公使君①

来往再逢梅柳新②,别离一醉绮罗春。

久钦江总③文才妙,自叹虞翻骨相屯④。

鸣笛急吹争落日,清歌缓送款行人。

已知奏课⑤当征拜⑥,那复淹留咏白苹⑦?

注释

① 韶州留别张端公使君:元和十五年(820)韩愈量移袁州,途经韶州,故曰
  "留别"。端公,唐人对侍御史的别称。此为张刺史地方任职时所带宪衔。

② 来往再逢梅柳新:元和十四年(819)正月,韩愈因论迎佛骨事被贬潮州,是
  年十月量移袁州,次年正月至袁州,两次经过韶州,正逢梅柳新时,故曰
  "再逢"。

③ 江总:字总持,南朝陈文学家,曾流寓岭南多年。此处以江总指代韶州张
  刺史。

④ 自叹虞翻骨相屯(zhūn):虞翻,字仲翔,吴人,因直言张昭与孙权论神之事
  获罪,被贬交州。骨相屯,指性格疏直,与人不协。虞翻尝云"自恨骨体不
  媚,犯上获罪"。此处以虞翻指代诗人自己。

⑤ 奏课:把对官吏的考绩上报朝廷。

⑥ 征拜:征召授官。

⑦ 白苹:或作"白萍",一种浮草。

此诗为韩愈赠给韶州张刺史的咏别诗。元和十四年(819)正月,韩愈因论迎佛骨事被贬潮州,是年十月量移袁州,次年正月至袁州,其间两次经过韶州,故作诗以赠韶州刺史。

首联叙说自己两次经过韶州,蕴含对张刺史的感激之情,如今离别在即,把酒话别久久舍不得散去,"别离"二字点题。颔联将张刺史与江总相比,可见韩愈对张文采高妙的肯定与赞美。又用虞翻自比,虞翻因论及神仙被贬,自己也因论迎佛骨事被贬,意味颇长。颈联写送行场面,笛急、歌缓,离愁别绪油然而生。尾联为祝福语,意思是朝廷已经考察了张刺史的政绩,马上要升迁,不用再写咏白萍之类的诗歌来倾诉远离京城的哀怨了。

此诗有五妙:其一,结构精密。四联分写四事,又相互关联。首联写两度经过韶州,交代离别由来,又写二人交情,引出颔联。颔联二人对比,张刺史有才华,而自己性格急直。同在岭南,含有同病相怜之意。颈联又回到离别主题,写送行场景。尾联再写张刺史,寓以祝福。其二,比拟精确。江总有才华,又曾流寓岭南,以其比张刺史非常合适。虞翻性格直爽,又因论事得罪,与韩愈因论迎佛骨事南贬相类,二者相比尤为贴切。其三,对比鲜明。颈联"急"与"缓"相反相成,笛急歌缓,刻画时间已晚必须启程,但又依依缓行不肯离去的复杂心情。在这里,时间的急迫与内心的不舍形成鲜明的对比,依依惜别难舍难分之情跃然纸上。其四,事物典型。诗人选择"鸣笛""落日""清歌",从而营造出一种悲伤氛围,很好地表达了不舍与惜别之情。其五,首尾呼应。末句"白萍"与首句"梅柳"相呼应。

游西林寺题萧二兄郎中旧堂^①

中郎有女能传业，伯道无儿可保家。^②

偶到匡山^③曾住处，几行衰泪落烟霞。

注释

① 游西林寺题萧二兄郎中旧堂：西林寺，即庐山西林寺。萧二，即萧颖士之子萧存。曾任金部员外郎，与韩会、梁肃友善，恶裴延龄之为人，遂弃官归隐庐山。

② 中郎有女：中郎，即蔡邕，东汉著名文学家和书法家。其女蔡琰，字文姬，博学有诗才。伯道无儿：东晋邓攸，字伯道，史载其为保全侄子，舍去亲儿。

③ 匡山：庐山。

评析

　　萧存与韩愈长兄韩会交好，韩愈少时曾受知于萧存。元和十五年(820)九月，韩愈受命任国子祭酒，十月底离开袁州返回长安，途经庐山，拜访萧存旧居，得知萧存及其儿子皆已去世，只有一个女儿在世为尼。往日光景不再，只剩落寞悲凉，百感交集，因赋此诗。

　　首句"中郎"，即蔡文姬之父蔡邕。《后汉书·列女传》记载：蔡文姬曾为匈奴所俘，曹操用重金赎回后，问其是否记得蔡邕家藏但却散失的四千余卷典籍，文姬居然能回忆四百多篇，"于是缮书送之，文无遗误"。次句"伯道"，即东晋邓攸。《晋书·邓攸传》记载：永嘉之乱逃亡途中，邓攸舍弃儿子保全侄子,死后竟无子嗣。因此有"天道无知,使邓伯道无儿"一说,后常用"伯道无后""无儿悲邓攸""伯道孤单""伯道暮年"等指代无后。韩愈用这两个典故,想表达的是,萧存家族衰落,盛景不再,物是人非,既同情又无奈,不禁悲从中来,以至"几行衰泪落烟霞"。

《新唐书·萧颖士传》:"韩愈少为存所知,自袁州还,过存庐山故居,而诸子前死,唯一女在,为经赡其家。"此段记载或可与本诗相互释证,据此可知韩愈的待友之道。此诗贵在一个"真"字,语言虽浅近,情感却真挚。

题 广 昌 馆①

白水龙飞②已几春? 偶逢遗迹③问耕人。

丘坟发掘当官路④,何处南阳有近亲⑤?

注释

① 广昌馆:即广昌驿。广昌,古县名,在河北省西部。

② 白水龙飞:白水县为东汉光武帝刘秀发迹之地,故有白水龙飞一说。《文选·东京赋》:"我世祖忿之,乃龙飞白水。"

③ 遗迹:指刘秀高祖的坟墓。

④ 当官路:坟墓被发掘成为官道。

⑤ 南阳有近亲:《后汉书·刘隆传》中说"河南帝城多近臣,南阳帝乡多近亲"。

评析

元和十五年(820)韩愈从袁州回京,途经广昌驿,有感于东汉光武帝刘秀祖坟被发掘成为官路而作。

光武帝"龙飞白水"的故事已经流传很多年了,诗人路过此地偶然间寻得遗迹,但是昔日的荣华早已不在,近亲的坟墓遭到挖掘,有的甚至成为官道,于是问农人,南阳还有近亲吗,难道没人阻止吗? 诗虽简短,意味却深。想当年,光武帝可谓英雄人物,如今连祖坟被掘也无人过问。今昔对比,沧海桑田。咏史怀古作品,多用此法。如刘禹锡《乌衣巷》"旧时王谢堂前燕,飞入寻常百姓家",辛弃疾《永遇乐·京口北固亭怀古》"斜阳草树,寻常巷陌,人道寄奴曾住"等,无不如此。韩愈诗中也反复用此作法,如《题楚昭王庙》"丘坟满目衣冠尽,城阙连云草树荒"。可见在历史河流中,个人是如此渺小。

本诗还含有刺时意味。光武帝时,权臣近亲大肆吞并土地,狐假虎威,为所欲为,在当时可谓风光无限。但现在除了满地被掘且无人问津的坟墓,还剩下什么呢? 诗歌直指当时私用公权兼并土地的权贵,讽刺之意是很明显的。

去岁自刑部侍郎以罪贬潮州刺史,乘驿赴任,其后家亦遣逐,小女道死,殡之层峰驿旁山下,蒙恩还朝,过其墓,留题驿梁①

数条藤束②木皮棺,草殡荒山白骨寒。

惊恐入心身已病,扶舁③沿路众知难。

绕坟不暇号三匝，设祭惟闻饭一盘。④

致汝无辜由我罪，百年惭痛泪阑干⑤。

注释

① 去岁自刑部侍郎以罪贬潮州刺史，乘驿赴任，其后家亦谴逐，小女道死，殡之层峰驿旁山下，蒙恩还朝，过其墓，留题驿梁：去岁，即元和十四年（819）。乘驿，乘坐驿车。殡，埋葬。层峰驿，驿站名，在商州上洛县。蒙恩还朝，指韩愈任国子祭酒，从袁州返回长安。其墓，韩愈第四女女挐之墓。

② 藤束：以葛藤捆束棺木。

③ 舁（yú）：抬。

④ 号三匝（zā）：春秋时季札在葬自己孩子时，哭号着绕坟三圈。后用为父母感伤子女去世。设祭惟闻饭一盘：祭品仅有一盘饭。孙楚《祭子推文》有"黍饭一盘"之语。

⑤ 阑干：纵横散乱的样子。

评析

元和十四年（819）春，韩愈因论宪宗迎佛骨事而被贬为潮州刺史，家人也不得不一同赴潮。其第四女才十二岁，正生病，颠簸寒冷，二月二日不幸客死于商洛道中层峰驿。由于程限紧迫，只得草葬于驿旁山下。一年后，韩愈返回京城，途经此地，祭奠小女，悲从中来，故作此诗。

首联回忆去年草葬小女时的悲凉情景，藤蔓、薄皮棺木、荒山、白骨，是诗人记忆中刻骨铭心之物。一个"寒"字，既写出女儿早逝的悲惨命运，又写出自己晚年失去女儿的悲寒之情。颔联回到现实,写此次返京,途经小女坟墓,悲伤惊恐,身体生病,因此无法将女儿棺木带回长安。可以想象,诗人是多么想携女归家,但因目前无能为力,其愧疚之情,可谓痛彻心扉。颈联写祭奠小女的场景。因人在旅途,官程紧迫,来不及准备,诗人绕坟号哭,祭品简单到仅有一盘冷饭。尾联再写愧疚。小女无辜病死途中,是因诗人引起。这种惭痛之情积郁心中,恐怕至死也不会消失。

此诗情感真挚。透过诗篇,可以感受到诗人深深的自责、悔恨和悲痛之情。"绕坟不暇号三匝",用季札事典;"设祭惟闻饭一盘",用孙楚语典,非常贴切。若结合《祭女挐女文》《女挐圹铭》,理解当更深刻。

咏灯花同侯十一①

今夕知何夕? 花然②锦帐中。

自能当③雪暖,那肯待春红。

黄里④排金粟⑤,钗头缀玉虫⑥。

更烦将喜事,来报主人公。

注释

① 同侯十一:侯十一,即侯喜。意为同侯喜共咏灯花。

② 然:同"燃"。

③ 当:对。

④ 黄里:又作"囊里"。"黄"即黄石脂,古代妇女用以饰额。蜀人史念升曰:"黄里排金粟,谓额间花钿也。"

⑤ 金粟：比喻灯花、烛花。

⑥ 玉虫：本指虫状的玉雕首饰，这里比喻灯花。

评析

此诗为元和十五年（820）韩愈同侯喜共咏灯花之作。据颔联"雪暖""春红"，当在暮冬。

全诗关键在体物。灯花本寻常事物，但将之入诗尚需思量。首联从"夕"字入，渐及灯花。夜晚燃灯，本亦常事，但"今夕知何夕"，既写出诗人遇见侯喜时的喜悦，也与灯花寓意吉兆相契合。颔联和颈联分咏灯花的意和形。"自能当雪暖"，是说灯花虽小，却有暖意；"那肯待春红"，意为灯花红光，似欲争春。"黄里排金粟"，写灯花内外之形，灯火内黄外赤，花在其中，恰如黄石脂和金色的粟米；"钗头缀玉虫"，写灯花上下之形，钗比灯芯，蓝光在上，恰如钗头缀玉。此两联状物真切，又对仗工整。特别是"黄"对"钗"，即以石对金，比物连类，极含巧思。尾联写灯花报喜，呼应首联今夕何夕，写诗人内心的愉悦。

送桂州严大夫①

苍苍森八桂②，兹地在湘南。

江作青罗带，山如碧玉篸③。

户多输翠羽④，家自种黄甘。

远胜登仙去，飞鸾不暇骖⑤。

注释

① 送桂州严大夫：桂州，唐桂管观察使治所，即今桂林。严大夫，即严谟。诗送严谟赴任。

② 八桂：《山海经》中说"桂林八树，在贲禺东"。郭璞注："八树而成林，言其大也。"桂林由桂树多而得名，故以"八桂"代指桂林。

③ 篸(zān)：或作"簪"，古人用以插髻的首饰。

④ 输翠羽：输，缴纳赋税。翠羽，指翠鸟羽毛，是珍贵饰品。

⑤ 飞鸾：飞翔的鸾鸟。不暇骖(cān)：不暇，没有空闲。骖，古代驾在车前两侧的马，此用为动词，即骑乘的意思。

评析

长庆二年(822)严谟以秘书监身份，升任桂管观察使。离京赴任时，韩愈、白居易、张籍等为之送行，故有此作。

首联描绘桂林地大树多，又在湘水之南，是难得的佳处。言语之间透露钦羡之意，实为安慰严谟。因桂州属岭南，远离京城，在唐人观念中，即便升任，也多视为远谪。颔联写桂林山水，突出其秀丽特点。"江作青罗带"，写桂林之水宛如青色的罗带；"山如碧玉篸"，说桂林之山好似绾发的碧玉簪。青罗带和碧玉簪都与女性有关，因而其风格是婉丽清秀的。颈联写桂林物产富饶，翠羽、黄柑，是桂林特有的贡赋之物。尾联说严谟此去远胜登仙，不用乘骑飞鸾，意含祝福，希望再升迁。

此为送别诗，又是分韵同题，故写作时有一定难度。但诗人似乎并未被这些规定所限制，整体上非常自然。结构也井然有序，首联点题，颔联和颈联分咏桂林的山水和物产，以贺语收束。虽是传统题材，但亦不失为佳作。

早春呈水部张十八员外二首①

其　一

天街小雨润如酥②，草色遥看近却无。

最是一年春好处，绝胜烟柳满皇都③。

其　二

莫道官忙身老大，即④无年少逐春心。

凭⑤君先到江头看，柳色如今深未深？

注释

① 水部张十八员外：张十八，即张籍，时任水部员外郎，故称"水部"。张籍在
兄弟辈中排行第十八，故称"张十八"。

② 天街：长安街。酥：用牛羊奶制成的食物，这里形容春雨的滋润。

③ 皇都：长安。

④ 即：就、便。

⑤ 凭：请。

评析

此两首写长安早春,并呈送好友张籍。两首都突出"早春",第一首写早春之景,第二首写早春之意。

第一首,写长安早春时节最典型的风物——雨中草色。首句写早春细雨打湿街面,其润如酥。次句写细雨之中的早春草色,"遥看近却无",青草才吐嫩芽,远看有绿色,近看则不见。可见诗人观察细致入微,道人所未能道。三、四句继续写雨中草色,说这才是长安城春天的最佳时节,要比漫天飞絮的暮春好得多。将烟柳与草色相比,用"绝胜"一词表明态度,目的还是凸显一个"早"字。

第二首,写早春之意。一、二句的意思是,不要说什么当官职务繁忙、年龄大了身体不好,不要找这样的借口,之所以没有去江头看柳色,是因为现在已经没有少年逐春的心思了。这是说给张籍听的,也是为自己不去江头看柳色作解释。因此,三、四句才接着说,请你先到江头看一看,柳树发芽了吗?言下之意是柳树还未发芽,还不如看草色呢。因此又将柳色与草色作了对比,回到早春的主题上来。这样一来,两首诗虽然分写,但实际上是一个整体。两诗结构又有变化,第一首遵循绝句一般写法,转折处在第三句。第二首,转折处在第四句。"柳色如今深未深",有探寻,有问候,耐人寻味,余味无穷。

枯　　树

老树无枝叶,风霜不复侵。

腹穿人可过，皮剥蚁还寻。

寄托惟朝菌^①，依投绝暮禽。

犹堪持改火^②，未肯但空心。

注释

① 寄托：寄生。朝菌：指朝生暮死的菌类。《庄子·逍遥游》："朝菌不知
晦朔。"
② 改火：上古钻木取火，每季所用木头不同。

评析

此诗咏枯树。在诗歌传统中，咏枯树的作品不多，可见诗人在所咏对象
的选择上具有逐奇的特点。

首句点题，"老树无枝叶"，枝叶枯萎，不再发芽，是为老树。由此引出第
二句，"风霜不复侵"，既然无枝叶，那么也不怕风霜侵害了。首联是说树枯。
颔联咏枯树之形。枯树腹空，人可从中穿过，写其内；树皮剥落，蚂蚁啃噬，写
其外。颈联咏枯树之用，寄生树身的只有朝菌，因无枝叶，鸟儿不再来筑巢
了。尾联写枯树之心。"持改火"者，持改火之心，是说枯树还可作为改火的
木头，不会因为腹空而失去树之本心。

全诗从不同层面来写枯树的形、用、心，是一首典型的咏物之作。咏物诗
贵在形似而又有隐喻，此诗亦如此，句句写枯树，同时又隐喻老人。人之老，
实同树之枯。传统赋老之物，如老马之类，多写其心不老，所谓"老骥伏枥，志
在千里"。此诗虽未写枯树的雄心壮志，但其"持改火"之心，在有所用心上是
相通的。

送诸葛觉①往随州读书

邺侯家多书,插架三万轴,②

一一悬牙签,新若手未触。③

为人强记览,过眼不再读。

伟哉群圣文,磊落④载其腹。

行年余五十,出守⑤数已六。

京邑有旧庐,不容久食宿,

台阁多官员,无地寄一足。

我虽官在朝,气势日局缩。

屡为丞相言,虽恳不见录。

送行过泸水⑥,东望不转目。

今子从之游,学问得所欲。

入海观龙鱼,矫翮逐黄鹄⑦。

勉为新诗章,月寄三四幅。

注释

① 诸葛觉:即僧人澹然,后还俗读书。

② 邺侯:李泌曾封为邺县侯,家富藏书。后世以"邺侯"代指藏书之富。此处"邺侯"是指李泌之子李繁,时任随州刺史。插架三万轴:插架,置于书架之上。轴,指卷轴装的书籍。三万轴,形容书多。

③ 牙签:指书签。意思是用不同材质、颜色的缥带和书轴来给书籍分类。新若手未触:书籍非常新,像没有用手翻过似的。这里指李繁记性好,书看过以后就记住了,不需要再翻看,就像没有动过的新书一样。与后句"为

人强记览"相对应。

④ 磊落：众多。

⑤ 出守：指担任刺史。

⑥ 浐（chǎn）水：今西安市东面的浐河。

⑦ 矫翮（jiǎo hé）：展翅，比喻施展才能。黄鹄：比喻高才贤士，这里指李繁。

评析

此诗写的是送诸葛觉往随州跟随李繁读书，虽送别的是诸葛觉，而实写的是李繁。

全诗结构奇特，与其他送行诗不同。约分两部分：从首句至"虽恳不见录"为第一部分，写李繁。此部分又从不同角度来写。诗题既为送诸葛觉读书，故先从李繁家富藏书说起。李繁父亲李泌曾封邺侯，藏书宏富，多达三万余卷。次写李繁博闻强识，过目不忘。所谓"新若手未触""为人强记览""磊落载其腹"者，均是此意。再次写其五十余岁，多次外地任职，并解释自己虽曾为其留任京城作过努力，但未能成功。很显然，这既是写给李繁的，也是写给诸葛觉的。其目的，无非是希望李繁能照顾好诸葛觉，同时也希望诸葛觉理解自己的用心。从"送行过浐水"以下为第二部分，回归送行主题。"入海观龙鱼，矫翮逐黄鹄"两句，比喻诸葛觉跟随李繁读书，好像入海观鱼、鸟逐黄鹄，是赞颂李繁学问深厚，诸葛觉必有所得。最后勉励诸葛觉勤奋写诗，多寄新作。

玩月喜张十八员外
以王六秘书①至

前夕虽十五，月长未满规。②

君来晤③我时，风露渺无涯。

浮云散白石，天宇④开青池。

孤质⑤不自惮，中天为君施。

玩玩夜遂久，亭亭曙将披。⑥

况当今夕圆，又以嘉客随，

惜无酒食乐，但用歌嘲为。

注释

① 张十八员外以王六秘书：张十八员外，即张籍，时任水部员外郎。以，或作
"与"。王六秘书，即王建，时任秘书丞。

② 前夕：昨夜。规：圆。

③ 晤（wù）：会面。

④ 天宇：天空。

⑤ 孤质：这里指月亮。

⑥ 亭亭曙将披：亭亭，月亮明亮的样子。曙，天刚亮。披，开、散。

评析

据诗题，当写今夜之月，诗人却只写昨夜之月。写今夜之月仅两句，亦即
"况当今夕圆，又以嘉客随"。此为全诗构思奇特处。

据考证，穆宗长庆四年（824）八月十六夜，张籍、王建等人至韩愈处，诗即作于此夜。全诗先从八月十五夜之月写起，今俗语云"十五的月亮十六圆"，诗人似也有此看法，所以开头说"前夕虽十五，月长未满规"。诗人不写看月，而反过来写月来"晤我"。这种写法，与杜甫《月夜》"今夜鄜州月，闺中只独看"，不写自己，而写妻子看月相似。"风露渺无涯"，是说风露无边、天气清冷。因风吹云散，引出后两句"浮云散白石，天宇开青池"，浮云就像白石一样被吹散，夜空顿时清朗起来。"孤质不自惮，中天为君施"，是说天空中只有一轮明月，但月似不惧孤单，独自悬于空阔无边的中天。月上中天，意味着时间不早了。所以接着说"玩玩夜遂久，亭亭曙将披"，夜已深了，天差不多要亮了。这不仅说明诗人玩月之久，更表明诗人彻夜未眠。此十句，都是写昨夜之月。诗人之笔忽然一转，"况当今夕圆，又以嘉客随"，写今夜之月。此中"况"字，既有连接第一部分的转折作用，又有将今夜与昨夜对比的意思。今夜之月比昨夜更圆，今夜还有老友相伴。这样写，诗人是想说明昨夜孤单清冷，以突出今夜的团聚和欢乐。所以，前十句虽写昨夜之月，实际是为了铺垫今夜之月。昨夜越凄清孤单，今夜越欢乐热闹。至此，我们才更加深入地体会到，写昨夜孤月凌空，实际是说诗人孤独。两相比较，今夜的欢乐自在其中，无须费辞，诗歌至此也顺势戛然而止。诗末略带遗憾地说，"惜无酒食乐，但用歌嘲为"，只有清歌，无酒食之乐，但越是这样，越含清雅之味。

散　文

原　道①

博爱之谓仁,行而宜②之之谓义;由是而之焉之谓道,足乎己,无待③于外之谓德。仁与义,为定名④;道与德,为虚位⑤:故道有君子小人,而德有凶有吉。老子之小⑥仁义,非毁⑦之也,其见者小⑧也。坐井而观天,曰天小者,非天小也;彼以煦煦⑨为仁,孑孑⑩为义,其小之也则宜。其所谓道,道其所道⑪,非吾所谓道也;其所谓德,德其所德,非吾所谓德也。凡吾所谓道德云者,合仁与义言之也,天下之公言也;老子之所谓道德云者,去仁与义言之也,一人之私言也。周道衰,孔子没,火于秦⑫,黄老⑬于汉,佛于晋、魏、梁、隋之间,其言道德仁义者,不入于杨⑭,则入于墨⑮;不入于老,则入于佛。入于彼,必出于此。入者主⑯之,出者奴⑰之;入者附之,出者污之。噫!后之人其欲闻仁义道德之说,孰从而听之?老者曰:孔子,吾师之弟子也。佛者曰:孔子,吾师之弟子也。为孔子者,习闻其说,乐其诞而自小也,亦曰:吾师亦尝师之云尔。不惟举之于其口,而又笔之于其书。噫!后之人虽欲闻仁义道德之说,其孰从而求之?甚矣,人之好怪也!不求其端⑱,不讯其末⑲,惟怪⑳之欲闻。

注释

① 原道:探究儒家之道产生的根源。原,有推本溯源,求其根本之意。韩愈作有"五原",即《原道》《原性》《原毁》《原人》《原鬼》五篇。

② 宜:适宜,适合。

③ 无待:不依靠。

④ 定名:有确定的内容。

⑤ 虚位:无特定的内容,与定名相对。

⑥ 小：轻视。

⑦ 毁：诋毁。

⑧ 见者小：见者，指老子的观念。小，狭小，狭隘。

⑨ 煦(xù)煦：和悦温暖。这里指小恩小惠。

⑩ 孑(jié)孑：谨小、细小。

⑪ 其所道：他（老子）观念里的道。

⑫ 火于秦：指秦始皇焚书。

⑬ 黄老：黄帝和老子，也称黄老学派，早期的道家思想流派。

⑭ 杨：杨朱学派，道家学派之一。

⑮ 墨：墨家学派。

⑯ 主：推崇。

⑰ 奴：贬低。

⑱ 端：起源。

⑲ 末：结果。

⑳ 怪：怪诞。

古之为民者四①，今之为民者六②；古之教者处其一，今之教者处其三。农之家一，而食粟之家六③；工之家一，而用器之家六；贾④之家一，而资焉之家六；奈之何民不穷且盗也！古之时，人之害多矣。有圣人者立，然后教之以相生养之道。为之君，为之师，驱其虫蛇禽兽而处之中土。寒，然后为之衣，饥，然后为之食；木处⑤而颠，土处⑥而病也，然后为之宫室⑦。为之工，以赡⑧其器用；为之贾，以通其有无⑨；为之医药，以济其夭⑩死；为之葬埋祭祀，以长其恩爱；为之礼，以次其先后⑪；为之乐，以宣其壹郁⑫；为之政，以率⑬其怠倦⑭；为之刑，以锄其强梗⑮。相欺也，为之符玺、斗斛、权衡⑯以信之；相夺也，为之城郭、甲兵⑰以守之。害至而为之备，患生而为之防。今其言曰："圣人不死，大盗不止⑱；剖斗折衡⑲，而民不争。"呜呼，其亦不思而已矣！如古之无圣人，人之类灭久矣。何也？无羽毛鳞介⑳以居寒热也，无爪牙㉑以争食也。是故：君者，出令者也；臣者，行君之令而致之民者也；民者，出粟米麻丝，作器皿、通货财，以事其上者也。君不出令，则失其所以为君；臣不行君之令而致之民，民不出粟米麻丝、作器皿、通货财，以事其上，则诛。今其法㉒曰：必弃而㉓君臣，去而父子，禁而相生养之道，以求其所谓清净寂灭者；呜呼！其亦幸而出于三代㉔之后，不见黜㉕于禹汤文武周公孔子也；其亦不幸而不出于三代之前，不见正㉖于禹汤文武周公孔子也。

注释

① 为民者四：中国古代把民众分为士、农、工、商四类。

② 为民者六：在前四类的基础上再加上僧侣和道士。

③ 粟：泛指谷物。

④ 贾（gǔ）：商人。

⑤ 木处：住在树上。

⑥ 土处：住在洞穴里。

⑦ 宫室：房屋。

⑧ 赡：供应、提供。

⑨ 通其有无：即用自己多余的物品与别人交换，以得到自己缺少的物品。

⑩ 夭：夭折、早死。

⑪ 次其先后：长幼、尊卑有序。

⑫ 壹郁：同抑郁、沉郁，心情不畅。

⑬ 率：约束。

⑭ 怠倦：懒惰。

⑮ 强梗：指骄横跋扈的人。

⑯ 符玺、斗斛、权衡：符玺，符，古代用来传达政令和调动军队的凭证；玺，印玺。斗斛，古代量器，亦指容量单位，十斗为一斛。权衡，秤砣和秤杆。

⑰ 城郭、甲兵：城郭，指古代城的内外墙，用来作防御工事。甲兵，军队。

⑱ 圣人不死，大盗不止：语出《庄子·胠箧》。

⑲ 剖斗折衡：破开斗斛，折断秤杆。

⑳ 羽毛鳞介：羽毛，代指衣服。鳞介，本指鱼鳖之类，代指食物。

㉑ 爪牙：代指工具。

㉒ 其法：指佛家的观念。

㉓ 而：同"尔"，你。

㉔ 三代：夏、商、周三个朝代。

㉕ 黜：贬斥、取消。

㉖ 正：矫正。

    帝之与王①，其号名殊，其所以为圣一也。夏葛而冬裘②，渴饮而饥食，其事殊，其所以为智一也。今其言曰：曷不为太古之无事③？是亦责冬之裘者曰：曷不为葛之之易④也？责饥之食者曰：曷不为饮之之易也？《传》⑤曰："古之欲明明德于天下者，先治其国；欲治其国者，先齐其家；欲齐其家者，先修其身；欲修其身者，先正其心；欲正其心者，先诚其意。"然则，古之所谓正心而诚意者，将以有为也。今也欲治其心，而外天下国家⑥，灭其天常⑦；子焉而不父其父，臣焉而不君其君，民焉而不事其事。

孔子之作《春秋》也,诸侯用夷礼⑧,则夷之⑨;进于中国⑩,则中国之。《经》曰:"夷狄之有君,不如诸夏之亡⑪。"《诗》曰:"戎狄是膺⑫,荆舒⑬是惩。"今也,举夷狄之法,而加之先王之教之上,几何其不胥⑭而为夷也!

注释

① 帝之与王:五帝与三王。其说法不一,一般认为"三王"指夏禹、商汤、周文王,"五帝"指黄帝、颛顼(zhuān xū)、帝喾(kù)、尧、舜。

② 夏葛而冬裘:葛,草本植物,可用来织布做衣。裘,动物皮毛做的衣服。

③ 太古之无事:太古,远古时期。无事,无为而治。

④ 葛之之易:用"之"将宾语提前,是"易之葛"的倒装句。意思是说换穿用葛做成的衣服。

⑤ 传:指《礼记·大学》。

⑥ 外天下国家:将国家放在考虑之外。

⑦ 天常:指儒家伦理纲常,即儒家所提倡的人与人之间的礼教和道德规范。

⑧ 夷礼:中原以外各个民族的礼俗。

⑨ 夷之:以"夷"对待之。

⑩ 中国:古代特指中原地区,范围涵盖整个黄河流域。

⑪ 亡:通"无",没有。

⑫ 戎狄是膺:戎狄,先秦时期对西北少数民族部落的统称。膺,讨伐。

⑬ 荆舒:春秋时期南方的少数民族,指当时的楚国和舒国。

⑭ 胥:都、全。

夫所谓先王之教①者,何也?博爱之谓仁;行而宜之之谓义;由是而之焉之谓道；足乎己，无待于外之谓德。其文《诗》《书》《易》《春秋》，其法礼乐刑政，其民士农工贾，其位②君臣、父子、师友、宾主、昆弟③、夫妇，其服麻丝，其居宫室，其食粟米果蔬鱼肉：其为道易明，而其为教易行也。是故以之为己，则顺而祥；以之为人，则爱而公；以之为心，则和而平；以之为天下国家，无所处而不当。是故生则得其情，死则尽其常，郊④焉而天神假⑤，庙⑥焉而人鬼飨⑦。曰：斯道也，何道也？曰：斯吾所谓道也，非向⑧所谓老与佛之道也。尧以是传之舜，舜以是传之禹，禹以是传之汤，汤以是传之文武周公，文武周公传之孔子，孔子传之孟轲，轲之死，不得其传焉。荀与扬⑨也，择焉而不精，语焉而不详。由周公而上，上而为君，故其事行；由周公而下，下而为臣，故其说长。

> **注释**

① 先王之教：指上文提到的五帝三王的教化，他们都是儒家理想的圣王。

② 其位：其，代指先王政教。位，社会伦理次序。

③ 昆弟：兄和弟。

④ 郊：郊祭，即祭天。

⑤ 假：通"格"，至、到。

⑥ 庙：庙祭，即祭祀祖先。

⑦ 飨：通"享"。这里指享用祭品。

⑧ 向：之前、从前。

⑨ 荀与扬：荀子和扬雄。

　　然则，如之①何而可也？曰：不塞不流，不止不行②。人其人，火其书，庐其居③，明先王之道以道④之，鳏寡孤独废疾者有养也：其亦庶乎⑤其可也。

注释

① 之：指代儒道。

② 不塞不流，不止不行：不堵塞和禁止佛、老之道，则儒家之道不能流通、推行。

③ 人其人，火其书，庐其居：其，指代佛教和道教中的僧侣与道士。这里是说禁佛、道的具体措施，即让僧侣和道士还俗，并烧掉他们的经书，然后把他们的寺院和道观变为平民住所。

④ 道：同"导"，引导。

⑤ 庶乎：大约、大概。

评析

此文集中体现了韩愈的哲学思想和政治态度。《原道》作为中国古代文学史和思想文化史的经典篇章，明茅坤《唐宋八大家文钞》甚至视之为韩愈文集之"命根"。韩愈在文中构建了从尧、舜、禹三代圣王，经汤、文、武，至孔、孟的儒家之道的传递谱系，旨在恢复先王之道，排斥佛、老，匡时救弊。关于此文的写作时间，说法不一：一说贞元二十一年（805）韩愈离开阳山，在郴州时作（孙昌武《韩愈诗文选评》）；一说根据韩愈对待孟子、荀子的不同态度，确定其为韩愈四十六岁后所作（童第德《韩愈文选》），即元和九年（814）。这一时期是唐王朝由盛转衰的转折期，大一统时期的儒学之道也日渐式微，而佛、老思想日益兴盛，甚至到了泛滥的地步，对儒家"经夫妇、成孝敬、厚人伦、美教化、移风俗"的社会作用产生了强烈的冲击,极大削弱了儒学的社会教化功能。文中佛家和道家提出的"圣人不死,大盗不止;剖斗折衡,而民不争""今也欲治其心,而外天下国家,灭其天常;子焉而不父其父,臣焉而不君其君,民焉而不事其事"等观点,都与传统的儒家和道统相背离。当时的统治者和儒学家普遍都产生了一种危机感,扭转这一局面势在必行。正是在这一背景下,韩愈作此文以宣扬儒道之正统,驳斥佛、老之道,力求振兴和进一步发展儒学。

首先,韩愈围绕仁义道德,给儒家思想下了基本定义,并进行系统解释,这也是此文的立论依据。文中指出,自秦汉以来,经由此消彼长,到唐代已形成儒、释、道三教并行的局面,甚至佛、道发展大有压倒儒家之势,"不入于老,则入于佛"。接下来分别驳斥道家"圣人不死,大盗不止""曷不为太古之无事",佛家"弃而君臣,去而父子,禁而相生养之道""欲治其心,而外天下国家,灭其天常"等观点,进一步指出佛教、道教不仅影响了社会经济发展,也破坏了社会伦理纲常。在此基础上,韩愈提出要继承和维护先王之道,并将仁义道德作为先王之道的纲领。最后,据此提出应对佛、道的方法,即采取"人其人,火其书,庐其居"的措施,以维护传统的儒家道统。

陈寅恪先生认为,《原道》一文的目的,是为了"排斥佛老,匡救政俗之弊害""呵诋释迦,申明夷夏之大防"(《金明馆丛稿初编》)。可见韩愈并非为作文而作文,而是具有非常明确的现实针对性。其文娓娓道来,循循善诱,又体现出"因文见道"的特点。

原　　毁①

古之君子,其责②己也重以周③;其待人也轻以约④。重以周,故不怠⑤；轻以约，故人乐为善。闻古之人有舜者，其为人也，仁义人也。求⑥其所以⑦为舜者，责于己曰："彼⑧人也，予⑨人也；彼能是⑩，而我乃不能是？"早夜以思，去⑪其不如舜者，就⑫其如舜者。闻古之人有周公⑬者，其为人也，多才与艺人⑭也。求其所以为周公者，责于己曰："彼人也，予人也；彼能是，而我乃不能是？"早夜以思，去其不如周公者，就其如周公者。舜，大圣人也，后世无及⑮焉；周公，大圣人也，后世无及焉。是人⑯也，乃曰"不如舜，不如周公，吾之病⑰也"；是不亦责于身者重以周乎！其于人也，曰："彼人也，能有是，是足为良人矣；能善是，是足为艺人矣。"取其一，不责其二；即其新，不究其旧；恐恐然⑱惟惧其人之不得为善之利。一善易修⑲也，一艺易能也，其于人也，乃曰："能有是，是亦足矣。"曰"能善是，是亦足矣"；不亦待于人者轻以约乎！

注释

① 原毁：推究人与人之间诋毁、毁谤产生的根源。

② 责：要求。

③ 重以周：严格而又周密。

④ 轻以约：宽容而又简约，与"重以周"相对而言。

⑤ 怠：懈怠。

⑥ 求：探究。

⑦ 所以：……的原因。

⑧ 彼：代词，他。

⑨ 予：代词，我。

⑩ 是：这样，代指某种情况或状态，此处指为仁义之人。

⑪ 去：去掉。

⑫ 就：保留。

⑬ 周公：周文王之子，周武王之弟。

⑭ 艺人：多技能的人。

⑮ 及：赶得上。

⑯ 是人：这人，代指古代的君子。

⑰ 病：缺点。

⑱ 恐恐然：谨慎小心的样子。

⑲ 修：实行。

　　今之君子则不然。其责人也详①，其待己也廉②。详，故人难于为善，廉，故自取也少。己未有善，曰："我善是，是亦足矣。"己未有能，曰："我能是，是亦足矣。"外③以欺于人，内④以欺于心，未少有得而止矣，不亦待其身者已⑤廉乎？ 其于人也，曰："彼虽能是，其人不足称也；彼虽善⑥是，其用⑦不足称也。"举其一，不计其十；究其旧，不图其新。恐恐然惟惧其人之有闻⑧也，是不亦责于人者已详乎！ 夫是之谓不以众人待其身，而以圣人望于人，吾未见其尊己也。

注释

① 详：详细、详备。

② 廉：简约。

③ 外：对外。名词作状语。

④ 内：对内。名词作状语。

⑤ 已：同"以"。

⑥ 善：擅长。

⑦ 用：本领。

⑧ 闻：声望。

虽然，为是者有本有原。怠与忌之①谓也。怠者不能修，而忌者畏人修。吾尝②试之矣。尝试语于众曰："某良士，某良士。"其应者，必其人之与③也；不然，则其所疏远不与同其利者也；不然，则其畏也。不若是，强者必怒于言④，懦者必怒于色矣。又尝语于众曰："某非良士，某非良士。"其不应者，必其人之与也；不然，则其所疏远不与同其利者也；不然，则其畏也。不若是，强者必说于言⑤，懦者必说于色矣。是故事修而谤兴，德高而毁来。呜呼！士之处此世，而望名誉之光、道德之行，难已⑥！

注释

① 之：宾语前置的标志。此句意为，这就是所谓的懈怠和忌妒。

② 尝：曾经。

③ 与：交往。

④ 强者必怒于言：强硬之人一定会说出很愤怒的话。介宾短语"于言"作"怒"的状语，后置。

⑤ 强者必说于言："说"通"悦"，高兴。介宾短语"于言"作"说"的状语，后置。

⑥ 已：或作"矣"，语气词。

将有作于上者①,得吾说而存之,其国家可几②而理③欤!

① 有作于上者:居显达地位有所作为的人。

② 几:近,差不多。

③ 理:即"治",避唐高宗李治讳。治,安定,太平。

评析

此文针对当时士大夫阶层普遍存在的相互攻讦、派系斗争等政治弊端而作,进一步分析其弊端会产生的相互毁谤的不良影响,指出这一社会通病既不利于人与人之间相处,也不利于国家治理。因此,《原毁》一文旨在探寻士大夫阶层之间毁谤产生的根源,目的是希望塑造良好的社会风尚和政治环境,居上位的人要有所作为,国家才能得到更好的治理。

文章通过"古之君子"与"今之君子"两相对比展开论述,分别比较了他们对待自己与别人的不同态度。古之君子"责己也重以周,待人也轻以约",严于律己就不会有所懈怠,宽以待人就会使人乐为善,如舜和周公两位圣人。今之君子"责人也详""待己也廉",即对自己宽容,对别人要求严格,就会形成对外欺骗别人、对内欺骗自己的不良风气,文中提到的"己未有善,我善是;己未有能,我能是"即如此。经过一番对比论证,韩愈指出毁之根源在于"怠"与"忌",其依据为"怠者不能修,而忌者畏人修",并以"某良士"和"某非良士"为例,根据不同人的反应,进而指出"怠"与"忌"产生的恶果,亦即"事修而谤兴,德高而毁来"。

《原毁》具有劝谏治国、纠正社会时弊的积极意义,正如林纾所评:"道人情之所以然,曲曲皆中时俗之弊"(《韩柳文研究法》)。无论古代,还是当下,要消除人与人之间的毁谤都比较困难。通过韩愈的分析,我们不仅应明白"严于律己,宽以待人"的重要性,切忌"宽以待己,严于责人";而且应不断加强自身修养,戒怠戒忌,从根源上杜绝毁谤的产生。

原　人①

形②于上者谓之天,形于下者谓之地,命③于其两间者谓之人。形于上,日月星辰皆天也;形于下,草木山川皆地也;命于其两间,夷狄禽兽④皆人也。

注释

① 原人:探寻人的本性。"人"或作"仁",意谓人性之本就是"仁"。
② 形:形成、有形。
③ 命:生活。
④ 夷狄禽兽:夷狄,古代中国周边一些偏远地区的统称。禽兽,鸟兽的统称,也喻卑鄙、品行低下的人。

曰:然则吾谓禽兽人①,可乎?曰:非也。指山而问焉,曰:山乎?曰:山,可也;山有草木禽兽,皆举之矣。指山之一草而问焉,曰:山乎?曰:山,则不可。

注释

① 谓禽兽人：称禽兽为人。

天道①乱，而日月星辰不得其行；地道乱，而草木山川不得其平；人道②乱，而夷狄禽兽不得其情③。天者，日月星辰之主也；地者，草木山川之主也；人者，夷狄禽兽之主也；主而暴之④，不得其为主之道矣。是故圣人一视而同仁⑤，笃近而举远⑥。

注释

① 天道：天道和地道，指天地运行的规律。

② 人道：人们所遵循的社会道德规范。

③ 情：性情。

④ 暴之：破坏了人道。之，代词，指上文的人道。

⑤ 一视而同仁：指圣人对百姓一样看待，同样仁爱。

⑥ 笃近而举远：笃，忠厚；举，推举。意思是对待关系近的人要忠厚，对待关系远的人要举荐，言外之意就是要一视同仁，待人平等。

评析

此文集中体现了韩愈的仁爱思想，这实际上也是对儒家之仁的传承。仁的核心思想就是爱人，即《孟子·离娄》中提到的"仁者爱人"。朱熹《韩集考异》也指出《原人》或作《原仁》。韩愈将人视为天地间的主体，亦即仁爱思想的主体，故其文从天、地、人所包容的具体事务，以及三者之间既相互独立又和谐统一的关系入手，指出天、地、人三者各有其道。道体现于上者谓之天道，包括日月星辰；于下者谓之地道，包括草木山川；于二者之间谓之人道，包括夷狄禽兽。由此可见，天、地之道属自然之道，有其运行的自然规律；人道受人的意识和主观能动性影响不是很稳定，故文中提到"人道乱，而夷狄禽兽不得其情……主而暴之，不得其为主之道矣"。韩愈强调，人作为天地的主体，不仅要遵循天、地运行的自然规律，不得随意改变或破坏天道和地道；还要遵从人道，平等对待所有人，这就是"仁"。否则会导致祸乱丛生，就是不仁。

杂说^①（世有伯乐）

世有伯乐^②然后有千里马^③。千里马常有，而伯乐不常有；故虽有名马，只^④辱^⑤于奴隶^⑥人之手，骈死于槽枥之间^⑦，不以千里称也。

注释

① 杂说：古代的一种议论文体。韩愈著有《杂说四首》，是一组短论文，没有标题，此篇是第四首。

② 伯乐：名孙阳，相传为春秋时期秦国人，以善相马著称。

③ 千里马：日行千里的马，指良马。

④ 只：但、仅。

⑤ 辱：委屈。

⑥ 奴隶：失去人身自由、地位低贱的人，此处指马夫。

⑦ 骈死于槽枥之间：此处是说千里马与普通马并列，死于马厩之间。骈，并列。槽枥，马厩、马棚。

　　马之千里者，一食或尽粟一石①。食②马者，不知其能千里而食也；是马也，虽有千里之能，食不饱，力不足，才美不外见③，且欲与常马等，不可得，安求其能千里也！

注释

① 粟一石：粟本义为小米，这里指喂马的饲料。一石(dàn)，十斗。

② 食：通"饲"，饲养。

③ 见：通"现"，显现。

　　策①之不以其道，食之不能尽其材②，鸣之而不能通其意，执策③而临之④曰："天下无马。"呜呼！其真无马邪⑤？其真不知马也！

注释

① 策：驾驭、鞭策。

② 材：通"才"，才能。

③ 策：马鞭。

④ 临之：面对着千里马。之，代指千里马。

⑤ 邪：通"耶"，语气助词，表反问。

┌─────┐
│ 评析 │
└─────┘

古人与马的关系非常密切，因此相应地有相马之人和相马之术。从相马传统而以马喻人才，以相马喻发现人才，也是很自然的事情。从这一点来看，韩愈此文在说理上，务求通俗晓畅，不作艰深推求。

第一段，开宗明义，提出论点，"世有伯乐然后有千里马"，意思是伯乐比千里马更重要。人才是被发现的，这个道理看似简单，但世人常有误会，以为人才就是那些有才华的人，而没有意识得到，才华也需要被发现、被评价。因此，发现千里马的伯乐比千里马本身更重要。否则，即便有才华也会被埋没，就像没有被发现的千里马一样，同普通马并列，遭受饲养者的侮辱，屈死于马厩之中。第二段，写千里马为什么不能被发现的原因。千里马食量要比寻常马大得多，但养马人不知，以致食不饱，结果连普通马都不如。如能早点发现就好了！韩愈的意思是，发现人才要早，发现后还要继续培育，为其提供发挥才能的空间。从这点来看，此部分是对论点的深化，再次论证伯乐比千里马重要。第三段，通过批评对待千里马的态度，间接指出伯乐的重要性。不懂马之人，往往不善策马、不会饲养、不通马性，只会感叹天下没有好马。但事实并非如此，好马是有的，缺的是那些发现好马的人。由此可见，此文篇幅虽短小，但结构谨严，围绕伯乐比千里马重要的论点，层层推进。

文章虽也有作者怀才不遇的感叹，但更重要的是对常识性错误的纠正，提醒人们思考选材的问题。以往认为，千里马比伯乐重要。韩愈则将此二者关系颠转过来，大声疾呼，伯乐比千里马更重要。这就意味着，选材者要比人才更重要。由此来看，韩愈不仅密切关注社会现象，而且具有理性批判精神。

读　荀^①

　　始吾读孟轲^②书，然后知孔子之道尊，圣人之道易行^③；王易王，霸易霸^④也。以为孔子之徒没，尊圣人者，孟氏^⑤而已。晚得扬雄书^⑥，益^⑦尊信孟氏。因雄书而孟氏益尊^⑧，则雄者，亦圣人之徒欤！

> **注释**

① 读荀：韩愈读《荀子》的感想，相当于读书笔记。

② 孟轲：孟子。

③ 行：施行。

④ 王易王，霸易霸：第一个"王"和"霸"作名词，指君王、霸主，第二个"王"和"霸"作动词，即成为君王、霸主。意思是说，儒家倡导以德服人，推行仁政，称为王道。凡是奉行王道的君主，不难为天下归服。霸主尊王攘夷、救灾恤难，凡是奉行霸道的诸侯，不难成为霸主。

⑤ 孟氏：即孟轲。孟子推尊孔子，《孟子·公孙丑上》说："自生民以来，未有盛于孔子者也。"《孟子·万章下》说："孔子，圣之时者也。……孔子之谓集大成。"

⑥ 扬雄书：指扬雄所著《太玄经》《法言》等书。

⑦ 益：更加。

⑧ 因雄书而孟氏益尊：《法言·吾子篇》中说"古者杨、墨塞路，孟子辞而辟之，廓如也。后之塞路者有矣，窃自比于孟子"。

　　圣人之道不传于世：周之衰^①，好事者^②各以其说干时君^③，纷纷藉藉④相乱,六经与百家之说错杂⑤;然老师大儒⑥犹在。火于秦⑦,黄老于汉⑧,其存而醇⑨者,孟轲氏而止耳,扬雄氏而止耳。及得荀氏书,于是又知有荀氏者也。考其辞,时若不粹⑩;要其归⑪,与孔子异者鲜⑫矣;抑犹在轲雄之间乎?

注释

① 周之衰:周朝衰败时期,指春秋、战国时期。

② 好事者:喜欢多事的人,这里指春秋战国时期诸子百家的思想学说。

③ 干时君:游说当时各国的君主。

④ 纷纷藉藉:形容纷乱。

⑤ 六经:《易》《书》《诗》《礼》《乐》《春秋》六部儒家经典。百家:先秦时期各个学术流派的总称。

⑥ 老师大儒:指孔子的弟子和他们的学生。

⑦ 火于秦:指秦始皇焚书。

⑧ 黄老于汉:黄帝和老子思想,简称"黄老"。西汉初年,为了稳定社会发展和恢复生产,统治者推崇黄老思想,采取无为而治、与民休息的政策。

⑨ 醇:本指不掺水的纯酒,此处同"纯"。

⑩ 粹:本指没有杂质的米,此处指思想纯粹。

⑪ 要其归:简要概括《荀子》主旨。

⑫ 鲜(xiǎn):少、几乎没有。

　　孔子删《诗》《书》①,笔削《春秋》②;合于道者著之,离于道者黜去③之。故《诗》《书》《春秋》无疵④。余欲削荀氏之不合者,附于圣人之籍,亦孔子之志欤!

注释

① 孔子删《诗》《书》：相传《诗》《书》两部经典经孔子删定而编辑成书。

② 笔削《春秋》：用刀削刮竹简，用笔记录，指删改订正。语出《史记·孔子世家》："至于为《春秋》，笔则笔，削则削，子夏之徒不能赞一辞。"

③ 黜去：删除。

④ 疵：缺点。

　　孟氏醇乎醇者①也；荀与扬，大醇而小疵。

注释

① 醇乎醇者：形容最为纯粹无疵。

评析

　　此文为韩愈读《荀子》后的感想。通过对这部书的评论，兼及评价孟子和扬雄的著述，得出孟子是醇儒，荀子与扬雄是醇中有小疵的儒者。韩愈把《荀子》纳入儒家思想的发展源流中加以讨论，认同荀子及其著述是对儒家道统的继承。

　　全文共三部分。第一部分并未直接写《荀子》，而从读《孟子》说起。因读孟子书，认识到"孔子之道尊，圣人之道易行"；孔子门徒死后，尊孔圣的只有孟子而已。后来读扬雄书，发现扬雄也尊信孟子，并且常"自比于孟子"，于是韩愈更加尊信孟子，并将扬雄也列为"圣人之徒"。第二部分写儒家思想在历史变革中的消长。韩愈发现，从春秋、战国开始，经由秦汉时期，儒学的传播和发展受到了一定的阻碍，仅孟子和扬雄的著作还比较纯粹地继承了儒家传统思想。这是韩愈未读《荀子》之前对儒学思想渊源流变的认识。后来他读到《荀子》，发现在孟子、扬雄之外，荀子的著作也继承了儒学传统。从此书思想纯粹的程度来看，应介于孟、扬之间。第三部分写韩愈继承和弘扬儒学的决心。鉴于《荀子》一书"大醇而小疵"的特点，韩愈欲效仿孔子整理六经的做法，对《荀子》一书进行删削。这应是他读《荀子》时的想法，实际上他并未去做这个工作。

从读书笔记的写法上来看，此文也很有特色。读《荀子》而从《孟子》和扬雄书说起，最后一部分说欲重新整理《荀子》，这是读后的一种想法。所以，实际上对《荀子》的评价，虽只有第二部分"及得荀氏书"以下几句，但都是围绕《荀子》一书。三部分的内在联系是：作者认为《荀子》"大醇而小疵"，是通过与孟、扬比较，才得出这样的看法；又因此看法，才想到要去删削。

此文比较系统地梳理了儒学的发展脉络，初步建立了一个儒学体系，即：孔子—孟子—荀子—扬雄—韩愈。韩愈常以儒家道统继承者自居，当与此思考有关。

师　说①

古之学者必有师。师者，所以传道受②业解惑也。人非生而知之者，孰能无惑？惑而不从师，其为惑也终不解矣。生乎吾前③，其闻④道也固先乎吾，吾从而师之；生乎吾后，其闻道也亦先乎吾，吾从而师之⑤：吾师道也,夫庸⑥知其年之先后生于吾乎?是故⑦无贵无贱、无长无少,道之所存,师之所存也。嗟乎,师道之不传也久矣,欲人之无惑也难矣!古之圣人,其出人⑧也远矣,犹且从师而问焉;今之众人⑨,其下圣人⑩也亦远矣,而耻学于师。是故圣益圣⑪,愚益愚⑫,圣人之所以为圣,愚人之所以为愚,其皆出于此乎?

注释

① 师说:说是古代的一种议论文体,与论相近。刘勰《文心雕龙》专门有《论说》篇详叙说体文的名义、源流以及文辞特征。

② 受:同"授",传授。

③ 生乎吾前:介宾结构后置。即出生在我之前、比我年长的人。

④ 闻:接受、理解。

⑤ 从而师之:以……为师,名词的意动用法。

⑥ 夫庸:夫,语气助词,多用于句首。庸,疑问代词,相当于"岂"。

⑦ 是故:因此。

⑧ 出人:超出常人。

⑨ 众人:普通大众,此处指下文提到"耻学于师"的人。

⑩ 其下圣人:其,代词,指上一句的众人。下圣人:不及圣人。

⑪ 圣益圣:圣人愈发圣明,才智胜人。第一个圣作名词,指圣人;第二个圣作形容词,指圣明。

⑫ 愚益愚:愚人愈发愚昧。第一个愚作名词,指愚人;第二个愚作形容词,指愚昧。

爱其子,择师而教之;于其身也,则耻师焉;惑矣! 彼童子之师①,授之书而习其句读②者,非吾所谓传其道解其惑者也。句读之不知,惑之不解,或师焉,或不③焉,小学而大遗④,吾未见其明也。

注释

① 童子之师:孩童的老师,即启蒙老师。

② 句读(dòu):断句。文章中语意已尽的地方为"句",语意未尽须停顿的地方为"读"。

③ 不:同"否"。

④ 小学而大遗:小学,学习了小的,此处指学习句读。大遗,丢弃了大的,此处指漏掉了解惑。

巫医乐师①百工之人,不耻相师②。士大夫③之族,曰师、曰弟子云者,则群聚而笑之。问之,则曰:彼与彼年相若④也,道相似也。位卑则足羞,官盛则近谀⑤。呜呼,师道之不复可知矣! 巫医乐师百工之人,君子不齿⑥,今其智乃反不能及,其可怪也欤!

注释

① 巫医:沟通鬼神,兼及医药为职业的人。乐师:古代以演奏音乐为职业的人。

② 相师:相互学习,拜……为师。

③ 士大夫:古代社会中做官的人和有声望的读书人。

④ 年相若：年龄相近。

⑤ 谀：谄媚、奉承。

⑥ 不齿：不屑、鄙视。

　　圣人无常师，孔子师郯子、苌弘、师襄、老聃①。郯子之徒②，其贤不及孔子，孔子曰："三人行，则必有我师。"是故弟子不必不如师，师不必贤于弟子，闻道有先后，术业有专攻，如是③而已。

注释

① 郯(tán)子：春秋时期郯国（今山东郯城北）国君。孔子周游列国，曾拜郯子为师。苌弘：东周敬王时担任大夫。相传孔子曾跟随他学习音乐。师襄：也称师襄子，春秋时期鲁国（一说卫国）乐官，孔子曾师从师襄学琴。老聃：老子，李耳。相传孔子曾向老子请教过周礼。

② 之徒：这类人，指上文提到的孔子之师。

③ 如是：如此。

　　李氏子蟠①，年十七，好古文，六艺经传②皆通习之，不拘于时③，学于余。余嘉其能行古道，作师说以贻④之。

注释

① 李氏子蟠：李蟠，韩愈弟子。

② 六艺经传：六艺，即六经，《易》《书》《诗》《礼》《乐》《春秋》。经传：解释经
　文的著作。

③ 不拘于时：不为当时耻学于师的观念所束缚。

④ 贻：赠予。

评析

　　这是韩愈送给其弟子李蟠的一篇文章，赞赏李蟠不随流俗、尊师重道，勉
励他继续努力，以志学弘道为己任。

　　此文主要讲从师求学、尊师重道的重要性，讽刺、批判当时耻于为师的不
良风气。陆九渊说："秦汉以来，学绝道丧，世不复有师，以至于唐，曰师曰弟
子云者，反以为笑。韩退之、柳子厚为之屡叹"（《陆九渊集》卷一）。这是大的
时代背景。文章写于贞元十九年（803）前后。这一时期，唐王朝的经济、思
想、教育、文化等各方面都急转直下，人们普遍轻视从师求学，学风每况愈下。
韩愈力求转变社会风气，告诫人们要从师求学，不要被时风所束缚。

　　文章从纠正当时社会上的错误认识入手。在一般人看来，老师应比学生
年长，否则便很难称之为师。韩愈指出，师者最重要的特点不是年龄大小，而
是是否具有传道授业解惑的教育作用。因此，年龄不是问题。这就直指教育
最核心的东西，也就是传道。这是第一部分论述的要点。第二部分讲学习的
内容，还是围绕传道来写。有人以为学习就是跟着老师学粗浅的句读能力，
韩愈指出这是弃本逐末，遗大就小。显然，他的意思是要在更宽阔的视野中
展开学习，要以学习道理、道义、义理为中心。第三部分，以巫医乐师百工为
例，反证士大夫耻于问学的不可取。巫医乐师百工的社会地位不高，反而能
够拜师习艺、互相学习。这些士大夫平时看不起的人，对学习重要性的认识
要比士大夫们深刻得多。第四部分，以孔子为例来阐述转益多师的重要性。

孔子是贤者、是圣人，他之所以能成贤成圣，与其主张的"三人行，必有我师"的学习思想密切相关。韩愈的意思是说，像孔子这样的大圣人都要拜师学习，我等普通平凡之人更应如此。最后一部分，点明主题，劝勉李蟠要进一步学习。

从论证方法上看，此文运用了摆事实、讲道理、举例子等多种方法，因而很有说服力。从结构上看也很谨严，前四部分虽各有分述，但主题是统一的，一切都围绕"师"这个中心展开。师，既有作为名词教师的意思，也有作为动词传授、学习的意思，文章对"师"的各个层面进行阐述，充分展示了"师"的丰富内涵，也体现了说体文"说"的特点。

进　学　解①

国子先生②晨入太学③，招诸生④立馆下⑤，诲之曰："业精于勤荒于嬉，行成于思毁于随。方今圣贤相逢，治具毕张⑥，拔去凶邪⑦，登崇畯良⑧。占小善者⑨率以录，名一艺者无不庸⑩；爬罗剔抉⑪，刮垢⑫磨光。盖⑬有幸而获选，孰云多⑭而不扬⑮。诸生业患⑯不能精，无患有司⑰之不明；行患不能成，无患有司之不公。"

注释

① 进学解：进学，使学业有进步。解：解释、分析疑难问题，是文体的一种。

② 国子先生：即国子博士，唐代学官名，隶属国子监。先生是对一定身份的人的尊称。唐代国子博士的官品为正五品上。国子博士掌教的生源来自文武官三品以上及国公子孙、从二品以上曾孙，所教授的课程为《周礼》

《仪礼》《礼记》《毛诗》《左氏春秋传》等儒家经典。

③ 太学：唐代设于长安的中央高等学府，仅次于国子学。这里指国子监。

④ 诸生：国子监学生。

⑤ 立馆下：站在学馆下面。

⑥ 治具毕张：治具，治理国家的工具，这里泛指国家制度和法令。毕张：全部建立。

⑦ 拔去凶邪：除去或清除凶恶奸邪的人。

⑧ 登崇畯良：登崇，提拔、举用。畯良，"畯"通"俊"，这里指贤能优良的人。

⑨ 占小善者：具有细小优点的人。

⑩ 名一艺者无不庸：名一艺者，以一项技能或才能闻名的人。庸，采用、任用。

⑪ 爬罗剔抉：搜罗人才加以甄别和选择。

⑫ 刮垢：去除污垢。与"爬罗剔抉"相对应，是说精心选拔和培养人才。

⑬ 盖：也许、大概。

⑭ 多：此处指多才多艺、品学兼优的人。

⑮ 扬：高举、举用。

⑯ 业患：害怕、担心学业。

⑰ 有司：泛指古代官吏。此处指主管科举考试的机构和官吏。

　　言未既，有笑于列者曰："先生欺余哉！弟子事①先生于兹有年②矣。先生口不绝吟于六艺③之文，手不停披于百家之编④；记事者必提其要，纂言⑤者必钩其玄⑥；贪多务得⑦，细大不捐⑧，焚膏油以继晷⑨，恒兀兀⑩以穷年：先生之业可谓勤矣。觝排异端⑪，攘斥佛老⑫，补苴罅漏⑬，张皇⑭幽眇；寻坠绪⑮之茫茫，独旁搜而远绍⑯，障百川而东之⑰，回狂澜于既倒：先生之于儒,可谓有劳矣。沉浸酽郁⑱,含英咀华⑲,作为文章,其书满家⑳。上规姚姒㉑,浑浑无涯;《周诰》《殷盘》㉒,佶屈聱牙㉓;《春秋》谨严㉔,《左氏》浮夸㉕,《易》奇而法㉖,《诗》正而葩㉗;下逮《庄》《骚》㉘,太史所录㉙,子云相如㉚,同工异曲:先生之于文,可谓闳其中而肆其外矣。少始知学,勇于敢为;长通于方,左右具宜㉛:先生之于为人,可谓成矣。

注释

① 事:侍奉。此处指从师求学。

② 于兹:到现在。有年:已有多年。

③ 六艺:即《易》《书》《诗》《礼》《乐》《春秋》。

④ 百家之编:儒家以外的其他诸子学派的著述。

⑤ 纂言:撰述。

⑥ 钩其玄:探索精深的道理。

⑦ 贪多务得:不知满足,以求有所得。形容学习刻苦努力。

⑧ 不捐:不舍弃。

⑨ 焚膏油以继晷:膏油,指灯烛;晷,日影。意思是夜以继日地读书学习。

⑩ 兀兀:辛勤劳累。

⑪ 异端:儒家以外的其他学说。

⑫ 佛老:佛家和道家之说,即上句所言的"异端"。

⑬ 补苴(jū)罅(xià)漏:苴,鞋底的草垫。罅漏,缝隙,犹言事情的漏洞。此处以鞋中的草垫包裹漏洞为喻,指代充实和弥补儒家学说的不足之处。

⑭ 张皇:使壮大,光大。

⑮ 坠绪:前人中断的儒家传统。

⑯ 远绍:继承久远的儒学思想,承接上一句"寻坠绪之茫茫"。

⑰ 障百川而东之：障，阻挡。百川，江、河、湖的总称。东之，向东流入大海。中国地形西高东低，大多数河流自西而东注入大海。此处以百川东流入海喻儒家思想为正统，其他诸家思想应像百川东流入海一样纳入儒家思想之下。

⑱ 酕郁：香味醇厚的酒。此处指儒家经典。

⑲ 含英咀华：仔细研读和品味儒家经典中的精华。

⑳ 满家：此处是说韩愈所作文章之多，家里都已堆满。

㉑ 姚姒（sì）：虞舜和夏禹的姓，代指《尚书》中的《虞书》和《夏书》。

㉒ 《周诰》《殷盘》：《周诰》，《尚书·周书》中有《大诰》《康诰》《酒诰》《召诰》《洛诰》五篇。《殷盘》，《尚书·商书》中有《盘庚》上、中、下三篇。此处代指《尚书》。

㉓ 佶（jí）屈聱（áo）牙：文字艰涩拗口。

㉔ 《春秋》谨严：《春秋》是中国历史上第一部编年体史书，相传由孔子根据鲁国史整理而成，记载起止时间为鲁隐公元年（前722）至鲁哀公十四年（前481）。全书仅一万多字，往往以精微的语言蕴含深奥的道理，一字寓褒贬。

㉕ 《左氏》浮夸：《左氏春秋传》是解释《春秋》的著作，相传为鲁国史官左丘明所作。叙事要比《春秋》更繁富，故称之为"浮夸"。

㉖ 《易》奇而法：《易经》是古代的占卜用书，通过卦象的变化来论述事物发展的规律，故称"奇而法"。

㉗ 《诗》正而葩：《诗经》是中国古代第一部诗歌总集，相传为孔子所编订，收录西周至春秋中期近500年间的311首诗歌。韩愈认为《诗经》思想正统又华美，故称"正而葩"。

㉘ 《庄》《骚》：《庄》，即《庄子》，战国时期思想家庄周所作。《骚》，即《离骚》，战国时期楚国诗人屈原所作。

㉙ 太史所录：指太史公司马迁所著《史记》。

㉚ 子云相如：指西汉辞赋家扬雄和司马相如。

㉛ 具宜：都适宜、合适。"具"通"俱"，全、都。

"然而公不见信①于人，私不见助于友，跋前踬后②，动辄得咎③。暂为御史④，遂窜南夷⑤；三年博士，冗不见治⑥；命与仇谋，取败几时；冬暖而儿号寒，年丰而妻啼饥；头童齿豁⑦，竟死何裨⑧。不知虑此，而反教人为？"

注释

① 见信：被信任。见，语气助词，表被动。

② 跋（bá）前踬（zhì）后：跋，踩。踬，绊倒。此处犹言进退两难，举步维艰。

③ 动辄得咎：动不动就遭到责怪或处分。

④ 御史：韩愈曾于贞元十九年（803）担任监察御史。

⑤ 窜南夷：窜，本义为藏匿，引申为放逐、贬谪。南夷，旧指古代未经开化的南方少数民族地区。这里指贞元十九年（803）韩愈被贬阳山（今广东阳山）令一事。

⑥ 冗不见治：意思是未见政绩。冗，闲散多余。见，同"现"，表现。

⑦ 头童齿豁：头童，通常指老年人头发脱落。齿豁，牙齿残缺。

⑧ 裨（bì）：好处。

先生曰："吁，子来前！夫大木为杗①，细木为桷②，欂栌侏儒③，椳闑扂楔④，各得其宜，施以成室者，匠氏⑤之工也；玉札丹砂⑥，赤箭青芝⑦，牛溲马勃⑧，败鼓之皮⑨，俱收并蓄，待用无遗者，医师之良也；登明选公⑩，杂进巧拙，纡余⑪为妍，卓荦为杰，校短量长，惟器是适者，宰相之方也。昔者孟轲好辩，孔道以明，辙环天下⑫，卒老于行；荀卿守正，大论是弘，逃谗于楚，废死兰陵⑬：是二儒⑭者，吐辞为经，举足为法，绝类离伦⑮，优入圣域⑯，其遇于世何如也？"

注释

① 棼（máng）：房屋大梁。

② 桷（jué）：房屋椽子，即架在屋顶上的木条。

③ 欂栌（bó lú）侏儒：欂栌，柱顶上承托栋梁的方木。侏儒，或作"朱儒"，也称为"棁（zhuō）"，房梁上的短木。

④ 椳（wēi）闑（niè）扂（diàn）楔（xiē）：椳，门臼。以承门枢，便启闭。闑，竖在大门中央的短木。扂，门闩，横在大门中央的短木，用来关门。楔，木楔，用来填充器物之间的空隙。

⑤ 匠氏：建造房子的工匠。

⑥ 玉札丹砂：玉札，地榆，中药材。丹砂，朱砂，中药名，古代术士炼丹所用的一种含水银的矿物原料。

⑦ 赤箭青芝：赤箭，一名天麻，又名定风草，中药材。青芝，一名龙芝，中药材。

⑧ 牛溲马勃：牛溲，一名车前草，中药材。马勃，一种菌类中药材。

⑨ 败鼓之皮：中药名。

⑩ 登明选公：选拔和推荐明察而公正的人才。

⑪ 纡余：委婉舒缓。

⑫ 辙环天下：辙，车辙。这里指孔子周游列国。

⑬ 兰陵：楚国城邑。《史记·荀卿列传》："荀卿游于齐，三为祭酒，齐人或谗荀卿，荀卿乃适楚，春申君以为兰陵令。春申死，而荀卿因家兰陵。"

⑭ 二儒：孟子和荀子。

⑮ 绝类离伦：超出同辈，独一无二。

⑯ 圣域：圣人的境界。

　　"今先生学虽勤而不由其统，言虽多而不要其中①，文虽奇而不济于用②，行虽修而不显于众，犹且月费俸钱，岁靡廪粟③；子不知耕，妇不知织，乘马从徒，安坐而食，踵④常途之促促⑤，窥陈编⑥以盗窃；然而圣主不加诛⑦，宰臣不见斥：兹非其幸欤？动而得谤，名亦随之，投闲置散⑧，乃分之宜。

注释

① 不要其中：意思是不能切中要害。

② 不济于用：不能解决实际问题。

③ 岁靡廪粟：靡，浪费。廪粟，本指粮食，此处指代俸禄。

④ 踵（zhǒng）：跟随。

⑤ 促促：拘谨、局促。

⑥ 窥陈编：窥，小视，从隐蔽处偷看。陈编，前人著述。

⑦ 诛：处罚。

⑧ 投闲置散：此处指韩愈所任国子博士官职清闲。

"若夫商财贿①之有亡,计班资之崇庳②,忘己量之所称③,指前人之瑕疵:是所谓诘匠氏之不以杙为楹④,而訾⑤医师以昌阳引年⑥,欲进其豨苓⑦也。"

注释

① 财贿:俸禄。

② 计班资之崇庳(bì):计较官阶高低。

③ 忘己量之所称:忘记自己的能力与所得相匹配。

④ 以杙(yì)为楹:杙,斜埋在地上的小木桩。楹,厅堂的前柱。用小木桩作为房屋堂前的柱子。

⑤ 訾(zǐ):非议。

⑥ 昌阳引年:昌阳,菖蒲,一名尧韭,中草药名。引年,延年益寿。

⑦ 豨(xī)苓:一名猪苓,中草药名。

评析

此文为元和八年(813)韩愈再次任国子博士时所作。据史传记载,韩愈复为博士,因才高而多次被罢黜,乃作《进学解》以自嘲。仕途失意使其内心一再受挫,于是以国子博士的口吻教诲学生,勉励他们在学业和德行两方面取得进步,同时也宣泄心中不平。

"解"作为赋体文学的一种,其特点是以对话方式展开。西汉东方朔曾作《答宾戏》,扬雄作《解嘲》,韩文仿此。先是国子博士发话,告诉生徒要用功学习,国家选拔人才很公正,只要有一技之长,就会有用武之地。由此引出话头。接下来是生徒对此的应答。他们虽然肯定老师在学和行等方面取得的成绩,但在现实中又屡遭挫折、不合时宜,似乎言和行之间存在不可调和的矛盾,有点"读书无用论"的意思。这实际上是韩愈自己内心的困惑,只不过假托生徒的口吻表达出来。老师接下来解释何以会如此,以打比方、举例子的方式,试图说服学生,实际上是要说服内心的自己。韩愈借国子博士之口,指出社会分工各有不同,就像建造房屋所需的各种部件,工匠只有充分发挥它们的功能,才能建造房屋。又好比不同性质的药材,医师只有按方调配,才能治病救人。言下之意,个人的才华是一回事,能否被用是另一回事,二者不能混为一谈。有才之人能否被用,不是由个人决定的,关系到宰相的用人方法。由此可知,韩愈针对的主要还是国家的用人问题。他所举的历史上名人的例子,也是为了说明用人问题的重要性。孔子、孟子、荀子等人,并非无才之人,却未得以重用,其实也是用人制度不合理造成的,不能据此而否定他们的才学和修为。最后两段,正话反说,既是自我安慰,也是自鸣不平。他说自己被"投闲置散",是因为能力不够,因此也是理所应当的,呼应了开头所言,有司选才是公平的,读书并非无用。但从不能归责于匠人和医师的话中,又透露矛头的真实指向,是宰相的用人不得其法。

文中提到了一些读书与治学的方法,也很有价值。例如,根据不同著作,采用相应的方法:纪事之书用"提要"法,抓住事的脉络;述理之书用"钩玄"法,探其精微之妙。读书应勤奋,比之以焚膏继晷、兀兀穷年。读书要泛观博览,谓之为贪多务得、细大不捐。这些方法在今天依然有重要的指导意义。

圬者^①王承福传

圬之为技,贱且劳者也。有业^②之其色若自得^③者。听其言,约而尽^④;问之,王其姓,承福其名,世为京兆长安农夫。天宝之乱^⑤,发人为兵⑥，持弓矢⑦十三年，有官勋⑧，弃之来归，丧其土田，手镘衣食⑨，余三十年⑩。舍于市之主人，而归其屋食之当焉。⑪视时屋食之贵贱，而上下其圬之佣以偿之；⑫有余，则以与道路之废疾饿者⑬焉。

注释

① 圬（wū）者：即泥瓦匠。圬：抹墙。

② 业：从业。

③ 色若自得：色，脸色；自得，很满意的样子。

④ 约而尽：简要而透彻。约：简明、简要。

⑤ 天宝之乱：唐玄宗天宝十四载（755）十一月，范阳节度使安禄山起兵叛唐，次年攻陷长安。王承福应召入伍，当在此时。

⑥ 发人为兵：征发百姓当兵。发：征发。人：平民百姓。

⑦ 持弓矢：指从军。

⑧ 官勋：官职和勋位。

⑨ 手镘衣食：依靠涂墙为生。镘：抹子，涂墙的工具。

⑩ 余三十年：即"三十年余"，三十多年。

⑪ 舍于市之主人，而归其屋食之当焉：住在街市里他干活的主人家（给谁干活，就住谁家里），偿付主人等价的食宿费用。舍：住宿。市：街市。归：偿还。当：指同等价值的费用。

⑫ 视时屋食之贵贱，而上下其圬之佣以偿之：根据当时食宿费的高低，调整粉刷墙壁的工钱，偿还给主人。上：增加。下：减少。佣：佣金，即工钱。

⑬ 废：残疾人。疾：病人。饿：没有饭吃的人。

又曰：粟①，稼②而生者也；若布与帛③，必蚕绩④而后成者也；其他所以养生之具，皆待人力而后完⑤也：吾皆赖之。然人不可遍为⑥，宜乎各致其能以相生⑦也。故君者，理我所以生者⑧也；而百官者，承君之化者⑨也。任有小大，惟其所能，若⑩器皿焉。食焉而怠其事，必有天殃⑪，故吾不敢一日舍镘以嬉。夫镘，易能可力焉，又诚有功，取其直，虽劳无愧，吾心安焉。⑫夫力，易强而有功也；心，难强而有智也⑬：用力者使于人，用心者使人⑭，亦其宜也；吾特择其易为而无愧者取焉。嘻！吾操镘以入贵富之家有年矣，有一至⑮者焉，又往过之⑯，则为墟矣；有再至三至者焉，而往过之，则为墟矣。问之其邻，或曰：噫！刑戮⑰也。或曰：身既死，而其子孙不能有⑱也。或曰：死而归之官也。吾以是观之，非所谓食焉怠其事而得天殃者邪！非强心以智而不足，不择其才之称⑲否而冒⑳之者邪！非多行可愧，知其不可而强为之者邪！将㉑贵富难守，薄功而厚飨㉒之者邪！抑丰悴有时，一去一来而不可常者邪㉓！吾之心悯㉔焉，是故择其力之可能者行焉。乐富贵而悲贫贱，我岂异于人哉？

注释

① 粟：以粟指代粮食。

② 稼：耕种，种田。

③ 若布与帛：若，至于；布与帛，指代衣服。

④ 绩：缉线，把麻搓成绳或线。指代纺织。

⑤ 其他所以养生之具，皆待人力而后完：其他维持生活的物品，都要经过人力加工后才能完成。养生之具：维持生活的物品。

⑥ 遍为：一一为之。

⑦ 宜乎各致其能以相生：应该让他们各尽其能，相互依赖而求得生存。宜：

应该。

⑧ 故君者，理我所以生者：所以，国君的责任是治理国家，使我这样的百姓能够生存下去。理：治理。

⑨ 而百官者，承君之化者：而百官大臣的责任，就是秉承君主的旨意来教化百姓。

⑩ 若：像、如。

⑪ 食焉而怠其事，必有天殃：享受俸禄却懒惰不作为，一定会遭到上天的惩罚。食：享用。怠：懒惰、松懈。天殃：灾祸、祸害。

⑫ 夫镘，易能可力焉，又诚有功，取其直，虽劳无愧，吾心安焉：粉刷墙壁是容易掌握的技能，可以通过体力劳动完成，又确实有一定的本领，能取得相应的报酬，虽然辛苦，却问心无愧，因此，我心里十分坦然。力：体力劳动。诚：确实、的确。功：本领。直：通"值"，工钱。

⑬ 夫力，易强而有功也；心，难强而有智也：从事体力劳动的人，容易竭尽全力而获得本领；从事脑力劳动的人，即使竭尽全力也难以增加他的聪明才智。强：竭力、尽力。心：脑力劳动。

⑭ 用力者使于人，用心者使人：从事体力劳动的人被人驱使，从事脑力劳动的人支配人。《孟子·滕文公上》："或劳心，或劳力。劳心者治人，劳力者治于人；治于人者食人，治人者食于人，天下之通义也。"使：驱使，支配。于：介词，表被动。

⑮ 至：到、到达。

⑯ 又往过之：第二次经过那里。又：再、第二次。

⑰ 刑戮（lù）也：触犯刑罚被杀。戮：斩、杀。

⑱ 身既死，而其子孙不能有：自己死去而他的子孙不材，不能保住家业。

⑲ 称：相称、相匹配。

⑳ 冒：假冒、假充。

㉑ 将：联系上文，作连词用，有"还是"的意思。

㉒ 厚飨：享受丰厚的待遇。飨，同"享"，享受。

㉓ 抑丰悴有时，一去一来而不可常者邪：还是富贵、贫穷自有定数，一去一来，不能经常保有吧！抑：表选择，也是、还是。丰：富足。悴：劳苦。有时：时限、定数。

㉔ 悯：哀怜、怜悯。

又曰：功大者，其所以自奉也博①。妻与子，皆养于我者也，吾能薄而功小，不有之可也。又吾所谓劳力者，若立吾家而力不足，则心又劳也。② 一身而二任焉，虽圣者不可能也。

注释

① 功大者，其所以自奉也博：本领大的人，他自己能享受的也很多。奉：供给、供养。博：多。

② 又吾所谓劳力者，若立吾家而力不足，则心又劳也：又因为我是所说的体力劳动者，所以，如果成立家室而能力又不能够养家，那么我既要从事体力劳动又要从事脑力劳动思考养家的问题。

愈始闻而惑①之，又从而思之②，盖贤者也！盖所谓独善其身者也！③ 然吾有讥④焉，谓其自为也过多，其为人也过少，其学杨朱之道⑤者邪？杨之道，不肯拔我一毛而利天下，而夫⑥人以有家为劳心，不肯一动其心以畜⑦其妻子，其肯劳其心以为人乎哉？虽然，其贤于世之患不得之而患失之者，以济其生之欲、贪邪而亡道以丧其身者，其亦远矣！⑧又其言有可以警⑨余者，故余为之传而自鉴⑩焉。

注释

① 惑：迷惑。

② 又从而思之：然后又顺着他的想法，思考这个问题。

③ 盖所谓独善其身者也：他大概是那种独善其身的人吧！《孟子·尽心上》："穷则独善其身，达则兼善天下。"

④ 讥：讥讽。

⑤ 杨朱之道：杨朱，战国时人，字子居。他主张"为我"，极端利己，与墨翟的"兼爱"相对立。

⑥ 夫（fú）：那，指示代词。

⑦ 畜（xù）：养。

⑧ 虽然，其贤于世之患不得之而患失之者，以济其生之欲、贪邪而亡道以丧其身者，其亦远矣：即使这样，王承福比那些一心害怕得不到富贵，得到富贵又害怕失去的人要贤明得多；比起那些为了满足自己生活的奢欲、贪婪而丧失正道，使其身败名裂的人还是高明得多。虽然：即使这样。济：满足。

⑨ 警：告诫，警示。

⑩ 自鉴：自以为戒。

评析

本文塑造的传主王承福是一位从事"贱且劳"行业的泥瓦匠。作为下层劳动者,却"色若自得",在出场时就暗示了这是一位不平凡的从业者。接着,作者用"约而尽"再次渲染他的不凡谈吐。"有官勋,弃之来归",足见其淡泊名利。靠手艺吃饭,"有余,则以与道路之废疾饿者焉",表明他对贫者、弱者的同情。第一段是对王承福的简介,作者多处暗示,为下文埋下伏笔,也由此激起读者的好奇心。

后两段以"又曰"相承,以王承福的口吻,强调劳动分工的重要性。先以粟、布、帛等为喻,论证各行各业需要分工的必然性,由此推出人应选择适合自己的职业,做事为官要尽力而为。如若"食焉怠其事""材不称职",则有天殃。列举曾经的富贵人家,或因刑戮,或因子孙不材等原因最终没落为例,以佐证自己的观点。这些看法与《进学解》所言"业精于勤荒于嬉,行成于思毁于随"道理相通。作者对王承福的评价是有所保留的。王承福害怕"力不足""心又劳",而不立家养妻子,似学杨朱不肯拔一毛而利于天下。因此,他的贤明只不过是相对那些患得患失、贪图享乐的人而言的。

文中借王承福之口还提出"用力者使于人,用心者使人"的观点。这是对孟子思想的继承。从强调脑力劳动与体力劳动的分工来看,有其积极的一面。但将"用力"与"用心"作为社会阶层划分的依据,又反映了作者认识的时代性和局限性。

子产不毁乡校颂①

我思古人,伊②郑之侨③;以礼相国④,人未安⑤其教;游于乡之校⑥,众口嚣嚣⑦。或⑧谓子产,毁乡校则止。曰:"何患焉,可以成美⑨。夫岂多言,亦各其志。善也吾行,不善吾避,维⑩善维否⑪,我于此视。川不可防,言不可弭⑫,下塞上聋,邦其倾⑬矣!"既乡校不毁,而郑国以理⑭。

注释

① 子产不毁乡校颂：子产，春秋时期郑国大夫；不毁乡校，指子产没有废除设在乡的学校，不堵塞言论；颂，文体的一种。韩愈此作，当有事而发。贞元十四年(798)九月，国子司业阳城贬道州刺史，太学生何蕃、王鲁卿、李谠等二百七十人诣阙乞留。经数日，吏遮止之，疏不得上。

② 伊：句首语气词。

③ 侨：子产名公孙侨。

④ 以礼相(xiàng)国：相，辅助。《左传·襄公二十九年》载，吴公子季札见子产，谓子产曰："郑之执政侈，难将至矣。政必及子。子为政，慎之以礼。不然，郑国将败。"

⑤ 安：一作"知"，了解、明白。

⑥ 乡之校：指西周春秋时设在乡的学校，也是国人议论政治的地方。

⑦ 嚣(xiāo)嚣：众声喧哗的样子。

⑧ 或：有的人。

⑨ 可以成美：《论语·颜渊》中说"君子成人之美，不成人之恶，小人反是"。

⑩ 维：句首语气词。

⑪ 否(pǐ)：坏、恶。

⑫ 弭(mǐ)：消除、停止。

⑬ 倾：翻覆。

⑭ 理：即"治"，此避唐高宗李治讳。

在周之兴，养老乞言①；及其已衰，谤者使监②：成败之迹，昭哉可观。

① 养老乞言：古代帝王及其嫡长子对年高德劭者按时饷以酒食，并向他们求教，谓之养老乞言。语出《诗经·大雅·行苇》序："外尊事黄耈，养老乞言。"

② 谤者使监：谤，公开指责别人的过失。《国语·周语上》："厉王虐，国人谤王……王怒，得卫巫，使监谤者。"

维是①子产，执政之式，维其不遇，化止一国。诚②率③是道，相天下君，交畅旁达，施④及无垠⑤。

① 是：这。

② 诚：表示假设，相当于"如果"。

③ 率：遵循、沿着。

④ 施：蔓延、延续。

⑤ 垠：界限。

於虖①！四海所以不理，有君无臣②，谁其嗣③之，我思古人。

注释

① 於虖（wū hū）：同"呜呼"，表感叹。
② 四海所以不理，有君无臣：天下之所以治理不好，是因为只有君王，没有贤能称职的臣子。唐德宗贬陆贽，贬阳城，而藩镇祸乱不停止，所以这样说。
③ 嗣：继承。

评析

　　本文作于贞元十五年（799），是年，韩愈为徐州节度使张建封朝正京师。贞元十四年（798），太学生薛约因直言进谏得罪权贵被迁往连州（今广东连州、连山、阳山等市县地）。国子司业阳城同情他的遭遇，设宴为其饯行。德宗听闻后，将阳城视为薛约同党，出为道州（今湖南道县）刺史。于是，太学生约二百七十人共赴朝门请愿，请求留下阳城。这场请愿活动虽然坚持数日，但由于某些官员的阻挡，太学生们的请愿书未能呈达上听，请愿最终未能实现。本文即为此事而作。

　　文章第一段，概述子产不毁乡校的史事，提出"川不可防，言不可弭"的观点。乡校是公众议论的空间，是最早的民主启蒙地。若毁乡校，看似没有反对的言论，实际上议论的声音并未真正停止。毁乡校止议论，无疑是掩耳盗铃、自欺欺人。历史也证明了子产开明的执政理念，使郑国得到快速发展。正如孔子评价子产时所说："人谓子产不仁，吾不信也。"本段从正面指出广开言路的重要性。第二段，以周之兴亡为对比，指出"防民之口，甚于防川"的事实。周朝兴于尊老纳言，败于厉王弭谤。在一正一反的对比中，论证百姓的心声对国家发展的重要作用。

　　韩愈将子产不毁乡校与召公谏厉王弭谤两件事情作比较,再次肯定了子产善于纳谏的正确性。然而,遗憾的是,子产"化止一国",若将其执政理念推广至四海,那么天下各国就将出现政通景明的盛世。韩愈将二者合论,但并不是就事论事,而是借以委婉地表达自己的观点,针对当下朝廷"有君无臣"的局面,劝谏德宗不要闭塞言路,不宜打击太学生的积极性。在韩愈看来,太学在某种程度上比乡校更加重要,国家需要太学生直言进谏。

　　本文将《左传》中的散文改为颂体韵文,又以散文的笔法来写,行文既流畅自然,简易明了,又句句千金,一字不可易。文章以"我思古人"始,以"我思古人"终,用意深远,在平心静气的叙述中,既表达了对远古之道的憧憬,又委婉地抨击时政,借古讽今,含蓄地表达了对广开言路、政通人和的期待。

张中丞传后叙①

　　元和二年四月十三日夜,愈与吴郡张籍②阅家中旧书,得李翰③所为《张巡传》。翰以文章自名,为此传颇详密,然尚恨④有阙者:不为许远⑤立传,又不载雷万春⑥事首尾⑦。

注释

① 张中丞传后叙:张中丞即张巡。李翰曾作《张巡传》,韩愈读此传后补叙部分史实,故称"传后叙"。

② 张籍:字文昌,韩愈好友。

③ 李翰:《张巡传》作者。据《旧唐书·李翰传》记载,安史之乱时,李翰曾随张巡守城,熟悉张巡的事迹。

④ 恨：遗憾。

⑤ 许远：安史之乱时，与张巡同守睢阳城，兵败被执后遇害。

⑥ 雷万春：张巡部将。

⑦ 首尾：从开头到结尾的全过程。

　　远虽材若不及①巡者，开门纳巡②，位本在巡上③，授之柄④而处其下，无所疑忌，竟与巡俱守死、成功名；城陷而虏⑤，与巡死先后异耳⑥。两家子弟材智下，不能通知⑦二父志⑧，以为巡死而远就虏，疑畏死而辞服⑨于贼。远诚⑩畏死，何苦守尺寸之地，食其所爱之肉⑪，以与贼抗而不降乎？当其围守时，外无蚍蜉蚁子之援⑫，所欲忠者，国与主⑬耳；而贼语以国亡主灭⑭，远见救援不至，而贼来益众，必以其言为信。外无待而犹死守，人相食且尽，虽愚人亦能数日而知死处矣，远之不畏死亦明矣！乌⑮有城坏其徒⑯俱死，独蒙⑰愧耻⑱求活，虽至愚者不忍为；呜呼！而谓远之贤而为之邪⑲？

注释

① 不及：比不上。

② 开门纳巡：打开睢阳城门，与张巡共守城。

③ 位本在巡上：许远的职位本在张巡之上。许远当时是睢阳太守，是一郡的最高行政长官。张巡当时是真源县令，是一县的行政长官。

④ 柄：权柄、权力。

⑤ 虏：被俘。

⑥ 与巡死先后异耳：许远和张巡一样因不屈服而死，只是死的时间有先后

罢了。

⑦ 通知：完全知晓。

⑧ 志：志向。

⑨ 辞服：认罪屈服。

⑩ 诚：表假设，果真。

⑪ 食其所爱之肉：《唐书·忠义传》中说"尹子奇攻围既久，城中粮尽，易子而食……巡乃出其妾，对三军杀之，以飨军士"。《新唐书·忠义传》中说"远亦杀奴僮以哺卒"。

⑫ 蚍蜉蚁子之援：蚍蜉蚁子，比喻微小的力量；蚍蜉：大蚂蚁；蚁子：幼蚁。睢阳围守时，河南节度使贺兰进明屯兵临淮（今江苏盱眙，睢阳东），许叔冀屯兵谯郡（今安徽亳州，睢阳南），尚衡屯兵彭城（今江苏铜山，睢阳东），皆拥兵自重，不救，睢阳遂援绝。

⑬ 主：指唐玄宗。

⑭ 贼语(yù)以国亡主灭：乱军告诉许远，李唐王朝已灭亡，唐玄宗已死亡。语：告诉。

⑮ 乌：副词，哪里、怎么。

⑯ 徒：众人。

⑰ 蒙：承受。

⑱ 愧耻：惭愧，羞耻。

⑲ 而谓远之贤而为之邪：难道说像许远如此贤明的人会这样做吗？

说者又谓远与巡分城而守，城之陷，自远所分始①。以此诟②远，此又与儿童之见无异。人之将死，其脏腑必有先受其病者；引③绳而绝④之，其绝必有处：观者见其然，从而尤之，其亦不达于理矣⑤。小人之好议论，不乐成人之美⑥，如是哉！如巡、远之所成就，如此卓卓⑦，犹不得免，其他则又何说⑧！当二公之初守也，宁⑨能知人之卒⑩不救，弃城而逆遁⑪？苟⑫此不能守，虽避之他处何益；及其无救而且穷⑬也，将其创残饿羸之余⑭，虽欲去必不达⑮。二公之贤，其讲⑯之精矣。守一城捍⑰天下，以千百就尽之卒，战百万日滋之师，蔽遮江淮，沮遏⑱其势，天下之不亡，其谁之功也！当是时，弃城而图存者，不可一二数；擅强兵坐而观者，相环也⑲：不追议此，而责二公以死守，亦见其自比于逆乱，设淫辞而助之攻也⑳！

注释

① 自远所分始：睢阳城从许远所守西南门被攻破。

② 诟（gòu）：辱骂。

③ 引：伸长、拉长。

④ 绝：断、断绝。

⑤ 观者见其然，从而尤之，其亦不达于理矣：旁观者看见这样的情况，也就人云亦云，跟着埋怨，他们也是不知晓其中的道理啊！尤：责怪、怨恨。达：通晓、明白。

⑥ 小人之好议论，不乐成人之美：语出《论语·颜渊》，"君子成人之美，不成人之恶，小人反是。"

⑦ 卓卓：特立独行、高远出众的样子。

⑧ 说：评说、评价。

⑨ 宁：岂、难道。

⑩ 卒：终。

⑪ 逆遁：事先逃跑。

⑫ 苟：如果、假设。

⑬ 及其无救而且穷：等到他们没有援兵并且境遇窘困到了极点的时候。及
　　其：等到。

⑭ 将其创残饿羸之余：率领那些残兵败将。将：率领。创：伤。羸：弱。

⑮ 虽欲去必不达：即使想要弃城而逃也一定是达不到的。

⑯ 讲：评论。

⑰ 捍：抵御。

⑱ 沮遏：阻止。

⑲ 擅强兵坐而观者，相环也：拥有强大兵力而坐视不救的人都在睢阳周围。
　　擅：拥有、据有。环：围绕。

⑳ 亦见其自比于逆乱，设淫辞而助之攻也：也可以看出他们把自己和作乱的
　　安史叛军并列在一起，说一些歪曲事实的谎言来帮助叛逆作乱的人攻击
　　张巡、许远。比：并列、等同。淫辞：歪曲事实的谎言。

　　愈尝从事于汴、徐二府①，屡道②于两府间，亲祭于其所谓双庙③者；其
老人往往说巡、远时事，云：南霁云④之乞救于贺兰⑤也，贺兰嫉巡、远之
声威功绩出己上，不肯出师救。爱霁云之勇且壮，不听其语，强留之，具食
与乐，延⑥霁云坐。霁云慷慨语曰："云来时，睢阳之人不食月余日矣！云
虽欲独食，义⑦不忍；虽食，且不下咽。"因拔所佩刀，断一指，血淋漓，以示
贺兰。一座大惊，皆感激⑧为云泣下。云知贺兰终无为云出师⑨意，即驰
去，将出城，抽矢射佛寺浮图⑩，矢著⑪其上砖半箭，曰："吾归破贼，必灭贺
兰，此矢所以志⑫也！"愈贞元⑬中过泗州⑭，船上人犹指以相语。城陷⑮，
贼以刃胁降巡，巡不屈，即牵去，将斩之；又降霁云，云未应，巡呼云曰："南
八，男儿死耳，不可为不义屈！"云笑曰："欲将以有为⑯也。公有言，云敢
不死。"即不屈。

注释

① 汴、徐二府：韩愈曾在汴州董晋幕府、徐州张建封幕府担任幕职。

② 道：途经。

③ 双庙：当时诏赠张巡扬州大都督，许远荆州大都督。皆立庙睢阳，岁时致
祭，号"双庙"。

④ 南霁云：张巡部将。

⑤ 贺兰：贺兰进明，当时任河南节度使，拥重兵，驻兵临淮。

⑥ 延：邀请。

⑦ 义：在道义上。

⑧ 感激：感动。

⑨ 师：军队。

⑩ 浮图：佛塔。

⑪ 著：附。这里指射中。

⑫ 志：同"识"，标志、标记。

⑬ 贞元：唐德宗年号（785—805）。

⑭ 泗州：古地名，在今江苏泗洪县东南。

⑮ 城陷：睢阳城被破。

⑯ 欲将以有为：打算有所作为。

　　张籍曰：有于嵩者，少依于巡①。及巡起事，嵩常在围中②。籍大历③
中于和州乌江县④见嵩，嵩时年六十余矣。以巡初尝得临涣县尉⑤，好学
无所不读。籍时尚小，粗⑥问巡、远事，不能细也。云：巡长七尺余，须

髯⑦若神。尝见嵩读《汉书》，谓嵩曰："何为久读此？"嵩曰："未熟也。"巡曰："吾于书读不过三遍，终身不忘也。"因诵嵩所读书，尽⑧卷不错一字。嵩惊，以为巡偶熟此卷，因乱抽他帙⑨以试，无不尽然。嵩又取架上诸书试以问巡，巡应口诵⑩无疑。嵩从巡久，亦不见巡常读书也。为文章，操纸笔立书，未尝起草。初守睢阳时，士卒仅⑪万人，城中居人户亦且数万，巡因一见问姓名，其后无不识者。巡怒，须髯辄张。及城陷，贼缚巡等数十人坐，且将戮，巡起旋⑫，其众见巡起，或起或泣，巡曰："汝勿怖⑬！死，命也。"众泣不能仰视。巡就戮时，颜色⑭不乱，阳阳⑮如平常。远，宽厚长者，貌如其心，与巡同年生，月日后于巡，呼巡为兄，死时年四十九。嵩贞元初死于亳⑯、宋⑰间。或传嵩有田在亳、宋间，武人夺而有之，嵩将诣⑱州讼理，为所⑲杀。嵩无子。张籍云。

注释

① 少依于巡：年少时就跟随张巡。

② 围中：在张巡军中。

③ 大历：唐代宗李豫年号（766—779）。

④ 和州乌江县：古地名，在今安徽和县境内。

⑤ 以巡初尝得临涣县尉：（在张巡死难后）因为曾经跟随张巡的缘故，朝廷推恩而得临涣县尉之官。临涣：在今安徽宿州境内。

⑥ 粗：大概、大致。

⑦ 须髯(rán)：络腮胡子。

⑧ 尽：全。

⑨ 帙(zhì)：古代用以装书的布套，通常十卷为一帙。

⑩ 口诵：背诵。

⑪ 仅：几乎、将近，有"多"之意。

⑫ 起旋：站起来环顾四周。旋：转。

⑬ 怖：惊惶、害怕。

⑭ 颜色：面色。

⑮ 阳阳：神态自若、镇定安详的样子。

⑯ 亳（bó）：古地名，在今安徽境内。

⑰ 宋：古地名，在今河南商丘南。

⑱ 诣：前往。

⑲ 为所：表被动。

评析

本文作于元和二年（807）。韩愈读了李翰所作《张巡传》，遗憾未叙许远、雷万春等事迹，记述张巡也不完整，因而补作，故名传后叙。

文章第一段交代行文缘由，第二、三段为许远辩诬。张巡、许远在安史之乱时共守军事要地睢阳城（今河南商丘），援尽粮绝后城陷，二人相继牺牲。然而时隔五十年后，有人指责二人明知援尽粮绝、守城无望，不率士兵谋出路，而采取食人之法死守孤城，是无谓的牺牲。甚至有人怀疑，许远守城不力致城陷，并在城陷后未立即赴死，有投敌之嫌。作者以"人之将死，其脏腑必有先受其病者""引绳而绝之，其绝必有处"，说明睢阳城陷是援尽粮绝导致的，不是许远分城而守的过错，指出二人死守睢阳城，是"守一城捍天下""蔽遮江淮，沮遏其势"，盛赞张巡、许远的历史功绩。然而"小人之好议论，不乐成人之美"，因此作者义正词严地批评那些制造流言蜚语的人，是"自比于逆乱，设淫辞而助之攻也"。第四段叙述张巡部将南霁云求救于贺兰进明。南霁云拔刀断指，嫉恶如仇；箭射浮图，立志报复；城陷不屈，视死如归。其浩然正气,令人震撼。最后借于嵩之口补叙张巡过目不忘的本领、大义凛然的正气,从侧面丰富了张巡文武兼备的形象。

作者巧用对比,将张巡、许远等人与拥兵不救的将领形成对照,其高低昭然若揭。在为张巡、许远辩解时,先驳后立,既为二人辩诬,又借题发挥。元和元年(806)六月,韩愈任国子博士,宰相郑絪欣赏韩愈的诗文,有意器重,然"有争先者,构公语以非之,公恐又难,遂求分司东都"。元和二年(807)夏末,赴东都。此文作于元和二年(807)四月,正是韩愈忧谗畏讥,战栗寒心之时。因为作者有被诬的相似经历,所以见为国捐躯的英雄遭受非议,能拍案而起,极力争辩。文末表面上简略地叙述了于嵩被武人夺田而死,实则含蓄地揭露了唐王朝纲纪不振、有冤无处申、忠义之人无容身之所、社会已无公理的黑暗动荡局面,表达了对政治清明的渴望。

文中运用了大量的反问句,足见作者对谣言制造者的痛恨。以长句传达丰富的信息,增强文章气势;以短句舒缓语气,形成顿挫。长短句互用,使文章错落有致。同时,善用"也"等虚词,加强语气。林纾评此文:"历落有致,夹叙夹议。"吴闿生说:"此退之文极似太史公者,韩文所以雄峙千古,赖有此数篇耳。"

燕 喜 亭^① 记

太原王弘中在连州^②,与学佛人景常、元慧游^③,异日从二人者行于其居之后,丘荒之间,上高而望,得异处焉。斩茅而嘉树列,发石而清泉激,辇粪壤,燔椔翳^④;却立^⑤而视之:出者突然成丘,陷者呀然成谷,洼者为池而缺者为洞;若有鬼神异物阴来相之^⑥。自是弘中与二人者晨往而夕忘归焉,乃立屋以避风雨寒暑。

注释

① 燕喜亭：始建于唐代贞元（785—805）末，为连州司户参军王弘中所建，在连山郡城北之五里惠宗寺后，景常、元慧曾经在此居住。

② 王弘中在连州：王弘中，名仲舒，山西太原人，贞元中贬连州司户参军。连州：古地名，在今广东连州市。

③ 游：交往、来往。

④ 斩茅而嘉树列，发石而清泉激，辇粪壤，燔（fán）榴翳（zī yì）：斩断杂草，一片茂盛的树木就显露出来，挖开那里的石头，一股清泉就喷涌而出，运走污秽的泥土，烧掉枯死的草木。发：打开、开掘。激：急速、猛烈。辇：运。燔：焚烧。榴翳：枯死的草木。

⑤ 却立：后退站立。

⑥ 出者突然成丘，陷者呀然成谷，洼者为池而缺者为洞；若有鬼神异物阴来相之：凸起的地方高高耸立形成小山丘，凹陷的地方像张口的样子形成小山谷，低洼之处变成了水池，空缺之处变成了山洞；好像有鬼神怪物在暗地里帮助一样，使这里的景物巧夺天工。突然：高耸的样子。呀然：张口的样子。阴：暗地里、暗中。相：辅助、帮助。

　　既成，愈请名①之，其丘曰"竢②德之丘"，蔽③于古而显于今，有竢之道也；其石谷曰"谦受之谷④"，瀑曰"振鹭⑤之瀑"，谷言德，瀑言容⑥也；其土谷曰"黄金之谷"，瀑曰"秩秩⑦之瀑"，谷言容，瀑言德也；洞曰"寒居之洞"，志其入时也⑧；池曰"君子之池"，虚以钟其美，盈以出其恶也⑨；泉之源曰"天泽之泉"，出高而施下⑩也；合而名之以屋曰"燕喜之亭⑪"，取《诗》

所谓"鲁侯燕喜"者颂也。

注释

① 名：命名。

② 竢（sì）：同"俟"，等候、等待。

③ 蔽：隐藏。

④ 谦受之谷：众水所赴，故云谦受，取"满招损，谦受益"之义。

⑤ 振鹭：取《诗经》"振振鹭，鹭于下"之义。振振：鸟群飞的样子。

⑥ 容：外貌。

⑦ 秩秩：取《诗经》"秩秩斯干"之义。意思是德如流水，源源不断。

⑧ 志其入时也：记录到这里的时间。志：记。

⑨ 虚以钟其美，盈以出其恶也：池子容量宏大就像君子有涵养，能够聚集各
    种美德；池水漫出，就像君子能够去除各种恶行。虚：空，这里指容量大。
    钟：聚集。盈：满。恶：污秽。

⑩ 出高而施下：泉水源出高处，流出之后又能施惠于人。

⑪ 燕喜之亭：燕喜，同"宴喜"，宴饮喜悦。《诗·鲁颂·閟宫》："鲁侯燕喜，令
    妻寿母。"

　　于是州民之老，闻而相与观焉，曰："吾州之山水名天下，然而无与'燕
喜'者比。经营于其侧者相接也，而莫直其地。①凡天作而地藏之以遗其
人乎②？"弘中自吏部郎贬秩③而来，次其道途所经，自蓝田④入商洛⑤，涉
浙湍⑥，临汉水，升岘首以望方城⑦；出荆门⑧，下岷江⑨，过洞庭，上湘水，
行衡山之下；繇郴逾岭，蛮狄所家，鱼龙所宫，极幽遐瑰诡之观，宜其于山

水饫闻而厌见⑩也。今其意乃若不足⑪,《传》曰:"智者乐水,仁者乐山。"弘中之德,与其所好,可谓协⑫矣。智以谋之,仁以居之⑬,吾知其去是而羽仪⑭于天朝⑮也不远矣。遂刻石以记。

注释

① 经营于其侧者相接也,而莫直其地:在它旁边营造房屋的人接连不断,但没有人到过这个地方。直:同"值",遇到。

② 凡天作而地藏之以遗其人乎:大凡上天创造并且大地保藏的美景,就是要送给那应得到它的人吧?遗(wèi):给予、赠送。

③ 贬秩:贬官。

④ 蓝田:古地名,今陕西蓝田县。

⑤ 商洛:古地名,今陕西商洛市。

⑥ 淅湍:水名,淅水、湍水,在今河南西南部。

⑦ 升岘首以望方城:登上岘山北望中原。岘山,在今湖北襄阳。方城山,在今河南方城。

⑧ 荆门:在今湖北荆州。

⑨ 岷江:长江。《尚书·禹贡》:"岷山导江。"

⑩ 繇(yóu)郴逾(yú)岭,蝯狖(yòu)所家,鱼龙所宫,极幽遐瑰诡之观,宜其于山水饫(yù)闻而厌见:由郴州前进,翻越五岭,路过猿猴为家的大山,经过鱼龙所居住的江湖,因此能欣赏到非常幽静偏远、瑰丽奇特的美景。按理说,对于奇异的山水,他应该是听腻了、看够了。繇:同"由",经。郴:郴州,古地名,在今湖南郴州。逾:越过、超过。岭:五岭。蝯:同"猿"。宫:房屋、住宅。幽遐瑰诡:幽静偏远、瑰丽奇特。宜:应该。饫闻:饱闻、听得多。厌:饱、满足。

⑪ 其意乃若不足：他喜爱山水之意却仍然没有满足。

⑫ 协：和谐、融洽。

⑬ 智以谋之，仁以居之：他因自己的才智而获得了燕喜亭这处佳境，因自己的仁德而得以在此居住。

⑭ 羽仪：比喻居高位而有才德，被人尊重或堪称楷模。

⑮ 天朝：朝廷的尊称。

评析

本文作于贞元二十年（804），韩愈时任阳山县令，王弘中时任连州司户参军。阳山与连州相邻，韩愈参观王弘中所建燕喜亭并作此文。

第一段交代王弘中与僧人景常、元慧交游，暗示其超脱的心境。接着叙述燕喜亭得地之由来及其兴建过程。经过一番打造，原本不起眼的杂乱荒芜之地变成胜境。

第二段，描写燕喜亭与周围景物命名的由来。"竢德之丘""谦受之谷""振鹭之瀑""黄金之谷""秩秩之瀑""寒居之洞""君子之池""天泽之泉"，以景物为人格象征，用充满道德色彩的词语为之命名，赋予其更多的精神内涵。命名注重内德与外形的结合，是儒家"比德"观念的体现。将亭命名为"燕喜之亭"，取自《诗·鲁颂·閟宫》："鲁侯燕喜，令妻寿母。宜大夫庶士，邦国是有。"用此典故，既是对王弘中的祝福，也是对国家的祈愿，是"文以载道"观念的外化。本段文字虽未直接描述此处盛景，但从名字中足以见其神韵。

第三段借州民之口，表明美景有待发现。其中蕴含事物本身与其价值被发现二者之间关系的思考，颇具哲理。追述王弘中贬秩南下的历程，是为了突出其仁德之美。他虽饱观沿途胜景，但并未因此而厌弃连州所居环境，反而因其爱美之德，才获得燕喜亭这样的美境。如此有智有仁之人，当不会长居贬谪之地,应该会很快重返长安。这既是对王弘中未来的预测,也是对自己早日离开阳山的期待。

本文在写法上也很有特色。写美景,并非从正面直接铺排,而是以间接方式来展开的:通过命名,展示所述之景的内外之美;通过州人之口,从侧面揭示其价值的发现;通过与沿途景色的对比,凸显燕喜亭景色的奇特。在表达方式上,多用对仗、排比,使之具有整齐之美。又间之以长句,使之错落有致。由此形成高低起伏、条畅通达的文气。

蓝田县丞厅壁记①

丞②之职所以贰③令,于一邑④无所不当问。其下主簿、尉,主簿、尉乃有分职。丞位高而逼⑤,例以嫌不可否事⑥。文书⑦行,吏抱成案诣⑧丞,卷其前,钳以左手,右手摘纸尾⑨,雁鹜行⑩以进,平立睨⑪丞曰:"当署!"丞涉笔占位⑫署,惟谨,目吏,问"可不可",吏曰"得",则退,不敢略省⑬,漫⑭不知何事。官虽尊,力势反出主簿、尉下。谚数慢,必曰"丞",至以相訾謷。⑮丞之设,岂端使然哉!⑯

注释

① 蓝田县丞厅壁记:县丞办公之所有厅,厅有壁。此文记蓝田县丞厅壁。

② 丞:蓝田县属畿县,有县丞一人,正八品下。

③ 贰:副、辅助。

④ 邑:县。

⑤ 逼:接近。

⑥ 例以嫌不可否事：照例县丞为了避忌有篡夺县令权力的嫌疑，对县令还未表态的事情不表明任何态度。例：照例。嫌：避忌。

⑦ 文书：公文。

⑧ 诣：到。

⑨ 卷其前，钳以左手，右手摘纸尾：把前部分卷起来，用左手夹住，右手拣出纸尾县丞签名处。摘：选取。

⑩ 雁鹜行：走路的姿势，鹅行鸭步，意思是大摇大摆。鹜(wù)：鸭子。

⑪ 睨(nì)：斜视。

⑫ 涉笔占位：拿起笔把名字签在留给他签字的地方。

⑬ 略省：稍稍了解一下。省(xǐng)：察看。

⑭ 漫：完全。

⑮ 谚数慢，必曰"丞"，至以相訾謷(zǐ áo)：群众议论闲散官员，总是举县丞为例，甚至把县丞作为相互谩骂的称谓。谚：谚语、俗语。数：列举、数说。慢：散漫、无关紧要，文中指闲散官员。訾謷：诋毁。

⑯ 丞之设，岂端使然哉：设立县丞一职，难道本意就是如此吗？端：本。

　　博陵①崔斯立②种学绩文③，以蓄④其有，泓涵演迤⑤，日大以肆⑥。贞元初，挟⑦其能，战艺⑧于京师，再进⑨再屈⑩□⑪人；元和⑫初，以前大理评事⑬言得失黜官⑭，再转⑮而为丞兹⑯邑。始至，喟曰："官无卑，顾⑰材不足塞职⑱。"既⑲噤⑳不得施用，又喟曰："丞哉，丞哉！余不负丞，而丞负余。"则尽枿去牙角㉑，一蹲㉒故迹，破崖岸㉓而为之。

注释

① 博陵：唐河北道深州安平县，在今河北安平。

② 崔斯立：崔立之，名斯立，博陵人。

③ 种学绩文：以耕种、纺织比喻学习，说明崔斯立勤学苦练，学有根柢。

④ 蓄：积聚、积累。

⑤ 泓（hóng）涵演迤（yí）：比喻学问渊博精深。泓：水深而广。涵：包容、包含。演：长流。迤：曲折连绵。

⑥ 日大以肆：学问每天都有进步。肆：扩展。

⑦ 挟：怀有、怀抱。

⑧ 战艺：指参加科举考试。

⑨ 再进：崔斯立贞元四年（788）中进士，六年（790）中博学宏辞。

⑩ 屈：屈服，使动用法。

⑪ □：此处缺字。或作"其"，或作"于"，或作"千"，无从所据，姑从原文。

⑫ 元和：唐宪宗年号（806—820）。

⑬ 大理评事：唐大理寺下有评事八人，从八品下，掌出使推按。

⑭ 黜官：被贬官。

⑮ 转：转官。

⑯ 兹：此。

⑰ 顾：只是，表示轻微转折。

⑱ 塞职：称职。

⑲ 既：不久。

⑳ 嗫：闭口。

㉑ 则尽梌（niè）去牙角：于是完全磨去了自己的棱角，隐藏了锋芒。梌，同"蘖"，树木砍伐处所生的新芽。牙角：比喻锋芒。

㉒ 蹑：跟踪、跟随。

㉓ 崖岸：山崖、堤岸。引申为操守、节概。

丞厅故有记，坏漏污不可读，斯立易①桷②与瓦，墁③治壁，悉书④前任人名氏。庭有老槐四行，南墙钜⑤竹千梃⑥，俨立若相持⑦，水㶁㶁⑧循⑨除⑩鸣，斯立痛⑪扫溉，对树⑫二松，日哦其间。有问者，辄对曰："余方有公事，子姑⑬去！"

考功郎中、知制诰⑭韩愈记。

注释

① 易：换。

② 桷（jué）：方形的椽子。

③ 墁：涂饰。

④ 书：书写。

⑤ 钜（jù）：同"巨"，大。

⑥ 梃（tǐng）：量词，根、竿。

⑦ 相持：双方对立、争持，互不相让。

⑧ 㶁（guó）㶁：水流声。

⑨ 循：顺着。

⑩ 除：台阶。

⑪ 痛：彻底地。

⑫ 树：栽种。

⑬ 姑：姑且、暂且。

⑭ 考功郎中、知制诰：此为韩愈当时担任的官职。考功郎中属吏部，是官名，知制诰为使职。

评析

本文是韩愈为好友崔斯立鸣不平而作。崔斯立是奇崛之才，元和初为大理评事，因言朝政得失，黜官蓝田县丞。

文章开篇指出县丞"于一邑无所不当问"。县丞为正八品官员，与县令正六品相近，故文中有"丞位高而逼"之说。县丞为避县令猜忌，"不可否事"，其压抑主因在此。文中细致刻画了县丞签署文书的场景，"吏抱成案""卷""钳""睨"等描写使县吏小人得志的形象跃然纸上，而县丞只得小心谨慎，"不敢略省"。这种局面是县丞无才无能导致的吗？作者在第二段给出了回答。崔斯立博学多才，因直言黜官。初至，以为"官无卑，顾材不足塞职"，满腔热血，想要有所作为。不久"噤不得施用"，碰壁之后，只能"一蹾故迹"，隐藏自己的锋芒。由是可知，县丞有职无权，不是因其无能，而是官职制度所导致的。这样一来，崔斯立只能屈于县厅清冷之地，吟诗其间，打发无聊的时间。

文章巧用对比：将县令、县丞、主簿、县尉等官职对比，将县丞之位卑与崔斯立之才高对比，将崔斯立刚赴任的态度与之后随时从俗的态度对比。由此抓住人物的心理与细节描写，以戏谑口吻揭露现实，批判当时官场钩心斗角的恶习。曾国藩评曰："此文则纯用戏谑。而怜才共命之意，沉痛处自在言外。"本文虽以"壁记"来写，但一反壁记"叙官秩创置及迁授始末"（封演《封氏闻见记》）的写作传统，不"媚人媚己"，而重点刻画人物心理，故洪迈评为"雄拔超俊，光前绝后"。

新修滕王阁①记

愈少时则闻江南多临观②之美，而滕王阁独为第一，有瑰伟绝特之称;及得三王所为序、赋、记③等,壮其文辞,益欲往一观而读之,以忘吾忧;系官于朝,愿莫之遂④。十四年,以言事斥守揭阳⑤,便道取疾⑥以至⑦海上,又不得过南昌而观所谓滕王阁者。其冬,以天子进大号⑧,加恩区内⑨,移刺袁州⑩。袁于南昌为属邑⑪,私喜幸自语,以为当得躬诣大府⑫,受约束于下执事⑬,及其无事且还,倘⑭得一至其处⑮,窃⑯寄目⑰偿所愿焉。至州之七月,诏以中书舍人太原王公为御史中丞,观察江南西道⑱;洪、江、饶、虔、吉、信、抚、袁⑲悉属治所。八州之人,前所不便及所愿欲而不得者,公至之日,皆罢行之⑳。大者驿闻㉑,小者立变㉒,春生秋杀,阳开阴闭。令修㉓于庭户数日之间,而人自得于湖山千里之外。吾虽欲出意见,论利害,听命于幕下;而吾州乃无一事可假㉔而行者,又安得舍己所事以勤馆人㉕? 则滕王阁又无因而至焉矣!

注释

① 滕王阁:旧址在今江西南昌。始建于唐永徽四年(653),因唐太宗李世民之弟滕王李元婴所建而得名。李元婴被封于山东滕州,为滕王,调任洪州都督后,因思念故地滕州,修筑了著名的"滕王阁"。

② 临观:登临观赏。

③ 三王所为序、赋、记:指王勃《滕王阁序》、王绪《滕王阁赋》、王仲舒《滕王阁记》。

④ 愿莫之遂:即"莫遂愿","之"无实义。

⑤ 以言事斥守揭阳:元和十四年(819),韩愈因上《论佛骨表》被贬潮州刺史。

  揭阳:唐无揭阳县,此用汉设古地名,指代潮州。

⑥ 便道取疾:走近便的道路以求快速到达。

⑦ 以至:以,凭借;至,到达。

⑧ 天子进大号：元和十四年(819)七月,群臣上宪宗尊号为"元和圣文神武法天应道皇帝"。

⑨ 加恩区内：上尊号后,唐宪宗大赦天下。

⑩ 移刺袁州：韩愈转官袁州刺史。袁州,即今江西宜春。

⑪ 袁于南昌为属邑：此处以南昌指代江西观察使。袁州属江西观察使管辖。

⑫ 躬诣大府：亲自到大的郡府去。躬：亲自。诣：到……地方去。大府：指南昌,为江南西道观察使治所。

⑬ 受约束于下执事：意思是接受江西观察使的管束。执事：对上司的尊称。

⑭ 傥：假如、如果。

⑮ 其处：这里指滕王阁。

⑯ 窃：私下里、私自。表示个人意见或行为的谦词。

⑰ 寄目：登临赏景。

⑱ 王公为御史中丞,观察江南西道：朝廷任命王仲舒担任江西观察使。御史中丞：王仲舒外任所带宪衔。

⑲ 洪、江、饶、虔、吉、信、抚、袁：皆是州名,为江西观察使所管辖,均在今江西境内。

⑳ 皆罢行之：此句是说王仲舒上任后,罢去之前各种不合理的规定。

㉑ 大者驿闻：重要的规定通过驿传下达至各州。

㉒ 小者立变：细小的规则马上修改。

㉓ 令修：修订制度。

㉔ 假：借口、理由。

㉕ 以勤馆人：辛苦掌管馆舍的人。此句意思是不便到南昌。

其岁九月,人吏浃和①,公与监军使燕②于此阁,文武宾士皆与在席。

酒半，合③辞言曰："此屋不修，且④坏。前公为从事此邦⑤，适理新之⑥，公所为文⑦，实⑧书在壁；今三十年而公来为邦伯⑨，适及期月⑩，公又来燕于此，公乌⑪得无情哉？"公应曰："诺。"于是栋楹⑫梁桷⑬板槛之腐黑挠折者，盖瓦级砖⑭之破缺者，赤白之漫漶⑮不鲜者，治之则已；无侈前人，无废后观。

注释

① 浃和：和洽、和谐。

② 燕：通"宴"，宴会。

③ 合：一致。

④ 且：将。

⑤ 公为从事此邦：王仲舒此前曾在洪州担任幕职。

⑥ 适理新之：三十年前，王仲舒适逢重新修理滕王阁。

⑦ 公所为文：指王仲舒三十年前所撰《滕王阁记》。

⑧ 实：仍然。

⑨ 公来为邦伯：指王仲舒任江南西道观察使。

⑩ 期(jī)月：一整月。

⑪ 乌：哪，疑问代词。

⑫ 栋楹：梁柱。

⑬ 梁桷：泛指房屋的梁与椽。

⑭ 级砖：台阶石砖。

⑮ 赤白之漫漶(huàn)：颜色模糊不清。

工既讫功①，公以众饮，而以书命愈曰："子其为我记之！"愈既以未得造观②为叹，窃喜载名其上，词列三王之次，有荣耀焉；乃不辞而承公命。其江山之好，登望之乐，虽老矣，如获从公游，尚能为公赋之。

元和十五年十月某日，袁州刺史韩愈记。

注释

① 讫功：完事、竣工。

② 造观：前去观赏。造：到。

评析

此文作于元和十五年（820）十月，作者时年五十三岁。当时王仲舒为洪州刺史、江南西道观察使，重修滕王阁。韩愈时任袁州刺史，作文以记之。

本文的奇特之处在于，作者并未到过滕王阁，这就决定了文章的行文方式和结构。第一段，作者再三叙述未能参观滕王阁的原因：通过前人文章，知道滕王阁具有瑰伟绝特之景，由此心生登临之意，可是一直没有机会。贬潮州时，为按时到达贬所，取便道，错失了参观机会。此次移官袁州，本应到南昌拜会长官，但又因王仲舒发布政令极为快速，实在找不到理由前去。值得注意的是，韩愈交代此次未能前去的原因，实际上隐含了对王仲舒的称誉。据相关史料记载，王仲舒任江西观察使期间，雷厉风行，推行新政不遗余力。

第二段，叙述王仲舒滕王阁宴会，众人请求重修此阁的经过。这段文字当是韩愈听闻而来。三十年前王仲舒曾任江西观察使幕职，适逢翻新滕王阁，其所撰记文还在壁上。三十年后，阁中石木多已败坏，故而重修。作者以时间为联结点，将王仲舒个人经历寓于文中。显然，也是对王仲舒的誉美。

第三段,写王仲舒请韩愈作文记述新修滕王阁事。作者自述"词列三王之次,有荣耀","三王"之中,包括王仲舒所撰《滕王阁记》。可知其真实意图还是赞誉王仲舒。

作者并未从登临观览的角度写阁中美景,这一方面受制于未曾到过滕王阁的客观原因,另一方面,也与作者赞誉王仲舒的主观意图有关。这样写的好处是,既紧扣了题目"新修滕王阁",又避开了与"三王"之文争胜。

太学生^①何蕃传

太学生何蕃入太学者廿余年矣。岁举进士^②,学成行尊;自太学诸生推颂不敢与蕃齿^③,相与言于助教^④、博士^⑤,助教、博士以状申^⑥于司业^⑦、祭酒^⑧,司业、祭酒撰次^⑨蕃之群行^⑩焯焯^⑪者数十余事,以之升于礼部而以闻于天子。京师诸生以荐蕃名^⑫文^⑬说^⑭者不可选纪^⑮,公卿大夫知蕃者比肩立^⑯;莫为礼部^⑰,为礼部者率^⑱蕃所不合者,以是^⑲无成功。

注释

① 太学生:太学属唐国子监"六学"之一,此处泛指国子监学生。

② 举进士:进士是科举考试科目之一,应举者谓之举进士。

③ 齿:并列。

④ 助教:国子监学官名。

⑤ 博士:国子监学官名。

⑥ 申:申述、说明。

⑦ 司业:学官名。唐置国子司业二人。

⑧ 祭酒：掌管国子监的最高行政官员。

⑨ 撰次：编集、编写。

⑩ 群行：种种事迹。

⑪ 焯(zhuó)焯：显著、昭然。

⑫ 名：话题、标题。

⑬ 文：文章。

⑭ 说：口头叙述。

⑮ 不可选纪：计算不清。

⑯ 比肩立：并肩站立，比比皆是。比：并列。

⑰ 莫为礼部：知道何蕃的人很多，但是没有在礼部做官的。莫：没有。

⑱ 率：一概、都。

⑲ 以是：因此。

蕃，淮南人，父母具①全。初入太学，岁率一归，父母止之；其后间一二岁乃一归，又止之；不归者五岁矣。蕃，纯孝人也。闵②亲之老，不自克③，一日，揖④诸生，归养于和州；诸生不能止⑤，乃闭⑥蕃空舍中。于是太学六馆⑦之士百余人，又以蕃之义行⑧言于司业阳先生城，请谕留蕃。于是⑨太学阙祭酒⑩，会⑪阳先生出道州⑫，不果留。

注释

① 具：同"俱"。

② 闵：通"悯"，怜悯、忧虑。

③ 克：能。不自克，即不能照料自己。

④ 揖：拱手行礼作别。

⑤ 不能止：阻止不住。

⑥ 闭：关。

⑦ 太学六馆：国子监领六学馆，包括国子学、太学、四门学、律学、书学、算学。

⑧ 义行：美好的品行、操守。

⑨ 于是：在此期间。

⑩ 阙祭酒：阙通"缺"，指祭酒这个职位空缺。

⑪ 会：适逢、恰赶上。

⑫ 出道州：指阳城出为道州刺史。

　　欧阳詹①生言曰：蕃，仁勇人也。或者曰：蕃居太学②，诸生不为非义，葬死者之无归，哀其孤③而字④焉，惠之大小必以力复⑤，斯其所谓仁欤；蕃之力不任⑥其体，其貌不任其心，吾不知其勇也。欧阳詹生曰：朱泚之乱⑦，太学诸生举⑧将从之，来请起⑨蕃，蕃正色⑩叱之，六馆之士不从乱，兹非其勇欤？

注释

① 欧阳詹：字行周，泉州晋江人，贞元八年（792）与韩愈、李观、崔群等二十二人同登进士第。

② 居太学：在太学期间。

③ 孤：少而无父者谓之孤。

④ 字：养育。

⑤ 力复：全力承担。

⑥ 不任：不能承受。

⑦ 朱泚之乱：唐德宗建中四年(783)，泾原军乱，拥立朱泚为帝。

⑧ 举：发动。

⑨ 起：起事、发动。

⑩ 正色：态度严肃，神态严厉。

　　惜乎！蕃之居下①，其可以施于人者不流②也。譬之水，其为泽，不为川③乎？川者高，泽者卑④；高者流，卑者止：是故蕃之仁义充诸心，行诸太学，积者多，施者不遐⑤也。天将雨，水气上，无择⑥于川泽涧溪之高下，然则泽之道其亦有施乎？抑有待于彼⑦者欤？故凡贫贱之士必有待然后能有所立，独何蕃欤！吾是以言之，无亦使其无传焉。

注释

① 居下：居于下位，职务较低。

② 流：传播、流传。

③ 川：河流。

④ 卑：地势低下。

⑤ 遐：远。

⑥ 择：区分。

⑦ 彼：那，指上面说的"天将雨"这种条件。

评析

　　韩愈为什么要给太学生何蕃立传？这当然有他的思考：一方面要表彰

何蕃的德行,另一方面出于对何蕃的同情。文章的主旨是"贫贱之士必有待然后能有所立",这就使其由个别现象上升至普遍,体现了作者对社会,尤其是对科举考试制度和风气的密切关注。由此主旨,决定了对所叙之事的选择。

第一段,写何蕃在国子监二十余年,其学行得到一致好评。众人交口称赞,甚至将他的事迹上报主管科举考试的礼部。但是何蕃并未因此而成功,究其原因,是他与礼部主事者意见不合。这就揭示了中唐科举考试的种种弊端。举子们在参加科举考试之前,需向礼部或当时文坛有名望者行卷,也就是把自己的诗文编成集子送呈阅览,希望得到他们的提携。可见,写何蕃二十余年科考不成功,是为了说明此人性格刚直,不屑于干谒,与时风不合。

第二段,写何蕃多年考试失利,思念父母之心不能止,转而退归家乡以侍奉双亲。这也是人之常情。从众人将其关闭于空室,请国子司业阳城留读等叙述,可知何蕃确实得到太学生群体的拥戴。

第三段,写欧阳詹等人对何蕃的评价。有人认为何蕃极力帮助弱者,只是仁,不是勇。欧阳詹则举出朱泚之乱中何蕃的表现,足以表明其勇。

第四段,以譬喻方式写作者对何蕃现象的思考。何蕃是一位仁义智勇之人,但参加科考多年不得成功。他积极帮助弱者,但能力又有限。这就好比沼泽之水,位居下游,无源头活水,其势不可长久。假如何蕃能够得到主司青睐,考试成功,则其力量应该更大。作者同情何蕃,并由此提出一个普遍性问题,"凡贫贱之士必有待然后能有所立",就像《庄子·逍遥游》中的大鹏一样,假如没有风力支持,又怎能自由翱翔呢?

文中采用侧笔、直叙、评点等不同手法,刻画何蕃形象,最后归为对"有待"问题的思索,典型地体现了作者"文以载道"的思想。

答窦秀才书①

　　愈白②：愈少驽怯③，于他艺能，自度无可努力，又不通时事，而与世多龃龉④；念终无以树立，遂发愤笃专于文学。学不得其术，凡所辛苦而仅有之者，皆符于空言而不适于实用，又重以自废；是故学成而道益穷⑤，年老而智愈困。今又以罪黜于朝廷，远宰蛮县⑥，愁忧无聊，瘴疠侵加，惴惴⑦焉无以冀朝夕。

注释

　　① 答窦秀才书：窦秀才，即窦存亮。书：回信。
　　② 白：告诉、禀述。此为古人书信的基本格式。
　　③ 驽怯：这里是自谦的说法，比喻自己才能低下。驽：劣马。怯：懦弱。
　　④ 龃龉(jǔ yǔ)：本指牙齿上下对不上，引申为意见不合。
　　⑤ 道益穷：人生道路更加艰难。
　　⑥ 远宰蛮县：指韩愈远谪阳山县令。
　　⑦ 惴惴：惶恐不安的样子。

　　足下年少才俊，辞雅而气锐①，当朝廷求贤如不及之时，当道者又皆良有司，操数寸之管，书盈尺之纸，高可以钓爵位，循次而进，亦不失万一于甲科②；今乃乘不测之舟③，入无人之地，以相从问文章为事。身勤而事左④，辞重而请约⑤，非计⑥之得也。虽使古之君子，积道藏德，遁⑦其光而不曜，胶其口⑧而不传者，遇足下之请恳恳，犹将倒廪倾囷⑨，罗列而进也；若愈之愚不肖，又安敢有爱⑩于左右哉！

注释

① 气锐：气度不凡。

② 甲科：指唐代科举考试进士科。

③ 不测之舟：喻路途艰险。

④ 左：即不正、歪。这里指和目的不一致、不相符合。

⑤ 约：简约。

⑥ 计：打算、考虑。

⑦ 遁：隐去。

⑧ 胶其口：指封住嘴巴。

⑨ 倒廪（lǐn）倾囷（qūn）：倾倒出粮仓中全部储藏。比喻倾囊奉献自己所有的东西。

⑩ 爱：爱惜而不言。

　　顾足下之能，足以自奋；愈之所有，如前所陈：是以临事愧耻①而不敢答也。钱财不足以贿②左右之匮急，文章不足以发③足下之事业，稇④载而往，垂橐⑤而归，足下亮⑥之而已。愈白。

注释

① 愧耻：羞愧。

② 贿：赠送财物。

③ 发：启发、引导。

④ 稇(kǔn)：同"捆"，捆束。

⑤ 垂橐(tuó)：垂着空袋子，指一无所获。

⑥ 亮：通"谅"，原谅、体谅。

[评析]

贞元二十年(804)，韩愈因言事得罪，远谪阳山。窦存亮远道而来，跟随韩愈请益问学，致书请教为文为学之事。于是韩愈给他写了这封回信。像这样的书信，该如何写才合适呢？

韩愈是这样处理的：从叙述个人经历入手，以表明自己"学成而道益穷，年老而智愈困"，况且远谪岭南，惴惴不安。这样写的意思是，谦虚地告诉对方，自己不足以让对方学习。接下来笔锋一转，写窦存亮年少有才华，意气风发，劝他参加科举考试。作者称赞窦存亮虚心好学，态度诚恳，足以让人感动，理应知无不言，言无不尽，只是自己才疏学浅，无以相授。最后一段，说自己很惭愧，既无钱财馈赠，又无文章引导学业。这当然都是很谦虚的说法。整封回信的结构是由分而总，先分写自己与窦存亮，再合写二人之关联。

这封回信非常客气，可见作者的礼貌和谦虚。又以自身经历，劝说窦存亮努力自学，博取功名，为其指出向上之路，可知韩愈奖掖后进的良苦用心。

答尉迟生①书

愈白：尉迟生足下②：夫所谓文者，必有诸其中③，是故君子慎其实④；实之美恶，其发⑤也不掩：本深而末茂⑥，形大而声宏⑦，行峻而言厉⑧，心醇而气和⑨；昭晰者无疑⑩，优游者有余⑪；体⑫不备不可以为成人，辞不足不可以为成文。愈之所闻者如是,有问于愈者,亦以是对。

注释

① 尉迟生:即尉迟汾。

② 足下:对对方的尊称。

③ 中:内心、内在。

④ 实:指内在的、根本性的东西。如下文所说树的根、人的形体、行为、内心之类。

⑤ 发:指"实"的外露、显现。如下文所说树的枝叶,人的声音、言辞、语气之类。

⑥ 本深而末茂:根本深厚,枝叶才繁茂。

⑦ 形大而声宏:形体硕大,声音才宏亮。

⑧ 行峻而言厉:行动严苛,言辞才厉切。

⑨ 心醇而气和:内心醇厚,语气才平和。

⑩ 昭晰者无疑:指文章明白晓畅。

⑪ 优游者有余:指文章从容不迫。

⑫ 体:指人的形体。

今吾子①所为皆善矣,谦谦然若不足而以征于愈,愈又敢有爱于言②乎? 抑所能言者,皆古之道;古之道不足以取于今,吾子何其爱之异也?

注释

① 吾子:对对方的尊称,相当于"您"。

② 有爱于言：意思是隐而不说。

    贤公卿大夫在上比肩①，始进之贤士在下比肩，彼其得之必有以取之也。子欲仕乎？其往问焉，皆可学也。若独有爱于是②而非仕之谓，则愈也尝学之矣，请继今以言。

注释

① 比肩：并列。意思是人多。
② 是：指上文所言为文之道。

评析

    此文是韩愈写给尉迟汾的回信。文章重心为第一部分，借助各种比喻来论述为文之道。韩愈认为文章的生成，是内外结合的。所谓内是指内心的思考，也就是思想。必须有思想，才有文章。这就强调了因情造文，反对为文造情。因此，好的文章必须有充盈的内在之美，并与外美相契合。内外之间的关系，与树根和枝叶的关系一样，只有根深才能叶茂。又好比人体：形体大的人，声音才洪亮；行动严苛的人，言辞才厉切；内心醇厚的人，言语才平和。这就强调了文章与涵养的关系，也是韩愈一贯主张的"养气说"的体现。就成形的文章而言，要做到明白晓畅、从容不迫。这就像人一样，形体不足不能成人，言辞不足也不能成文。为了阐明文章的发生过程，作者打了两个比方，一是将文比作树，二是将文比作人体。这样一来，有助于初学者更好地理解。

后面两段,作为回信的补充,主要讲了两点:一是谈了自己对于为文的思考,知无不言;二是说假如要学从仕之道,可以跟那些朝廷中的士大夫、科举考试的成功者学习,假如要学为文之道,倒是可以和自己继续讨论的。由此可知,韩愈对于尉迟汾的态度是诚恳的,对其学业抱有期待。

答崔立之^①书

斯立足下:仆^②见险不能止,动不得时,颠顿狼狈,失其所操持^③,困不知变,以至辱于再三:君子小人之所悯笑^④,天下之所背而驰者也。足下犹复以为可教,贬损道德,乃至手笔以问之,扳援^⑤古昔,辞义高远,且进且劝,足下之于故旧之道^⑥得矣。虽仆亦固望于吾子,不敢望于他人者耳;然尚有似不相晓者。非故欲发^⑦余乎? 不然,何子之不以丈夫^⑧期我也! 不能默默,聊复自明。

注释

① 崔立之:名斯立,字立之。
② 仆:谦称,我。
③ 操持:操守,立身处世的原则。
④ 悯笑:怜悯讪笑。
⑤ 扳援:援引、引以为例。
⑥ 故旧之道:朋友之道。
⑦ 发:启发、激发。
⑧ 丈夫:有大志、有作为、有气节的男子。

　　仆始年十六七时，未知人事，读圣人之书，以为人之仕者皆为人耳，非有利乎已也。及年二十时，苦家贫，衣食不足，谋于所亲①，然后知仕之不唯为人耳。及②来京师，见有举进士者，人多贵之，仆诚乐之③，就求其术④，或出礼部所试赋诗策⑤等以相示，仆以为可无学而能，因⑥诣州县⑦求举。有司⑧者好恶出于其心，四举而后有成，亦未即得仕。闻吏部有以博学宏辞选⑨者，人尤谓之才，且得美仕，就求其术，或出所试文章，亦礼部之类，私怪其故，然犹乐其名，因又诣州府求举，凡二试于吏部，一既得之，而又黜于中书⑩，虽不得仕，人或谓之能焉。退⑪自取所试读之，乃类于俳优者⑫之辞，颜忸怩而心不宁者数月；既已为之，则欲有所成就，《书》所谓耻过作非⑬者也。因复求举，亦无幸焉，乃复自疑，以为所试与得之者不同其程度；及得观之，余亦无甚愧焉。夫所谓博学者，岂今之所谓者乎？夫所谓宏辞者，岂今之所谓者乎？诚⑭使古之豪杰之士若屈原、孟轲、司马迁、相如、扬雄之徒，进于是选，必知其怀惭乃不自进而已耳；设使与夫今之善进取者竞于蒙昧⑮之中，仆必知其辱焉。然彼五子者，且使生于今之世，其道虽不显于天下，其自负何如哉！肯与夫斗筲者⑯决得失于一夫⑰之目而为之忧乐哉！故凡仆之汲汲于进者，其小得盖欲以具裘葛⑱、养穷孤，其大得盖欲以同吾之所乐于人⑲耳；其他可否自计⑳已熟，诚不待人而后知。今足下乃复比之献玉者，以为必俟工人之剖然后见知于天下，虽两刖足㉑不为病，且无使勋者再克㉒；诚足下相勉之意厚也，然仕进者岂舍此而无门哉？足下谓我必待是而后进者，尤非相悉㉓之辞也。仆之玉固未尝献，而足固未尝刖，足下无为为我戚戚㉔也。

注释

① 谋于所亲：指投靠亲戚。

② 及：等到。

③ 仆诚乐之：我也向往那样。诚：确实。乐：喜欢、向往。

④ 就求其术：指向他们讨教考取进士的方法。

⑤ 赋诗策：指进士科考试科目，分别为律赋、诗歌、策问。

⑥ 因：于是。

⑦ 诣州县：到州县去。唐代科举考试，乡贡需从县、州、府层层选拔。

⑧ 有司：这里指主持考试的机构和官员。

⑨ 博学宏辞选：吏部铨选方式之一。唐进士及第后入仕，还需要通过吏部铨
   选，才授官。

⑩ 黜于中书：被中书省除名。

⑪ 退：返回、回头。

⑫ 俳优者：指古代以乐舞谐戏为业的艺人。

⑬ 耻过作非：耻于文过饰非。

⑭ 诚：如果。

⑮ 蒙昧：昏愚。

⑯ 斗筲者：比喻气量狭小、才识短浅的人。

⑰ 一夫：此处指主持科举考试和铨选的官员。

⑱ 裘葛（qiú gé）：指代衣食之需。裘：冬衣。葛：夏衣。

⑲ 同吾之所乐于人：与人共享我的欢乐。

⑳ 计：考虑、度量。

㉑ 两刖（yuè）足：两次被砍脚。此处指献和氏璧的卞和。

㉒ 无使勍（qíng）者再克（kè）：不被强者再打败。勍：同"黥"，在人身上雕字
   或花纹。

㉓ 悉：了解、熟悉。

㉔ 戚戚：忧伤、难过的样子。

方今天下风俗尚有未及于古者，边境尚有被甲执兵①者，主上不得怡②而宰相以为忧。仆虽不贤，亦且潜究其得失，致之乎吾相，荐之乎吾君，上希卿大夫之位，下犹取一障③而乘之；若都不可得，犹将耕于宽闲之野，钓于寂寞之滨，求国家之遗事，考贤人哲士之终始，作唐之一经，垂之于无穷，诛奸谀于既死，发潜德之幽光④：二者将必有一可。足下以为仆之玉凡几献，而足凡几刖也；又所谓勖者果谁哉？再克之刑信如何也？士固信于知己，微⑤足下无以发吾之狂言。愈再拜。

注释

① 被（pī）甲执兵：身穿护身衣服，手握武器。此处指代战争。

② 怡：和悦、愉快。

③ 一障：一地之屏障，指代地方长官。

④ 潜德之幽光：有道德而不向外人炫耀。

⑤ 微：假如没有。

评析

此文是韩愈写给好友崔立之的回信。末句说"发吾之狂言"，所谓"狂言"，当然是作者自谦，但也是其志向的一种表达。

从文中可知，韩愈进士考试成功后，再参加吏部主持的铨选，先后两次都失败了，因此内心抑郁，烦躁不安。好友崔立之劝其再战，并将之比喻为献和氏璧的卞和。卞和两次献玉，两次被刖足，但最终成功。韩愈认为这种说法，虽然含有深厚的友谊情分，但并不恰当。他明确表示，自己并不愿意作献玉者。因为在他看来，当时并无真正的识玉之人。礼部所考律赋、诗歌和策问，大多是程式化的东西，并无新创造，于国家和社会均无益。吏部铨选，虽谓之博学宏辞，但也与进士科的考试内容差不多。此外，考中者与未中者的答卷，其间并无多大差别。所以，韩愈认为这种人才选拔方式很不合理，自己不愿意受其束缚。他以历史人物屈原、孟子、司马迁、司马相如、扬雄为例，说假如此五人参加科考和铨选，自然也会失败的，因为他们不屑于钻营。韩愈明确表示，愿意以此五人为榜样，向他们学习。可见他对自己的才学是相当自信的。

不仅如此，韩愈接着说，自己参加科举考试，主要目的是解决家庭生计问题。假如小成，足以养家糊口；假如大成，则可以为国效力；假如失败，还可以退归山林，著书立说，点评历史。进一步，他说，方今正值国家多事之秋，自己对于国家的治理是有深入思考的，假如有机会，一定有益于国家和社会。这些话，在读者看来不免有些自大。但正是如此，愈可见韩愈不计较一时得失的远大志向。这与"达则兼济天下，穷则独善其身"的儒家思想是契合的。

作者虽不同意崔立之将他比作献玉者，但对其劝励之情还是非常感动的。所以一再表达对崔立之的感谢，称其"故旧之道得矣"。回信也非常诚恳，一再吐露心声，毫无隐讳。其真实性情与交友之道，都值得深入体会和学习。

答 李 翊①书

六月二十六日愈白：李生足下：生之书辞甚高，而其问何下而恭也！能如是，谁不欲告生以其道。道德之归也有日矣，况其外之文②乎？抑③愈所谓望孔子之门墙而不入于其宫④者，焉足以知是且⑤非邪？虽然，不可不为生言之。

注释

① 李翊：唐贞元十八年(802)进士，时权德舆主持礼部考试，祠部员外郎陆傪
为副，韩愈荐李翊于陆傪，遂中第。

② 其外之文：作为"道"外在表现的文章。

③ 抑：转折连词，不过、可是。

④ 不入于其宫：比喻孔子学问高深，一般人不能窥见其精妙之处。宫：房
屋、居室。

⑤ 且：或。

　　生所谓立言①者是②也；生所为者与所期者甚似而几③矣。抑不知生
之志蕲④胜于人而取⑤于人邪？将蕲至于古之立言者邪？蕲胜于人而取
于人，则固⑥胜于人而可取于人矣；将蕲至于古之立言者，则无望其速成，
无诱于势利，养其根而俟⑦其实，加其膏⑧而希其光。根之茂者其实遂⑨，
膏之沃者其光晔⑩；仁义之人，其言蔼如⑪也。

注释

① 立言：著书立说。此处指为文。

② 是：正确，表肯定之意。

③ 几：相近、将近。

④ 蕲(qí)：祈求、希望。

⑤ 取：取用。

⑥ 固：已经。

⑦ 俟（sì）：等待。

⑧ 膏：油脂。

⑨ 遂：令人满意。

⑩ 晔（yè）：明亮。

⑪ 蔼如：和蔼的样子。

抑又有难者：愈之所为，不自知其至犹未①也，虽然，学之二十余年矣。始者②非三代两汉之书不敢观，非圣人之志不敢存，处若忘③，行若遗④，俨乎⑤其若思，茫乎其若迷。当其取于心而注于手也，惟陈言⑥之务去，戛戛乎⑦其难哉。其观于人，不知其非笑⑧之为非笑也。如是者亦有年，犹不改，然后识古书之正伪，与虽正而不至焉者⑨，昭昭然白黑分矣，而务去之，乃徐有得也。当其取于心而注于手也，汩汩然⑩来矣。其观于人也，笑之则以为喜，誉之则以为忧，以其犹有人之说者⑪存也。如是者亦有年，然后浩乎其沛然⑫矣。吾又惧其杂也，迎而距⑬之，平心而察之，其皆醇⑭也，然后肆⑮焉。虽然，不可以不养⑯也。行之乎仁义之途，游之乎《诗》《书》之源，无迷其途，无绝其源，终吾身而已矣。

注释

① 至犹未：至还是未至，表疑问。

② 始者：开始的时候。

③ 处若忘：忘其所处。

④ 行若遗：忘其所行。遗、忘，互文。

⑤ 俨乎：严肃的样子。

⑥ 陈言：陈词滥调。

⑦ 戛戛乎：艰难的样子。

⑧ 非笑：讥笑。

⑨ 虽正而不至焉者：虽然真但不够完美。正：真。

⑩ 汩汩然：水流急促的样子，形容写作时思如泉涌。

⑪ 人之说者：其他人的看法。

⑫ 沛然：盛大的样子。

⑬ 距：通"拒"，此处指对自己的文章提出批评。

⑭ 醇：内在思想醇厚。

⑮ 肆：任意。

⑯ 养：涵养。

气①，水也；言，浮物也。水大而物之浮者大小毕浮，气之与言犹是也，气盛则言之短长与声之高下者皆宜。虽如是，其敢自谓几于成乎？虽几于成，其用于人也奚取②焉？虽然，待用于人者，其肖③于器邪？用与舍属④诸人。君子则不然：处心有道⑤，行己有方；用则施⑥诸人，舍则传诸其徒，垂⑦诸文而为后世法⑧：如是者，其亦足乐乎？其无足乐也？

注释

① 气：文章之气。

② 奚取：得到什么。奚：疑问词，哪里、什么。取：得到。

③ 肖：像。意思是文章之用与器物之用一样吗？

④ 属：附着、归于。此处指取舍都决定于他人。

⑤ 处心有道：思考问题有自己的"道义"。

⑥ 施：施行、施展。

⑦ 垂：流传。

⑧ 法：效法。

　　有志乎古者希①矣！志乎古必遗乎今，吾诚乐而悲之②。亟称③其人，所以劝④之，非敢褒其可褒而贬其可贬⑤也。问于愈者多矣，念生之言不志乎利，聊⑥相为言之。愈白。

> ### 注释

① 希：同"稀"。

② 乐而悲之：有志于古道，故乐；为今世遗忘，故悲。

③ 亟称：屡次称赞。

④ 劝：勉励。

⑤ 褒其可褒而贬其可贬：夸赞可以夸赞的，批评可以批评的。

⑥ 聊：姑且、暂且。

> ### 评析

　　本文作于贞元十七年(801)，韩愈三十四岁。李翊为贞元十八年(802)进士，此前他向韩愈请教作文、立言之道。韩愈借回信，详细论述了他的古文理论。

　　围绕著书立言,韩愈提出四个观点:其一,充盈的内心和独立的思考是作文、立言的前提。其二,为文的目的有两种:一是炫才,二是为了追求古圣贤的境界。若是前者,则无须再论。若是后者,则无望于速成,一定要有意志力,不被外界势利所诱惑。作者打了两个比方,立言就像栽种作物一样,根深者才能等待丰收的果实;又好像给灯烛添加燃烧所需的油脂,灯光才会更加明亮。这说明作文、立言是一个持之以恒的缓慢过程,只能脚踏实地、循序渐进。其三,韩愈讲述自己在著书立言过程中经历的三个阶段:第一阶段,读经典之书,立圣人之志,时刻思考,删减陈言,这是一个艰难的开始,也不把别人的讥笑放在心上。如此几年后,才达到第二阶段,能够分辨古书中的是非与不足,并有目的地拣择,形成自己的思考与心得,从而能够我手写我心。如此再数年,方能达到第三阶段,即对自己的文章进行反思和修改,发现自己的不足之处。其四,提出文章中"气"与"言"的关系,将其比作"水"与"浮物",认为"气盛"才能"言宜"。

　　韩愈是中唐古文运动发起者之一,"文以明道"是其主要的文学理念。林纾认为:"昌黎论文书不多见。生平全力所在,尽在《李翊》一书"(《韩柳文研究法》)。《答李翊书》阐明了有关立言的根本性观念,并以自身经历论述作文的具体过程。韩愈对李翊追求古道的称赞和勉励,不仅是出于对后辈的关爱,而且是为古道得以被继承而感到欣慰。

送李愿归盘谷①序

　　太行之阳②有盘谷,盘谷之间,泉甘而土肥,草木藂茂③,居民鲜少。或曰:谓其环两山之间,故曰"盘";或曰:是谷也,宅④幽而势阻⑤,隐者之所盘旋⑥。友人李愿居之。

① 送李愿归盘谷：李愿，生平不详，曾隐居盘谷。盘谷，地名，在今河南济源市。

② 太行之阳：太行山的南面。阳：山之南、水之北，谓之阳。

③ 蓁茂：草木聚集茂盛的样子。

④ 宅：住所、住处，此处指盘谷的位置。

⑤ 阻：地势险要。

⑥ 盘旋：留连、盘桓。

　　愿之言曰：人之称大丈夫者，我知之矣：利泽施于人①，名声昭于时，坐于庙朝，进退②百官而佐天子出令。其在外，则树旗旄③，罗④弓矢，武夫前呵⑤，从者塞途，供给之人⑥，各执其物，夹道而疾驰。喜有赏，怒有刑，才畯⑦满前，道古今而誉盛德⑧，入耳而不烦。曲眉丰颊，清声而便体⑨，秀外而惠中，飘轻裾，翳⑩长袖，粉白黛绿者⑪，列屋而闲居，妒宠⑫而负恃，争妍而取怜⑬。大丈夫之遇知于天子⑭，用力于当世⑮者之所为也。吾非恶此而逃之，是有命焉，不可幸⑯而致⑰也。穷居而野处，升高而望远，坐茂树以终日，濯清泉以自洁。采于山，美可茹⑱；钓于水，鲜可食；起居无时，惟适之安。与其有誉于前⑲，孰若无毁于其后；与其有乐于身，孰若无忧于其心。车服不维⑳，刀锯不加㉑，理乱㉒不知，黜陟不闻㉓，大丈夫不遇于时者之所为也，我则行之。伺候于公卿之门，奔走于形势之途㉔，足将进而趑趄㉕，口将言而嗫嚅㉖，处秽污而不羞㉗，触刑辟㉘而诛戮，徼幸于万一㉙，老死而后止㉚者，其于为人贤不肖何如也㉛？

注释

① 利泽施于人：指把利益恩惠给予他人。利：利益、好处。泽：恩惠。

② 进退：升降、任免。

③ 树旗旄（máo）：树立旗帜。旗旄：古代杆头上附以牦牛尾用作装饰。

④ 罗：罗列、陈列。

⑤ 武夫前呵：武士高呼在前方开路。

⑥ 供给之人：指服侍的仆役。

⑦ 畯：同"俊"。

⑧ 道古今而誉盛德：道古说今来赞誉他的大德。

⑨ 便（biàn）体：形容体态轻盈。

⑩ 翳：遮蔽。此处指用长袖遮挡身子。

⑪ 粉白黛绿者：脸上涂着白粉、画着青绿色眉毛的美女。黛绿：古代妇女用青绿色的颜料画眉。

⑫ 妒宠：妒忌他人得宠。

⑬ 怜：爱。

⑭ 大丈夫之遇知于天子：被天子赏识重用的士大夫。

⑮ 用力于当世：掌握当世的权力。

⑯ 幸：侥幸。

⑰ 致：得到。

⑱ 茹：吃、咀嚼。

⑲ 前：在正面的，脸所向的一面。此处指当面受到赞誉。

⑳ 车服不维：车服，古代官员的车舆与礼服。维：维系、保持。此处指不受到官职的约束。

㉑ 刀锯：古代刑法使用的工具，此处指代刑罚。刀锯不加，意为不受到刑法的惩罚。

㉒ 理乱：指国家的安定与纷乱。

㉓ 黜陟不闻：不打听官职的升降。《尚书·周官》："诸侯各朝于方岳，大明黜陟。"

㉔ 形势之途：权势的道路。形势：权势。

㉕ 趑趄(zī jū)：想前进又不敢前进，比喻犹豫徘徊。

㉖ 嗫嚅(niè rú)：想说话又不敢说话的样子。

㉗ 处秽污(huì wū)而不羞：处在肮脏的地位而不感到羞耻。

㉘ 刑辟(bì)：刑法。《说文解字》："辟，法也。"

㉙ 徼幸于万一：侥幸获得万分之一的机会。

㉚ 止：停止追求。

㉛ 其于为人贤不肖何如也：这样的为人是好还是不好呢？为人：指人品的好坏。贤：好。不肖：不好。

昌黎韩愈①闻其言而壮②之，与之酒而为之歌曰：盘之中③，维④子之宫。盘之土，可以稼。盘之泉，可濯可沿⑤。盘之阻，谁争子所。窈⑥而深，廓其有容⑦。缭而曲⑧，如往而复⑨。嗟盘之乐兮，乐且无央；虎豹远迹兮，蛟龙遁藏；鬼神守护兮，呵禁⑩不祥。饮则食兮寿而康，无不足兮奚⑪所望；膏⑫吾车兮秣⑬吾马，从子于盘兮，终吾生以徜徉。

注释

① 昌黎韩愈：昌黎郡为韩氏郡望，故称。

② 壮：以为……壮。此处指韩愈认为李愿之言充满气魄。

③ 盘之中：盘谷之中。

④ 维：句首助词，无实义。

⑤ 沿：顺着。此处指盘谷中的泉水，可以用来洗濯，也可以溯沿而行。

⑥ 窈：幽远。

⑦ 廓其有容：空间广阔可以包容。廓：空阔。

⑧ 缭而曲：环绕曲折。

⑨ 如往而复：往前走却回到了原处。往：去。复：转回来。

⑩ 呵禁：呵斥禁止。

⑪ 奚：疑问代词，什么。

⑫ 膏：名词作动词，加油脂。

⑬ 秣：喂饲料。

⎡评析⎤

《送李愿归盘谷序》作于贞元十七年（801）。此年韩愈三十四岁，已离开徐州幕府，到京城谋职，但仕途不顺，未能得到朝廷重用，心情悲苦愁闷。借送友人李愿隐居盘谷之机，作送别序文，书写心中苦闷之情，不平则鸣。

文章首先交代了盘谷的地势和名称由来，并借李愿之口，描述了当时三种人：第一种是"坐于庙朝，进退百官""佐天子出令"的得势显赫之人。第二种是"穷居而野处"的隐逸之士。第三种是汲汲于名利的投机钻营者。通过三种人对比，表达了作者对官场丑恶的厌恶，对纯粹归隐生活的向往。文章最后直抒胸臆，表示愿意跟随李愿归隐盘谷，并极力称赞其隐居生活。

虽然作者在文章中说，对隐士向往并非因"恶此而逃之"，而是"有命焉，不可幸而致也"，也就是命中注定、命运安排的意思，但作为儒学传统的卫道者,入仕求取功名、实现政治抱负是其追求。实际上韩愈也是这样做的,譬如在《圬者王承福传》中批评"不肯拔我一毛而利天下"的学杨朱之道者,因此兼济天下是其人生理想,向往隐逸生活只不过是仕途失意时的一种逃避方法,赞美归隐也只是他对污浊官场的一种厌恶,实际上他不可能真正地出世。

文中多用对偶句,浑然天成,如"列屋而闲居,妒宠而负恃,争妍而取怜""车服不维,刀锯不加,理乱不知,黜陟不闻"等皆是。对偶句与散句错落有致,使文章整体抑扬顿挫。苏轼曾说:"唐无文章,惟韩退之《送李愿归盘谷序》而已。平生欲效此作,每执笔辄罢。因自笑曰:'不若且放,教退之独步。'"可见此文对后世的深远影响。

送董邵南① 序

燕赵②古称多感慨悲歌之士③。董生举进士④,连不得志于有司,怀抱利器⑤,郁郁适兹土⑥,吾知其必有合⑦也。董生勉乎哉⑧! 夫以子之不遇时,苟慕义强仁者⑨皆爱惜焉,矧⑩燕赵之士出乎其性⑪者哉?

注释

① 董邵南:韩愈的朋友,今安徽寿县人。
② 燕赵:战国时期的两个国家,此处指燕赵之地,即今河北省一带。
③ 感慨悲歌之士:荆轲欲刺秦王,临行时,燕太子丹等人在易水为其送行。荆轲唱着"风萧萧兮易水寒,壮士一去兮不复还",与众人诀别。
④ 举进士:参加进士科考试。
⑤ 利器:比喻杰出的才能。

⑥ 适兹土：要去这个地方。适：去、往。兹土：这个地方。此处指河北一带，当时为藩镇割据之地。

⑦ 有合：有所遇合。指有机遇被赏识重用。

⑧ 勉乎哉：要努力啊！哉：语气词。

⑨ 苟慕义强仁者：如果是仰慕道义而勉力实行仁道的人。苟：如果。慕：仰慕。强：勉力。

⑩ 矧（shěn）：况且。

⑪ 出乎其性：出自他们的本性。此处指首句所说"燕赵古称多感慨悲歌之士"。

然吾尝闻风俗与化移易①，吾恶知其今不异于古所云邪②？聊以吾子③之行卜④之也。董生勉乎哉！

注释

① 与化移易：通过教化而改变。

② 吾恶知其今不异于古所云邪：我怎么知道那里现在的风气不同于古时所说的呢？恶：疑问词，怎么。

③ 吾子："子"前加"吾"，表示亲切。吾子，指董邵南。

④ 卜：预料、预测。

吾因子有所感矣，为我吊①望诸君②之墓，而观于其市复有昔时屠狗者③乎？为我谢曰：明天子④在上，可以出而仕矣！

注释

① 吊：凭吊。

② 望诸君：指乐毅，战国后期军事家。"望诸君"是战国时赵王封给乐毅的名号。

③ 屠狗者：以杀狗为职业的人，此处指隐于市有抱负而不能施展的人。荆轲到燕国，喜欢与屠狗者高渐离往来，常饮于市中，酒酣则歌。

④ 明天子：圣明的天子。

评析

董邵南参加科举考试，屡战屡败，决定离开长安，前往河北寻求入幕机会。但此时河北一带已为藩镇割据之地，韩愈为其担忧，一方面勉励董邵南建功立业，另一方面又规劝其谨慎从事。基于这种复杂心理，文章写作颇费思量，别出心裁。

此文篇幅虽短，内容却很丰富。第一段，写董邵南到河北去，"必有合"，也就是一定能够找到好的出路。这既是送人时的一种祝愿之辞，也是人之常情。但其写法却很别致，从"燕赵古称多感慨悲歌之士"说起。在韩愈看来，董邵南怀抱利器，其性格应该与古时燕赵风气相合。第二段，还是从燕赵风俗写起。作者说风俗并非一成不变，而是"与化移易"。现在河北一带的风气好像跟古时不同。这是全文的核心之处，其含义非常丰富，隐含了河北藩镇割据，不统属于唐王朝的史实，同时也委婉地表示，此地风气已非昔日可比，可能与董邵南不合。末段，借请董邵南凭吊乐毅，观察市中是否还有像义士荆轲和高渐离这样的人，来进一步强调河北一带的割据和反叛，言下之意是董邵南不必前往。最后一句，劝说割据藩镇归顺唐王朝。由此可见，韩愈密切关注国家政治，具有兼济天下的宏大胸怀。吴楚材等人说："文仅百十余字，而有无限开阖，无限变化，无限含蓄。短章圣手。"切中肯綮。

送区册①序

　　阳山②，天下之穷处③也。陆有丘陵之险，虎豹之虞④；江流悍急，横波之石廉利侔剑戟⑤，舟上下⑥失势，破碎沦溺者往往有之。县郭无居民，官无丞尉⑦，夹江荒茅篁竹之间⑧，小吏十余家，皆鸟言夷面⑨。始至言语不通，画地为字，然后可告以出租赋、奉期约⑩：是以宾客游从之士无所为而至⑪。

注释

① 区（ōu）册：姓区，名册，唐南海人。

② 阳山：韩愈贬谪之地，即今广东阳山县。

③ 穷处：偏远的地方。

④ 虞：忧虑。

⑤ 廉利侔（móu）剑戟：棱角像剑戟一样锐利。廉：棱角。侔：等同。

⑥ 上下：指船的行驶。上：逆流行舟。下：顺流行舟。

⑦ 丞尉：县丞、县尉。

⑧ 夹江荒茅篁竹之间：在江的两岸，荒草竹林之间。

⑨ 鸟言夷面：说话像鸟语一样难懂，面貌与中原不同。

⑩ 奉期约：遵守各种约定、规矩。

⑪ 无所为而至：因无事而至此地。

　　愈待罪于斯且半岁矣。有区生①者，誓言②相好，自南海挈③舟而来，升自宾阶④，仪观甚伟，坐与之语，文义卓然。庄周云："逃虚空者，闻人足音跫然而喜⑤矣。"况如斯人⑥者，岂易得哉！入吾室，闻《诗》《书》仁义之说，欣然喜，若有志于其间也。与之翳嘉林⑦，坐石矶⑧，投竿而渔，陶然以乐，若能遗外声利⑨而不厌乎贫贱也。

注释

① 区生：姓区的书生，指区册。

② 誓言：发誓愿。

③ 挈（ráo）：通"桡"，船桨。此处用作动词，意为用桨划船。

④ 宾阶：西阶。古代待客之礼，宾客从西阶上，主人从东阶上。

⑤ 逃虚空者，闻人足音跫（qióng）然而喜：行居于墓间的人，听到别人的脚步声就觉得高兴。空虚：古塚。跫：脚步声。

⑥ 斯人：此人，指区册。

⑦ 翳（yì）嘉林：在树荫下乘凉。翳：遮掩。

⑧ 石矶：水边突出的岩石。

⑨ 遗外声利：忘记远离名利。

　　岁之初吉①，归拜其亲②，酒壶既倾③，序以识别④。

注释

① 岁之初吉：正月。
② 归拜其亲：回家探望父母。
③ 倾：完全倒出。此处指酒后。
④ 序以识别：作序来记离别之情。识：记住。

评析

区册是韩愈南贬阳山县令时期的弟子，问学一段时间后返乡探亲，韩愈作此文送别。像这种师生关系的送别序文，如何写才得体呢？此文提供了一种很好的作法。

显然，区册是全文的中心人物。但序文并不直接从区册写起，而是从叙说作者贬谪阳山及其地风俗人情着笔。在韩愈看来，阳山远在天之尽头，僻远荒凉，地势艰险，鸟语夷面，一切交流都只能靠纸和笔，与长安相比，不啻天壤之别。但经过一段时间适应后，他能将公事办理得井井有条，有余暇与宾客交游。表面上看来，这段文字似乎与区册没有关系。但其实关联密切：正因为韩愈僻处异乡，内心落寞孤寂，区册请益问学使他重获存在感。因此，所处之地越荒凉，越可见区册到来的重要性。

第二段正面写区册与作者的交游。区册不畏路途艰险，远道而来，使韩愈非常感动，况且他又仪表甚伟，谦虚好学。区册到来使韩愈暂时忘却了烦恼。作者写他的惊喜，打了一个比方，就像行居在古墓的人一样，听到脚步声就非常高兴，因为有同伴了。可见韩愈是以区册为知音知己的。

第三段写区册返乡探亲。既交代了作序文的由来，同时也表彰区册的孝道。像这样一个通《诗》《书》、知礼仪、懂孝道的青年才俊,如何不令居处僻远之地的韩愈高兴呢?! 因此才作此文以记离别之情。

欧阳生^①哀辞

欧阳詹世居闽越^②。自詹已上皆为闽越官,至州佐县令者,累累有焉。闽越地肥衍^③,有山泉禽鱼之乐;虽有长材秀民通文书吏事与上国齿者^④,未尝肯出仕。

> **注释**

① 欧阳生:即欧阳詹,字行周,唐代文学家,著有《欧阳行周集》。

② 闽越:古国名,即今福建一带。

③ 肥衍:肥沃平坦。

④ 上国齿者:此处指闽越也有与京城文士相媲美的有才之人。上国:指京城文化发达地区。齿:并列。

今上^①初,故宰相常衮^②为福建诸州观察使,治其地。衮以文辞进,有名于时,又作大官,临莅其民,乡县小民有能诵书作文辞者,衮亲与之为客主之礼,观游宴飨^③,必召与之。时未几^④,皆化翕然^⑤。詹于时独秀出,衮加敬爱,诸生皆推服,闽越之人举进士繇^⑥詹始。

注释

① 今上：指唐德宗。

② 常衮：字夷甫，今河南温县人，唐德宗时宰相。

③ 观游宴飨：交游宴饮。

④ 时未几：过了不久。未几：没有多久，很快。

⑤ 翕（xī）然：安宁、和顺的样子。此处指在常衮的治理下，福建诸州很快形成一种好的风尚。

⑥ 繇（yóu）：同"由"，从。

　　建中贞元间，余就食①江南，未接人事，往往闻詹名闾巷间，詹之称于江南也久。贞元三年，余始至京师举进士，闻詹名尤甚②。八年春，遂与詹文辞同考试登第③，始相识。自后詹归闽中，余或在京师他处，不见詹久者惟詹归闽中时为然④，其他时与詹离率不历岁⑤，移时则必合⑥，合必两忘其所趋⑦，久然后去。故余与詹相知为深。

注释

① 就食：谋生。

② 尤甚：表示程度更深，此处指欧阳詹名声更大。

③ 八年春，遂与詹文辞同考试登第：贞元八年（792）春，欧阳詹与韩愈同登进士第。

④ 不见詹久者惟詹归闽中时为然：二人分别的时间，只有欧阳詹回闽中时，

算是最久的。意思是二人时常见面,形影不离。

⑤ 率(shuài)不历岁:大概都不满一年。率:大概。

⑥ 移时则必合:过一段时间就一定会见面。移时:一会,过一段时间。

⑦ 忘其所趋:忘掉要去的目的地。

　　詹事父母尽孝道,仁于妻子,于朋友义以诚。气醇以方①,容貌巍巍然②。其燕私③善谑以和,其文章切深喜往复④,善自道⑤。读其书,知其于慈孝最隆⑥也。十五年冬,余以徐州从事朝正⑦于京师,詹为国子监四门助教,将率其徒伏阙下⑧举余为博士,会监有狱⑨,不果上⑩。观其心⑪,有益于余,将忘其身之贱⑫而为之也。呜呼,詹今其死矣!

$$\boxed{\text{注释}}$$

① 气醇以方:气质醇厚而正直。

② 巍(nì)巍然:形容相貌独特、气度不凡。

③ 燕私:闲居休息的时候。

④ 往复:迂回曲折,指文章从不同角度陈述。

⑤ 自道:用自己的话阐明道理。

⑥ 隆:崇尚。

⑦ 朝正:正月朝见天子。

⑧ 阙下:宫阙之下,指帝王所居的宫廷。

⑨ 会监有狱:恰逢国子监有狱讼之事。

⑩ 不果上:上书一事没有成功。

⑪ 心:赤诚之心。

⑫ 贱：地位低下。

詹，闽越人也。父母老矣，舍朝夕之养以来京师，其心将以有得于是而归为父母荣①也；虽②其父母之心亦皆然。詹在侧，虽无离忧，其志不乐也；詹在京师，虽有离忧，其志乐也：若詹者，所谓以志养志者③欤！詹虽未得位，其名声流于人人，其德行信于朋友，虽詹与其父母皆可无憾也。詹之事业文章，李翱既为之传，故作哀辞，以舒余哀④，以传于后，以遗其父母而解其悲哀，以卒⑤詹志云。

注释

① 为父母荣：使父母感到荣耀。

② 虽：即使。

③ 以志养志者：以达成父母的愿望来敬养父母的人。

④ 以舒余哀：用来宽慰我的哀思。

⑤ 卒：完成。

求仕与友兮，远违①其乡；父母之命兮，子奉以行。友则既获兮，禄实不丰；以志为养兮，何有牛羊。事实既修②兮，名誉又光；父母忻忻③兮，常若在旁。命虽云短兮，其存者长；终要必死兮，愿不永伤。友朋亲视兮，药物甚良；饮食孔时④兮，所欲无妨。寿命不齐兮，人道之常；在侧与远⑤兮，非有不同。山川阻深兮，魂魄流行⑥；祀祭则及兮，勿谓不通。哭泣无益兮，抑⑦哀自强；推生知死兮，以慰孝诚。呜呼哀哉兮，是亦难忘！

注释

① 违：离别。

② 事实既修兮：指达到了以志养志的目的。修：实行。

③ 忻（xīn）忻：欣喜的样子。

④ 孔时：适时、及时。

⑤ 侧与远：今与古。侧指今，远指古。

⑥ 流行：移动、流动。

⑦ 抑：抑制。

评析

　　欧阳詹与韩愈同为贞元八年（792）进士，志趣相投，情谊深厚。欧阳詹去世，韩愈哀伤不已，故作此辞以寄哀思。在《题欧阳生哀辞后》中，韩愈提到"学古道则欲兼通其辞；通其辞者，本志乎古道者也。古之道，不苟誉毁于人"，此即本文内在思想。也就是说，哀辞要体现"不苟誉毁于人"的古道，辞与道之间要相互契合、相得益彰。因此，本文核心是评价欧阳詹，涉及"誉毁"问题。韩愈评价欧阳詹的初衷，是因为欧阳生"不显荣于前，又惧其泯灭于后"。这就奠定了本文的基调。

　　第一，欧阳詹是闽越地区走出来的第一位进士，非常不容易。作者处理时，非常细心，既照顾到欧阳詹家人的情绪，也考虑了闽越其他人的想法。所以，他说此地人才济济，但都不愿意离开家乡到其他地方任职，只在本地担任州佐县令之类的职务，原因是闽越物产富饶，"有山泉禽鱼之乐"，说得非常委婉。

第二，写欧阳詹独秀的成因。作者认为，这得益于福建观察使常衮的提携和栽培。以溯本求源的方式来写，不仅符合事实，而且使人易于接受，令人信服。

第三，写作者与欧阳詹的交往过程。其目的是借助回忆，以表哀思，寄托深情。但围绕二人相处的时间展开，写法非常独特：始闻于江南，次识于京师，又同年考中进士，层层推进。其中特别提到一个细节，说他与欧阳詹几乎形影不离，分别最长的一段，是欧阳詹返回老家闽中的时候。追忆故人，越细则越真实。

第四，写欧阳詹待友以诚。其中所举事例，关涉韩愈本人，因此特具说服力。贞元十五年(799)，韩愈离开徐州到京城长安，欧阳詹带领太学生向朝廷力荐韩愈任四门博士。事虽不果，其诚可见。同样是回忆，选择这个细节，是为了突出欧阳詹的品行。

第五，写欧阳詹的孝道。这里提到"以志养志"的问题。按理说，欧阳詹离开老家，不在父母身边，谈不上侍奉父母。但是他到京城求得功名，实现了父母的凤愿。因此，他虽不能侍于亲侧，但事实上完成了父母的心愿，此即"以志养志"。在作者看来，此实为大孝。

由上述五点可知，作者评价欧阳詹，抓住了几个核心点：一是以事实为依据，不作空语，所写之事均为作者亲身经历。二是详略有节，选择有度，不作芜蔓碎语，详写二人交往，略写其功名。三是对于孝道的理解，打破常规，又能自圆其说，令人悦服。这样写，深契作者预设的"不显荣于前，又惧其泯灭于后"之良苦用心。因其"不苟誉毁"，所以也正合于古道。寄托的哀挽之情，自然也蕴涵于所叙所评中。

祭柳子厚①文

维②年月日,韩愈谨以清酌庶羞③之奠,祭于亡友柳子厚之灵。

① 柳子厚:柳宗元,字子厚,中唐著名文学家。

② 维:发语词。

③ 清酌庶羞:指祭品有清醇美酒、多样佳肴。庶:众多。

嗟嗟①子厚,而至然②邪? 自古莫不然,我又何嗟! 人之生世,如梦一觉;其间利害,竟亦何校③? 当其梦时,有乐有悲;及其既觉,岂足追惟④!

① 嗟嗟:悲叹声。

② 至然:至此,意思是英年早逝。

③ 竟亦何校:有什么好计较的呢? 校:计较。

④ 岂足追惟:哪里值得追思呢? 惟:思。

凡物之生,不愿为材;牺尊青黄①,乃木之灾。子之中弃②,天脱羁羁③;玉佩琼琚④,大放厥辞⑤。富贵无能⑥,磨灭谁纪⑦;子之自著⑧,表表⑨愈伟。不善为斫⑩,血指汗颜;巧匠旁观,缩手袖间。子之文章⑪,而不用世；乃令吾徒，掌帝之制⑫。子之视人，自以无前⑬；一斥不复⑭，群飞刺天⑮。

注释

① 牺尊青黄：青黄色纹饰的牛形酒器。

② 中弃：指柳宗元中年被贬。

③ 天脱羁（zhí）羁：上天去除你的羁绊。羁：马缰绳。羁：马笼头。

④ 玉佩琼琚：对柳宗元诗文的美称。

⑤ 大放厥辞：写出许多优美的文章。

⑥ 富贵无能：富贵却没有才能的人。

⑦ 磨灭谁纪：消亡无人记录。

⑧ 子之自著：指柳宗元所著诗赋，可以流传后世。

⑨ 表表：特别、异于众人的样子。

⑩ 斫（zhuó）：砍、削。此处指不擅长削砍的人。

⑪ 子之文章：指柳宗元所著诗赋之外的文字，与"自著"有区别。柳宗元在《大理评事杨君文集后序》中，将文分为两类："文有二道：辞令褒贬，本乎著述者也；导扬讽谕，本乎比兴者也。"此处"文章"，大约等同于"辞令褒贬，本乎著述者"一类。

⑫ 掌帝之制：韩愈元和九年（814）以考功郎中知制诰，十年（815）转任中书舍人，皆掌制诰。

⑬ 自以无前：不计前嫌。

⑭ 一斥不复：自从遭受贬谪，再也没能返回。

⑮ 群飞刺天：群小飞黄腾达。

　　嗟嗟子厚,今也则亡;临绝之音,一何琅琅^①。遍告诸友,以寄厥子^②;不鄙谓余^③,亦托以死^④。凡今之交,观势厚薄;余岂可保,能承子托。非我知子,子实命^⑤我;犹有鬼神,宁敢遗堕^⑥!念子永归,无复来期;设祭棺前,矢心^⑦以辞。呜呼哀哉,尚飨^⑧!

注释

① 琅琅:本指声音清朗。此处指柳宗元的临终遗言,声犹在耳。

② 以寄厥子:指柳宗元临终前托孤。柳宗元去世时,长子周六才四岁,次子周七是遗腹子,两个女儿也尚未成年。

③ 不鄙谓余:即"不谓余鄙",不以我鄙陋。

④ 托以死:以死后之事相托。

⑤ 命:以遗命相托。

⑥ 宁敢遗堕:怎敢忘记懈怠嘱托。

⑦ 矢心:自誓。矢:同"誓"。

⑧ 飨(xiǎng):此指享用祭品。

评析

　　元和十四年(819)十一月八日柳宗元卒,韩愈正从潮州移官袁州。元和十五年(820)七月十日,柳宗元下葬,韩愈在袁州写下这篇祭文。

　　祭文实质上是同鬼神对话,在祭祀时由专人诵读。这就决定了祭文的性质,既要通过对话来寄托哀思,又因诵读性质,须用韵文。此文抓住了祭文的文体本质,因而成为后世模仿的典范之作。

　　第一段写祭祀时间、祭品、祭祀对象,是祭文的基本格式。

第二段是劝慰亡灵。自古以来，谁也逃不脱死亡。虽然死亡对于亡者和生人来说，都很痛苦，但其实人生就像一场大梦，梦中有苦有乐，梦醒即是死亡，不必太难过，也无须太计较。这种关于生与死的思考，颇具哲理，既劝慰亡灵，亦自劝也。

第三段写哀伤。所哀者并非宗元之死，而是生时不得志、不如意。此段核心是"牺尊青黄，乃木之灾"，用《庄子·天地》之"百年之木，破为牺尊，青黄而文之；其断在沟中"之语，意思是有才者往往因才获灾。以下连用四个"子"字句，从四个层面来写宗元之才。"子"就是"你"，显然，这是韩愈在和柳宗元的亡魂交流。韩愈所说的四个方面，分别是柳的中年被谪、著作、诗文和不计旧恶。韩愈认为，远谪使柳宗元脱去拘束、天马行空，成就了他的文名。柳宗元所著诗文，足以使其名垂千古。他的"辞令褒贬"能力太强，反而遭人忌妒，不为所用。因才被谗，却不愿与构陷他的小人计较。这里面，又用了对比的方法来写：与那些富贵无能、磨灭谁纪者对比，柳宗元文足传世；与那些"血指汗颜"、不善为文者对比，柳宗元才思敏捷；与掌制诰文书的"吾徒"对比，柳宗元善于著述。通过对比，柳宗元的才华更加突出。但这样一位有才之人，却不为世用，英年早逝，怎能不使人哀伤呢？

第四段写后事。柳宗元临终托孤，韩愈此时亦在贬中，所以一再说自己鄙陋、难以自保，又说当今之世多以势利相交，这就更加显出二人交谊深厚。韩愈又说，你交代的事情一定会办好，鬼神在上，不敢怠慢。这实际上是对柳宗元亡灵的宽慰。

此文通篇对话，所言诸事皆切于作者与柳宗元的友谊，既有对其才学的肯定，又有对其早逝的哀伤；既有对其亡灵的劝慰，又有对其后事的郑重承诺。言事抒怀，无不得体，因而成为后世追摹的典范。

祭十二郎①文

年月日,季父②愈闻汝丧之七日,乃能衔哀③致诚④,使建中远具时羞之奠⑤,告汝十二郎之灵:

注释

① 十二郎:即韩老成,韩愈的侄子。

② 季父:父辈中排行最小的叔父。

③ 衔哀:心中含着悲哀。

④ 致诚:表达赤诚的心意。

⑤ 建中远具时羞之奠:仆役建中在远方准备应时之美味为你祭奠。建中:人名,韩愈家中仆人。

呜呼!吾少孤①,及长不省所怙②,惟兄嫂是依。中年兄殁南方③,吾与汝俱幼,从嫂归葬河阳④,既又与汝就食江南⑤,零丁孤苦,未尝一日相离也。吾上有三兄,皆不幸早世,承先人⑥后者,在孙惟汝,在子惟吾;两世一身⑦,形单影只。嫂常抚汝指吾而言曰:"韩氏两世,惟此而已!"汝时尤小,当不复记忆;吾时虽能记忆,亦未知其言之悲也!

注释

① 孤:幼年丧父为"孤"。

② 不省(xǐng)所怙(hù):不知道父亲的样子。《诗经·小雅·蓼莪》:"无父

何怙，无母何恃。"因用"怙"代父、"恃"代母。不省：不知道。

③ 中年兄殁南方：唐代宗大历末，韩愈兄长韩会由起居舍人贬为韶州刺史，

    不久死于任所，年四十三，因而说"中年兄殁南方"。

④ 河阳：古地名，韩氏祖宗坟墓所在地，今属河南孟州。

⑤ 就食江南：建中三年(782)，北方藩镇作乱，韩愈随嫂避居安徽宣州。

⑥ 先人：指韩愈父亲韩仲卿。

⑦ 两世一身：韩家子辈和孙辈只剩韩愈和韩老成。

    吾年十九，始来京城①；其后四年，而归视汝②。又四年，吾往河阳省坟墓，遇汝从嫂丧来葬③。又二年，吾佐董丞相于汴州④，汝来省吾，止一岁⑤，请归取其孥⑥；明年丞相薨⑦，吾去汴州，汝不果来。是年，吾佐戎徐州⑧，使取汝者始行⑨，吾又罢去⑩，汝又不果来。吾念汝从于东⑪，东亦客也，不可以久；图久远者，莫如西归，将成家而致汝⑫。呜呼，孰谓汝遽⑬去吾而殁乎！吾与汝俱少年⑭，以为虽暂相别，终当久相与处；故舍汝而旅食⑮京师，以求斗斛之禄⑯；诚⑰知其如此，虽万乘之公相⑱，吾不以一日辍汝而就⑲也！

注释

① 始来京城：韩愈到长安参加科举考试。

② 而归视汝：中途曾回宣州看望韩老成。

③ 遇汝从嫂丧来葬：韩愈嫂子郑氏亡后，韩老成将其归葬河阳，叔侄两人相

    遇于此。

④ 佐董丞相于汴州：韩愈曾在董晋幕府任职。董丞相：董晋。汴州：今河南

开封。

⑤ 止一岁：住了一年。止：停止、停留。

⑥ 孥：指家眷。

⑦ 明年丞相薨：第二年董晋去世。丞相：指董晋。

⑧ 吾佐戎徐州：董晋逝世当年秋，韩愈护送其灵柩回乡，恰会汴州兵乱，不能
  返回，至徐州依张建封，任节度推官。佐戎：辅助军务。

⑨ 使取汝者始行：派去接你的人刚离开。

⑩ 罢去：免职离开。张建封去世后，韩愈离开徐州前往洛阳。

⑪ 东：指汴州和徐州。两地均在韩愈家乡河阳之东。

⑫ 成家而致汝：把家安置好再接你过来。

⑬ 遽（jù）：突然、匆忙。

⑭ 少年：指青年男子。此为韩愈回忆与韩老成在宣州的时光。

⑮ 旅食：客居寄食。

⑯ 斗斛之禄：微薄的俸禄。指代参加科举考试，求取功名。

⑰ 诚：假如。

⑱ 万乘（shèng）之公相：天子的公卿宰相。万乘：天子。

⑲ 辍汝而就：离开你去任职。

　　去年孟东野往①，吾书与汝曰："吾年未四十，而视茫茫，而发苍苍，而齿牙动摇。念诸父与诸兄，皆康强②而早世，如吾之衰者，其能久存乎！吾不可去，汝不肯来，恐旦暮③死，而汝抱无涯之戚④也！"孰谓少者殁而长者存，强者夭⑤而病者全乎！呜呼，其信然邪？其梦邪？其传之非其真邪？信也⑥，吾兄之盛德而夭其嗣乎？汝之纯明而不克蒙其泽乎⑦？少者强者而夭殁，长者衰者而存全乎？未可以为信也⑧，梦也，传之非其真也，

东野之书，耿兰之报^⑨，何为而在吾侧也？呜呼！其信然矣，吾兄之盛德而夭其嗣矣！汝之纯明宜业其家者^⑩不克蒙其泽矣！所谓天者诚难测，而神者诚难明矣！所谓理者^⑪不可推，而寿者不可知矣！虽然，吾自今年来，苍苍者或化而为白^⑫矣，动摇者或脱而落^⑬矣，毛血^⑭日益衰，志气^⑮日益微，几何^⑯不从汝而死也！死而有知，其几何^⑰离；其无知，悲不几时^⑱，而不悲者无穷期^⑲矣！汝之子始十岁，吾之子始五岁，少而强者不可保^⑳，如此孩提者又可冀其成立^㉑邪？呜呼哀哉，呜呼哀哉！

注释

① 孟东野往：贞元十八年（802），孟郊任溧阳（今属江苏）尉，离宣州不远，故韩愈托他捎信给宣州的韩老成。

② 康强：健康强壮。

③ 旦暮：早晚。指随时可能死去。

④ 无涯之戚：没有边际的哀愁。

⑤ 夭：短命早死。此句中少者、强者，指韩老成；长者、病者，指韩愈。

⑥ 信也：如果是真的。

⑦ 汝之纯明而不克蒙其泽乎：你纯真贤明反而不能承受父亲的福泽吗？克：能够。

⑧ 未可以为信也：如果前面所说不能认为是真的。

⑨ 东野之书，耿兰之报：孟郊的书信，耿兰的丧报。耿兰，当是宣州韩家的仆人。十二郎死后，孟郊在溧阳写信告诉韩愈，耿兰也有丧报。

⑩ 宜业其家者：应该继承家业的人。业：动词，继承。

⑪ 理者：事物的规律。

⑫ 苍苍者或化而为白：黑发有的全变白。

⑬ 动摇者或脱而落：松动的牙齿有的脱落。

⑭ 毛血：指身体。

⑮ 志气：指精神面貌。

⑯ 几何：怎么。

⑰ 死而有知，其几何离：假如死后有知觉，我们就分离不会多久。意思是很
　快就会见面。

⑱ 其无知，悲不几时：假如死后无知觉，悲伤就不会太久。

⑲ 不悲者无穷期：永远不会悲伤。

⑳ 不可保：不能保有生命。

㉑ 成立：成长立业。

　　汝去年书云：比①得软脚病，往往而剧②。吾曰：是疾也，江南之人常
常有之。未始③以为忧也。呜呼！其竟以此而殒其生乎？抑④别有疾而
至斯乎？汝之书六月十七日也；东野云：汝殁以六月二日，耿兰之报无月
日：盖东野之使者不知问家人以月日，如⑤耿兰之报不知当言月日，东野
与吾书乃⑥问使者，使者妄称以应之耳。其然乎？其不然乎？

注释

① 比：近来。

② 剧：猛烈、严重。

③ 未始：未尝、不曾。

④ 抑：表选择，或是、还是。

⑤ 如：连词，而。

⑥ 乃：副词,才。

　　今吾使建中祭汝,吊①汝之孤与汝之乳母。彼有食可守以待终丧②,则待终丧而取以来③;如不能守以终丧,则遂④取以来。其余奴婢,并令守汝丧。吾力能改葬⑤,终葬汝于先人之兆⑥,然后惟其所愿⑦。呜呼!汝病吾不知时,汝殁吾不知日;生不能相养⑧以共居,殁不得抚汝以尽哀⑨,敛不凭其棺⑩,窆⑪不临其穴;吾行负神明而使汝夭⑫,不孝不慈⑬,而不得与汝相养以生,相守以死;一在天之涯,一在地之角,生而影不与吾形相依,死而魂不与吾梦相接:吾实为之,其又何尤⑭? 彼苍者天,曷其有极!⑮

注释

① 吊：慰问。

② 彼有食可守以待终丧：他们有食物可以守丧至丧期结束。

③ 取以来：接到我这里。

④ 遂：就。

⑤ 改葬：迁葬。

⑥ 先人之兆：指河阳韩家祖茔。

⑦ 惟其所愿：这里指对韩老成家奴婢仆人的安排。

⑧ 相养：相互照顾。

⑨ 抚汝以尽哀：抚韩老成遗体而恸哭。

⑩ 敛不凭其棺：入殓时不能在你的棺前。

⑪ 窆(biǎn)：埋葬。

⑫ 吾行负神明而使汝夭：我的行为辜负了神明而使你早早逝去。

⑬ 不孝不慈：对长辈不孝顺，对晚辈不慈爱。

⑭ 尤：怨恨。

⑮ 彼苍者天，曷其有极：苍天啊，我的痛苦哪有尽头。《诗经·唐风·鸨羽》："悠悠苍天，曷其有极？"

　　自今已往，吾其无意于人世矣。当求数顷之田于伊颍①之上，以待余年，教吾子与汝子幸其成②，长吾女与汝女待其嫁：如此而已。呜呼！言有穷而情不可终，汝其知也邪？其不知也邪？呜呼哀哉，尚飨！

> 注释

① 伊颍：伊水和颍水。此句意思是归隐田园。

② 幸其成：希望他们成才。幸：希望。

> 评析

　　韩愈与侄子韩老成感情深厚，非同一般。主要原因是韩愈幼失怙恃，跟随长兄长嫂，也就是韩老成的父母一起生活，他们年龄相差仅三岁，名为叔侄，实同兄弟，特别是在宣州避难时，二人一起度过许多美好时光。贞元十九年（803）老成去世时，韩愈正在京城长安任职。得知侄子去世的第七日，即派人前去祭奠，并作此祭文。

　　此文字字含泪，与祭柳宗元文大不相同。可以说，祭柳宗元文属于祭文正体，祭韩老成文则属于变体。究其成因，与作者所祭对象有关。宗元是朋友，老成是家人。柳宗元去世时四十七岁，老成仅三十三岁。这些因素决定了行文方式的差异。此文虽是作者与老成亡灵交流对话的话语，但通篇似喃喃自语。

第一段，写遣人以时羞致祭，虽属祭文基本格式，但从其不能亲自前往之语中，又可见韩愈的愧疚之情。

第二段，回忆叔侄二人的共同生活和成长经历。此本常情，未必引人悲伤。但韩愈将其置于韩氏家族中来写，特别强调"两世一身，形单影只"，在子辈中仅韩愈一人、在孙辈中仅老成一人。其目的是突出二人相依为命的关系。今老成去世，更是"形单影只"，怎不令人伤心？！

第三段，写韩愈离开宣州后两人见面的时间不多，深含自责。第一次是韩愈从长安返回宣州；第二次是老成归葬郑氏亡灵，在河阳；第三次在汴州。韩愈十九岁离开宣州，至此已十七年，其间二人相见仅三次，可谓真正的离多聚少。想到此后永远无法相见，怎不令人痛绝？！

第四段，写自己近况，白发苍苍、齿牙动摇，从家族中人多不长寿的现象引发忧虑，怀疑老成是否真的死亡，但诸多事实又不能不让他相信这是真的。尤为感人的是，韩愈说自己还不如追随老成而去，这样可以解脱思念的痛苦。这些都是由老成去世引起的思考，是作者内心活动的真实记录。

第五段，写韩老成的死因和去世的时间。老成死于江南常见的软脚病，韩愈深怨自己没有注意，以至于此。老成去世的时间，孟郊和耿兰的说法不一。写这些细节，目的还是自责。如果老成在自己身边，断然不会出现这种情况。

第六、七段，写对后事的安排。包括守丧、奴仆以及子女抚养等问题，都一一作了妥善安排。

通篇来看，以时序为主脉，以真挚为基调，充分表达了作者愧疚、自责、哀恸等相互交织的复杂感情。但在体式上，又超越了祭文的基本规范，叨叨絮絮如话家常，因而更加真切感人。

祭女挐女①文

维年月日,阿爹阿八②使汝奶③以清酒时果庶羞之奠,祭于第四小娘子挐子之灵。

① 挐女:韩愈第四女,死时年十二。

② 阿八:唐时呼母为"阿八",呼父为"阿爹"。

③ 奶(nǎi):乳母。

呜呼!昔汝疾极①,值吾南逐②。苍黄分散③,使女惊忧。我视汝颜,心知死隔。汝视我面,悲不能啼。我既南行,家亦随谴④。扶汝上舆,走朝至暮。天雪冰寒,伤汝赢肌⑤。撼顿险阻,不得少息⑥,不能食饮,又使渴饥。死于穷山⑦,实非其命。不免水火⑧,父母之罪。使汝至此,岂不缘我!

① 疾极:病重。

② 南逐:元和十四年(819)正月,韩愈因上《论佛骨表》被贬潮州。

③ 分散:指韩愈遭贬谪,赴潮州,要与家人分离。

④ 家亦随谴:朝廷要求家人要与韩愈一同离京。

⑤ 赢(léi)肌:瘦弱的身体。

⑥ 少(shāo)息：片刻休息。少：同"稍"。

⑦ 死于穷山：挐女死于商山层峰驿，葬于道旁山下。

⑧ 水火：灾难。

　　草葬路隅①，棺非其棺②；既瘗③遂行，谁守谁瞻？魂单骨寒，无所托依，人谁不死，于汝即冤。我归自南④，乃临哭汝：汝目汝面，在吾眼傍；汝心汝意，宛宛可忘⑤！

注释

① 路隅：道路旁边。

② 棺非其棺：当时时间仓促，以藤条和木皮为棺。

③ 瘗(yì)：埋葬。

④ 我归自南：元和十五年(820)，韩愈自袁州入为国子祭酒。

⑤ 宛宛可忘：即宛然在目，永不可忘。

　　逢岁之吉，致汝先墓；①无惊无恐，安以即路。饮食芳甘，棺舆华好；归于其丘，万古是保。尚飨！

注释

① 逢岁之吉，致汝先墓：长庆三年(823)十月，韩愈将挐女之骨归葬于河阳韩氏家族墓地。

评析

　　此文作于长庆三年(823),韩愈时年五十六岁。元和十四年(819)正月,韩愈因谏阻宪宗奉迎佛骨,被贬为潮州刺史。家人也不能留在京师,被迫同往。挐女时年十二,正患重病,路途颠簸,"不得少息,不能食饮",病死在商山层峰驿,草葬于道旁山下。元和十五年(820),韩愈从袁州回京担任国子祭酒,又经过此地,有心将挐女迁葬河阳,但赴任途中,有心无力,只得作诗悼念。直至长庆三年(823)十月,才了此心愿。此为迁葬后所作祭文。

　　第一段,写遣奶母致祭。第二段,回忆挐女病死过程,写父女情深与自责。女儿正在病中,听说要与父亲别离,非常惊恐,"我视汝颜,心知死隔。汝视我面,悲不能啼",生离死别的场面,多年后依然历历在目。写女儿病死于自己遭谪途中,深含自责之情。路途越艰辛,自责就越深,正如作者自言:"不免水火,父母之罪。使汝至此,岂不缘我。"第三段,写女儿去世后作者的伤心和自责。藤条木皮棺木,草葬路旁,孤单无依。返回京城时,虽有意迁葬,但无奈有心无力。"冤"和"哭"字,透露出作者内心的极度不安和深刻自责。最后,写迁葬于河阳,祈愿女儿亡灵安息。

　　此文重在表现作者对亡女的哀伤和自责之情,以各种细节再现当时场景,令人伤心不已。结合《去岁自刑部侍郎以罪贬潮州刺史,乘驿赴任,其后家亦遣逐,小女道死,殡之层峰驿旁山下,蒙恩还朝,过其墓,留题驿梁》《女挐圹铭》来读,能对韩愈的爱女之情有更深的理解。

贞曜先生[①]墓志铭

　　唐元和九年,岁在甲午八月己亥,贞曜先生孟氏卒。无子,其配郑氏以告,愈走位哭②,且召张籍会哭③。明日使以钱如④东都供葬事,诸尝与往来者咸来哭吊韩氏⑤,遂以书告兴元尹故相馀庆⑥。闰月,樊宗师⑦使来吊,告葬期,征铭⑧。愈哭曰:"呜呼,吾尚忍铭吾友也夫!"兴元人以币如孟氏赙⑨,且来商家事;樊子⑩使来速铭,曰:"不则无以掩诸幽⑪。"乃序而铭之。

注释

① 贞曜先生:孟郊的谥号。贞:坚、正。曜:光辉。

② 愈走位哭:指韩愈在家设立孟郊的灵位,接受朋友吊唁。

③ 会哭:一同吊唁。

④ 如:到。

⑤ 哭吊韩氏:意思是曾与孟郊来往的朋友,都到韩愈为孟郊设立的灵位前哭吊。

⑥ 馀庆:即故相郑馀庆,时任兴元尹。故下文称"兴元人"。

⑦ 樊宗师:中唐诗人,韩愈、孟郊的好友。樊宗师当时在洛阳,故派人到韩愈处吊唁。

⑧ 征铭:请韩愈为孟郊撰写墓志铭。

⑨ 赙(fù):拿财物帮助人办丧事。

⑩ 樊子:樊宗师。

⑪ 不则无以掩诸幽:意思是如果韩愈不作墓志铭,孟郊就无法落葬。

先生讳郊,字东野。父庭玢,娶裴氏女,而选为昆山尉,生先生及二季郢、郚①而卒。先生生六七年,端序则见②,长而愈骞③,涵而揉之④,内外完好⑤,色夷气清⑥,可畏而亲。及其为诗,刿目鉥心⑦,刃迎缕解⑧,钩章棘句⑨,搯擢胃肾⑩,神施鬼设⑪,间见层出⑫。唯其大玩于词而与世抹杀⑬,人皆劫劫,我独有余⑭。有以后时⑮开先生者;曰:"吾既挤而与之矣,其犹足存邪!"⑯

注释

① 酆、郢:孟郊的两个弟弟,孟酆、孟郢。

② 端序则见(xiàn):崭露头角。端序:头绪。见:通"现"。

③ 长而愈骞(qiān):长大后更卓立不群。骞:高举。

④ 涵而揉之:涵蓄融和。揉:同"煣",用火使曲木变直。

⑤ 内外完好:内心修养和外在待人接物都完美无缺。

⑥ 色夷气清:神色平和,气概清朗。夷:平。

⑦ 刿(guì)目鉥(shù)心:出语惊人,刺人心目。刿:割,刺伤。鉥:刺。

⑧ 刃迎缕解:意思是纷繁的头绪到了他的笔下立即迎刃而解。

⑨ 钩章棘句:意思是诗句奇特高古,佶屈聱牙。

⑩ 搯擢胃肾:这里是说孟郊作诗呕心沥血,极为用心。

⑪ 神施鬼设:犹如鬼神所造。

⑫ 间见层出:层出不穷。

⑬ 抹杀:通"抹煞",一概不在意。

⑭ 人皆劫劫,我独有余:世人都匆忙去追逐名利,我独从容自在。劫劫:同"汲汲",匆忙急切的样子。

⑮ 后时:落后于当时。

⑯ 吾既挤而与之矣,其犹足存邪:我已经把一切名利推给别人了,难道还要为这些事操什么心吗? 挤:推让。存:存心、操心。

年几五十，始以尊夫人之命来集京师，从进士试，既得①，即去。间②四年，又命来选③，为溧阳尉，迎侍溧上④。去尉二年，而故相郑公尹河南⑤，奏为水陆运从事⑥，试协律郎⑦。亲拜其母于门内。母卒五年，而郑公以节领兴元军⑧，奏为其军参谋⑨，试大理评事⑩。

注释

① 既得：贞元十二年(796)，孟郊进士及第，时年四十六岁。

② 间：间隔、过。

③ 又命来选：又奉母命参加吏部铨选。

④ 迎侍溧上：迎接母亲到溧阳。

⑤ 郑公尹河南：郑馀庆担任河南府尹。

⑥ 水陆运从事：管理水陆交通的官员。此为孟郊在郑馀庆河南府中担任的职务。

⑦ 试协律郎：孟郊在郑馀庆幕府任职时所带京衔。

⑧ 兴元军：即山南西道节度使，又称兴元节度使。

⑨ 参谋：孟郊在郑馀庆兴元节度使幕府中担任的职务。

⑩ 试大理评事：孟郊在郑馀庆兴元节度使幕府中任职时所带京衔。

挈其妻行之兴元，次于阌乡①，暴疾卒，年六十四。买棺以敛，以二人舆归。鄠、郧皆在江南，十月庚申，樊子合凡赠赗②而葬之洛阳东其先人墓左，以余财附其家而供祀。将葬，张籍曰："先生揭德振华，于古有光，贤者故事有易名③，况士哉？如曰'贞曜先生'，则姓名字行有载，不待讲说而明。"皆曰"然"。遂用之。

注释

① 次于阌乡：在阌乡县停留。

② 合凡赠赙：汇集所有馈赠和助葬的钱物。

③ 易名：指谥号。

初，先生所与俱学同姓简①，于世次②为叔父，由给事中观察浙东③，曰："生吾不能举④，死吾知恤⑤其家。"

注释

① 同姓简：即孟简，中唐诗人。

② 世次：世系、辈分。

③ 由给事中观察浙东：指孟简当时由给事中出任浙东观察使。

④ 举：提携、提拔。

⑤ 恤：抚恤。

铭曰：于戏①贞曜！维执不猗②，维出不訾③；维卒不施④，以昌其诗⑤。

注释

① 于戏（wū hū）：鸣呼。

② 维执不猗(yǐ)：内心正直无所倚靠。执：内在操守。猗：同"倚"。

③ 维出不訾(zī)：外在表现无可限量。出：外在表现。訾：估量。

④ 维卒不施：最终没有得到施用。

⑤ 以昌其诗：使他的诗歌盛大。

评析

　　此文是韩愈为孟郊所作墓志铭。韩愈与孟郊为至交，文学观念相近，世称"韩孟"。

　　首先写孟郊去世，并交代作铭文的缘由。韩愈得到孟郊去世的消息后，在家中为其设置灵堂，并请张籍一同来主持并接受朋友的吊唁，足见他们感情深厚，非同一般。樊宗师请其为孟郊撰写墓志铭，韩愈推辞再三。樊宗师一再请求，并说如果不作此文，孟郊就无法安葬，因此韩愈才不得不撰写此文。作者何以专门交代这个细节呢？原因是"吾尚忍铭吾友也夫"，亦即不忍为友撰写铭文，担心写作时回忆往事而过度悲伤。这倒不是作者矫情，从创作心理来说，作者置身事中，往往影响写作。

　　接下来，分写孟郊的身世、诗才、德行。关于孟郊的出身，只简单提到其父担任过昆山县尉，而又早卒，这就足证谥号"贞曜"中的一个"贞"字。贞，含有坚韧、独立的意思，也就是说无所倚靠，与铭文"维执不猗"是对应的。写孟郊的诗才，作者连用六个平行句："劌目鉥心，刃迎缕解，钩章棘句，搯擢胃肾，神施鬼设，间见层出。"这是说孟郊专心于诗歌，呕心沥血，其诗想象力丰富、风格奇崛。孟郊的德行，则通过叙述其参加科考、出仕、历官来表现。这一系列故事的核心是"奉母"，突出了孟郊的孝行，可与《游子吟》一诗互证。最后写孟郊的谥号，张籍称誉他为"揭德振华，于古有光"，因此谥为"贞曜"。这个概括性评价是非常准确的。文中有意提到的几个人，如张籍、樊宗师、郑馀庆、孟简,写这些人其实还是为了突出孟郊的德行:待人以诚,才能得到诸人的帮助。当然,这里面,作者也不无借墓志表彰诸人的意思。

铭文中,后四句都围绕"贞曜"两字展开,是对"贞""曜"以及二者关系的解释和说明。直立不倚为"贞",不可估量为"曜";"贞"者专一,因而能昌其诗歌,成就其"曜"。

柳子厚①墓志铭

子厚讳宗元。七世祖庆,为拓跋魏②侍中,封济阴公。曾伯祖奭,为唐宰相,与褚遂良、韩瑗俱得罪武后,死高宗朝。皇考③讳镇,以事母弃太常博士,求为县令江南,其后以不能媚权贵失御史;权贵人死,乃复拜侍御史。号为刚直,所与游皆当世名人。

注释

① 子厚:柳宗元,字子厚。
② 拓跋魏:即北魏。柳庆曾任北魏侍中。
③ 皇考:古人对亡父的尊称。

子厚少精敏,无不通达。逮其父时①,虽少年已自成人,能取进士第,崭然见头角;众谓柳氏有子②矣。其后以博学宏词③授集贤殿正字④。俊杰廉悍⑤,议论证据今古⑥,出入经史百子,踔厉风发⑦,率常屈⑧其座人;名声大振,一时皆慕与之交,诸公要人争欲令出我门下,交口荐誉之。

注释

① 逮其父时：即柳宗元父亲在世时。

② 柳氏有子：意思是能光耀柳家门楣。

③ 博学宏词：即博学宏词科目选，唐代吏部铨选的一种方式。

④ 集贤殿正字：在集贤院担任正字官。正字：官职名。

⑤ 俊杰廉悍：才能出众，方正勇敢。

⑥ 证据今古：引今古事例为依据。

⑦ 踔厉风发：言辞奋发，立意高远，文采卓然。踔：卓然特立。

⑧ 屈：折服。

贞元十九年，由蓝田尉拜监察御史。顺宗即位，拜礼部员外郎。遇用事者得罪①，例出为刺史②；未至，又例贬州司马③。居闲益自刻苦，务记览，为词章泛滥停蓄④，为深博无涯涘⑤，而自肆⑥于山水间。元和中，尝例召至京师，又偕出为刺史⑦，而子厚得柳州。既至，叹曰："是⑧岂不足为政邪！"因其土俗，为设教禁，州人顺赖⑨。其俗以男女质钱，约不时赎，子本相侔，则没为奴婢⑩。子厚与设方计，悉令赎归；其尤贫力不能者，令书其佣，足相当，则使归其质⑪。观察使下其法于他州，比一岁，免而归者且⑫千人。衡湘以南为进士者⑬，皆以子厚为师，其经承子厚口讲指画为文词者，悉有法度可观。

注释

① 用事者得罪：指王伾、王叔文获罪。

② 例出为刺史：依相关规定外放为刺史。这里指"永贞革新"失败后，柳宗元
被贬为邵州刺史。

③ 贬州司马：柳宗元被贬为永州司马。

④ 泛滥停蓄：广博深厚。

⑤ 无涯涘：像海水一样无边无际。

⑥ 肆：纵情。

⑦ 偕出为刺史：与其他人一同外任刺史。

⑧ 是：指柳州。

⑨ 顺赖：顺从并信赖。

⑩ 以男女质钱，约不时赎，子本相侔，则没为奴婢：当地习惯于用儿女做抵押
向人借钱，约定如果不能按时赎回，等到利息与本金相等时，债主就把人
质没收做奴婢。侔（móu）：相等、等同。

⑪ 令书其佣，足相当，则使归其质：让债主记下子女当佣工的工钱，到应得的
工钱足够抵销债务时，就让债主归还被抵押的人质。

⑫ 且：将近。

⑬ 为进士者：打算参加进士科考试的人。

　　其召至京师而复为刺史①也，中山刘梦得禹锡②亦在遣中，当诣播
州③。子厚泣曰："播州非人所居，而梦得亲在堂，吾不忍梦得之穷，无辞
以白④其大人；且万无母子俱往理。"请于朝，将拜疏，愿以柳易播，虽重得
罪，死不恨。遇有以梦得事白上者，梦得于是改刺连州。呜呼！士穷乃见
节义。今夫平居里巷相慕悦。酒食游戏相征逐，诩诩⑤强笑语以相取下，
握手出肺肝相示，指天日涕泣，誓生死不相背负，真若可信；一旦临小利
害，仅如毛发比，反眼若不相识；落陷阱，不一引⑥手救，反挤之又下石焉

者,皆是也。此宜禽兽夷狄所不忍为,而其人自视以为得计,闻子厚之风,亦可以少愧⑦矣!

注释

① 复为刺史:指第二次外放为柳州刺史。

② 中山刘梦得禹锡:刘禹锡,字梦得,郡望中山。

③ 播州:刘禹锡贬所,即今贵州遵义。

④ 无辞以白:无法开口告诉。

⑤ 诩诩:互相夸耀,融洽的样子。

⑥ 引:伸。

⑦ 少(shāo)愧:略微感到羞愧。少:同"稍"。

子厚前时少年,勇于为人,不自贵重顾藉①,谓功业可立就②,故坐废退③;既退,又无相知有气力得位者推挽④,故卒死于穷裔,材不为世用,道不行于时也。使子厚在台省⑤时,自持其身已能如司马刺史时,亦自不斥⑥;斥时有人力能举之,且必复用不穷。然子厚斥不久,穷不极,虽有出于人,其文学辞章,必不能自力以致必传于后如今,无疑⑦也。虽使子厚得所愿,为将相于一时;以彼易此,孰得孰失,必有能辨之者。

注释

① 顾藉:顾全爱惜。

② 立就:立刻获取。

③ 故坐废退：因此受牵连获罪而被贬。

④ 推挽：推荐、帮助。

⑤ 台省：此处指柳宗元曾担任监察御史、礼部员外郎。监察御史属御史台，
礼部属尚书省。

⑥ 亦自不斥：此句意思是，假使柳宗元在台省任职时的为人处世，像后来任
永州司马、柳州刺史时那样，那么，应该不会遭受贬谪。

⑦ 无疑：此句意思是，如果柳宗元遭受贬谪的时间不长，穷困达不到极致，他
的诗文和著述，就一定不能像现在这样功力深厚而必传后世。

　　子厚以元和十四年十一月八日卒，年四十七。以十五年七月十日归
葬万年①先人墓侧。子厚有子男二人：长曰周六，始②四岁；季曰周七，子
厚卒乃生。女子二人，皆幼。其得归葬也，费皆出观察使河东裴君行立。
行立有节概，立然诺，与子厚结交，子厚亦为之尽，竟③赖其力。葬子厚于
万年之墓者，舅弟④卢遵。遵，涿人，性谨慎，学问不厌。自子厚之斥，遵
从而家焉，逮其死不去；既往葬子厚，又将经纪⑤其家，庶几⑥有始终者。

注释

① 万年：古县名，今属陕西西安，柳宗元先人墓地所在之处。

② 始：才、刚。

③ 竟：最终。

④ 舅弟：舅父之子年小于己者。此处指柳宗元的表弟。

⑤ 经纪：料理。

⑥ 庶几：应该、差不多。

铭曰：是惟子厚之室^①，既^②固既安，以利其嗣人^③。

注释

① 室：墓室。

② 既：又。

③ 嗣人：后嗣、后人。

评析

此文是韩愈为柳宗元所撰墓志铭。韩、柳二人为至交，又同为当时古文大家，世称"韩柳"，这种关系的铭文如何写才得体呢？作者的处理方式给出了非常好的答案。

第一段，写柳宗元身世。突出写其父亲柳镇的孝行和气节，因侍奉母亲而弃官，又因不媚权贵而失官。这样写，是为了说明柳宗元有良好的家风。在这种环境中成长，自然耳濡目染，影响性格的形成。因此，此段文字又隐含了对柳宗元命运溯源的意思。

第二段和第三段，写柳宗元历官。这里详写柳宗元三次为官的经历：一是任集贤院正字，议论慷慨，有胆有识。凸显柳年轻气盛，才华杰出。二是任永州司马，纵情山水，发奋苦读，致力为文。三是任柳州刺史，想方设法，赎释奴婢，造福时人。这就从不同角度充分展示了柳宗元的胆识、文才和能力。事实上，柳宗元为官不仅此三次，他还担任过监察御史和礼部员外郎等官职。文中于此略写，仅提及"台省"，原因可能有二：一是韩愈不大认可柳宗元参加"永贞革新"时的做法。二是当事人大多还在，不便过多议论。

第四段，写柳宗元与刘禹锡易官。专记此事，是为了突出柳宗元的人品。

作者发感慨说"士穷乃见节义"。又以平日间所谓酒肉朋友来对比，更显得柳宗元待友以诚，人品高洁。这里所用手法主要是议论，批评那些口头以朋友相称，一旦遇事则落井下石的小人。这些议论，一方面同情柳宗元的遭遇，另一方面，也有作者对本人遭谪的自鸣不平。

第五段，对柳宗元的性格、命运及其与文学成就的关系展开评价。其核心观点是"文穷而后工"。个人性格决定命运，人生经历影响文学成就。韩愈认为，假如当年柳宗元在台省任职时，个性不那么刚直，可能不会遭遇贬谪；但如果柳宗元仕途顺利，也就不会有这么高的文学成就了。可见，一切互为因果。

第六段，写柳宗元后事的安排，同时也表彰裴行立和卢遵。

此文奇特处是铭文很短，说其墓室"既固既安"，祈愿"利其嗣人"。表面上看，这些话平常普通得类似套语，但联系柳宗元去世时，其子周六只有四岁，周七为遗腹子，两个女儿也还年幼未成人，不禁令人伤心泪下。由此可见，"利其嗣人"一语，饱含深意。

乳 母^① 墓 铭

乳母李，徐州人，号正真。入韩氏，乳其儿愈。愈生未再周月^②，孤失怙恃^③，李怜不忍弃去，视保^④益谨，遂老韩氏。及见所乳儿愈举进士第^⑤，历佐汴徐军^⑥，入朝为御史^⑦、国子博士^⑧、尚书都官员外郎^⑨、河南令^⑩，娶妇，生二男五女。时节庆贺，辄率妇孙列拜进寿。年六十四，元和六年三月十八日疾卒。卒三日，葬河南县北十五里。愈率妇孙视窆封^⑪，且刻其语于石，纳诸墓为铭。

注释

① 乳母：指韩愈的乳母李氏。

② 未再周月：大历三年（768）韩愈出生，大历五年（770）其父韩仲卿去世。虽入三岁，但实际未及两月。

③ 孤失怙（hù）恃（shì）：父母去世，成为孤儿。古代以失怙、失恃代指父亡、母亡。

④ 视保：照看、抚养。

⑤ 举进士第：韩愈贞元八年（792）登进士第。

⑥ 佐汴徐军：指韩愈先后担任汴州董晋、徐州张建封幕职。

⑦ 御史：贞元十九年（803），韩愈任监察御史。

⑧ 国子博士：元和元年（806），韩愈任国子博士。

⑨ 尚书都官员外郎：元和四年（809），韩愈任尚书省刑部都官员外郎。

⑩ 河南令：元和五年（810），韩愈任河南县县令。

⑪ 窆（biǎn）封：下葬。窆：将棺木放入墓穴中。封：覆土成坟。

评析

　　韩愈父母早亡，由乳母和长嫂郑氏抚养成人，因此非常感激乳母，在她去世后为其撰写墓志铭。

　　此文写法很独特，专叙韩愈科举考试和任职经历，巨细无遗。这样写，是为了突出乳母李氏不仅细心照料韩愈成人，而且对之视如己出，时刻关注韩愈的成长和事业进展。韩愈对待乳母如同生母，凡有所成就，都及时告知，逢年过节，带领家人给她庆贺进寿。乳母参与韩愈的家庭生活，可见韩愈并没有把乳母当作外人。乳母去世,韩愈十分伤心,亲自安葬,并为其撰写墓志铭。现在看来,这种行为亦人之常情。但在古代,乳母的地位并不高。"葬乳母,且为之铭,自公始"(《五百家注昌黎文集》卷三五)。后人模仿此文,不仅为了学习墓志铭的写法,更是追摹韩愈善感恩和行孝道的人格精神。

毛 颖① 传

毛颖者,中山②人也。其先明眎③,佐禹治东方土,养万物有功④,因封于卯地⑤,死为十二神⑥。尝曰:"吾子孙神明之后,不可与物同,当吐而生⑦。"已而果然。明眎八世孙䨲⑧,世传当殷时居中山,得神仙之术,能匿光使物⑨,窃姮娥⑩,骑蟾蜍入月,其后代遂隐不仕云。居东郭⑪者曰䨲⑫,狡而善走⑬,与韩卢⑭争能,卢不及,卢怒,与宋鹊⑮谋而杀之,醢⑯其家。

> **注释**

① 毛颖:这里指毛笔。

② 中山:战国时期诸侯国。其地幅员辽阔,所长兔子肥大,皮毛光泽,毛长而锐,是做毛笔头的好材料。

③ 明眎(shì):兔子的别名。

④ 养万物有功:上句说辅佐大禹治理东方。东方对应四季中的春,春天万物生,故言。

⑤ 卯地:即"东方土"。古代按十二地支划分方位,卯位指东方。

⑥ 十二神:兔为十二生肖之一,故称其死后为十二神之一。

⑦ 当吐而生:传说兔子是口吐而生,故兔嘴上唇开裂。

⑧ 䨲(nóu)：刚出生的幼兔。

⑨ 匿光使物：指隐身形于光日之下，能驱使诸物。

⑩ 窃姮(héng)娥：传说嫦娥窃取后羿从西王母那里请来的不死药，而奔月。此处是说兔子又从嫦娥处窃不死药。姮娥：嫦娥。

⑪ 东郭：城外的东边。郭：外城。

⑫ 㕙(jùn)：狡兔。

⑬ 走：奔跑。

⑭ 韩卢：春秋战国时韩国的一种良犬。

⑮ 宋鹊：春秋战国时宋国的一种良犬。

⑯ 醢(hǎi)：古代的一种酷刑，把人杀死后剁成肉酱。

秦始皇时，蒙将军恬[①]南伐楚，次[②]中山，将大猎以惧楚，召左右庶长[③]与军尉，以连山筮之[④]，得天与人文之兆[⑤]。筮者贺曰："今日之获，不角不牙[⑥]，衣褐[⑦]之徒，缺口而长须，八窍而趺居[⑧]，独取其髦[⑨]，简牍是资[⑩]。天下其同书[⑪]，秦其遂兼诸侯乎！"遂猎，围毛氏之族，拔其豪[⑫]，载颖[⑬]而归，献俘于章台宫[⑭]，聚其族而加束缚[⑮]焉。秦皇帝使恬赐之汤沐[⑯]，而封诸管城[⑰]，号曰管城子[⑱]，日见亲宠任事。

注释

① 蒙将军恬：秦朝名将蒙恬，相传为毛笔的发明者。

② 次：临时驻扎。

③ 左右庶长：左庶长、右庶长，秦朝官名。

④ 以连山筮(shì)之：据《连山》用蓍草卜卦。《连山》：夏朝的占卦之术，与殷

之《归藏》、周之《周易》，统称《三易》。

⑤ 天与人文之兆：自然与人事的征兆。

⑥ 不角不牙：无角无牙，指兔子。

⑦ 衣褐：指褐色的兔毛。

⑧ 八窍而趺（fū）居：古人认为哺乳动物均九窍，唯独兔子八窍。趺：脚背。
  居：同"踞"，蹲。

⑨ 髦（máo）：毛中长毫，引申为同辈中不群者。

⑩ 简牍是资：毛笔是在简牍上书写的工具。简牍：古代书写用的竹简和木
  片。资：凭借、依仗。

⑪ 天下其同书：喻指秦始皇"书同文"政策。

⑫ 豪：既指围猎对象中雄杰者，又指兔毫。

⑬ 颖：本义是禾穗的尖端，此处指兔子。

⑭ 章台宫：秦国宫殿。

⑮ 聚其族而加束缚：暗指用兔毛制笔。

⑯ 赐之汤沐：指制笔过程中，用热水洗净兔毛。汤：热水。

⑰ 封诸管城：暗指用竹管束缚兔毛制作毛笔。

⑱ 管城子：暗指毛笔。毛笔用兔毛和竹管制成。

　　颖为人强记而便敏，自结绳之代①以及秦事，无不纂录。阴阳、卜筮、
占相、医方、族氏、山经、地志、字书、图画、九流、百家、天人之书，及至浮
图、老子、外国之说②，皆所详悉。又通于当代之务，官府簿书③、市井货钱
注记④，惟上所使。自秦皇帝及太子扶苏、胡亥⑤、丞相斯⑥、中车府令
高⑦，下及国人，无不爱重。又善随人意，正直、邪曲、巧拙，一随其人；虽
见废弃，终默不泄⑧。惟不喜武士，然见请亦时往⑨。累拜中书令，与上益

狎⑩，上尝呼为"中书君"。上亲决事，以衡石自程⑪，虽宫人不得立左右，独颖与执烛者常侍。上休方罢，颖与绛人陈玄⑫、弘农陶泓⑬及会稽褚先生⑭友善，相推致⑮，其出处必偕⑯。上召颖，三人者，不待诏辄俱往，上未尝怪焉。

注释

① 结绳之代：指无文字、以结绳记事的远古时代。

② 外国之说：此句泛指各种书籍和文字。

③ 官府簿书：官府的文件和簿册。

④ 货钱注记：记录货物钱财的账簿。

⑤ 胡亥：秦始皇少子，即秦二世。

⑥ 斯：李斯。

⑦ 高：赵高。

⑧ 虽见废弃，终默不泄：指毛笔用的时间长了，不能再用，但始终沉默而不泄露曾书写过的内容。

⑨ 时往：指武人用笔虽然迅疾，但毛笔也同样时常前往。

⑩ 狎：亲近、接近。

⑪ 衡石（dàn）自程：皇帝自定每日审阅公文的限量。衡：秤。石：重量单位。

⑫ 绛人陈玄：指墨。唐时绛州（今山西西南新绛一带）贡墨，以陈旧为佳，故拟其姓陈。玄：黑色。

⑬ 弘农陶泓（hóng）：指砚。唐虢州弘农（今河南灵宝）贡瓦砚，陶土烧制，故拟其姓陶。砚中盛水，故取名泓。

⑭ 会稽褚（chǔ）先生：指纸。唐时越州会稽（今浙江绍兴）贡纸，以楮木为原

材料,故拟称褚先生。

⑮ 相推致：互相推荐延请。

⑯ 出处必偕：指笔、墨、纸、砚的使用与搁置必在同时。偕：共同、一起。

后因进见,上将有任使,拂拭之,因免冠谢①。上见其发秃,又所摹画不能称上意,上嘻笑曰："中书君,老而秃,不任吾用。吾尝谓君中书②,君今不中书邪?"对曰："臣所谓尽心③者。"因不复召,归封邑,终于管城。其子孙甚多,散处中国夷狄,皆冒管城;惟居中山者,能继父祖业。

> **注释**

① 免冠谢：脱帽致谢。暗指脱笔帽书写。冠：帽子。

② 中(zhòng)书：善著文章。暗指毛笔适用于书写。中：适用、适宜。

③ 臣所谓尽心：臣已经尽心尽力了。暗指笔心已被磨损用尽了。

太史公①曰：毛氏有两族：其一姬姓,文王之子,封于毛,所谓鲁、卫、毛、聃②者也,战国时有毛公、毛遂;独中山之族不知其本所出,子孙最为蕃昌③。《春秋》之成,见绝于孔子,而非其罪。④及蒙将军拔中山之豪,始皇封诸管城,世遂有名,而姬姓之毛无闻。颖始以俘见,卒见任使,秦之灭诸侯,颖与有功,赏不酬劳,以老见疏⑤,秦真少恩哉!

> **注释**

① 太史公：西汉司马谈曾任太史令,其子司马迁继之。太史令位与三公相

等，故称"太史公"。

② 鲁、卫、毛、聃（dān）：均为周朝所封的诸侯国。

③ 蕃（fán）昌：繁衍昌盛。

④《春秋》之成，见绝于孔子，而非其罪：《春秋》的编订，到孔子这里停止了，但不是因为笔的原因。

⑤ 以老见疏：因年老而被疏远。指毛笔因磨损而"不中书"，被秦始皇废弃不用。

评析

《毛颖传》是韩愈以传记笔法所作的文言小说。毛笔本为日常之物，但为其立传，难度较大。传记不是说明文，为毛笔作传，必须同时契合毛笔所具物的属性与人的性格特点。文章的妙处在于充分利用有关毛笔的各种传说，同时又将其作为人来写，含有一明一暗两条线索：明线是"毛颖"其人，暗线是毛笔的传说故事。

此文另一个特点是寓庄于谐。用谐谑方式写，以见其趣。"太史公曰"一段核心为"秦真少恩"，又寓以庄。此语既有对历史上鸟尽弓藏现象的批判，也隐含作者自身的无奈和不平：慨叹自己的命运好似毛笔一般，虽尽心尽力，却被弃置不用。

韩愈此文一出，当时褒贬不一，有人劝他不要写这样的游戏文章，以免有损儒者形象。但好友柳宗元对此文的评价极高，并立即作文支持。今天看来，作者的虚构、想象和注入的思想情感、采用的史传笔法等，都带给读者极大的阅读享受。其价值，正如张裕钊所言："游戏之文，借以抒其胸中之奇，洸洋自恣，而部勒一丝不乱，后人无从追步。"

送 穷① 文

　　元和六年正月乙丑晦②,主人使奴星③结柳作车④,缚草为船,载糗与粻⑤,牛系轭⑥下,引帆上樯⑦;三揖穷鬼而告之曰:"闻子行有日⑧矣,鄙人不敢问所途,窃⑨具船与车,备载糗粻。日吉时良,利行四方,子饭一盂,子啜⑩一觞,携朋挈俦⑪,去故就新,驾尘彉风⑫,与电争先。子无底滞之尤⑬,我有资送之恩:子等有意于行乎?"

注释

① 送穷:民间岁时风俗,即祭送穷鬼。穷,不仅指生活贫困,还有不得志、不得意的含义。

② 晦:每月最后一天。相传"穷子"死于正月晦日。

③ 使奴星:派名字叫星的仆人。

④ 结柳作车:用柳条编织成车。

⑤ 载糗(qiǔ)与粻(zhāng):装载着干粮。糗:米或麦炒熟后磨制成的粉。粻:古时赈济饥民的米粮。

⑥ 轭(è):架在牲畜脖子上的曲木,驾车时使用。

⑦ 樯:帆船上的桅杆。

⑧ 行有日:马上要走。

⑨ 窃:私下。

⑩ 啜(chuò):饮。

⑪ 挈(qiè)俦:带领同伴。

⑫ 彉(guō)风:乘风张开船帆。彉:本义为拉开弓弦。

⑬ 底滞之尤:耽误期限的过错。底:停止。滞:逗留。

屏息潜听,如闻音声;若啸若啼,耆欻嚘嘤①。毛发尽竖,竦肩缩颈。疑有而无,久乃可明。若有言者曰:"吾与子居,四十年余:子在孩提②,吾不子愚。子学子耕,求官与名;惟子是从,不变于初。门神户灵,我叱我呵③。包羞诡随④,志不在他。子迁南荒,热烁湿蒸,我非其乡⑤,百鬼欺陵。太学四年,朝齑暮盐⑥,惟我保汝,人皆汝嫌。自初及终,未始背汝,心无异谋,口绝行语。于何听闻,云我当去,是必夫子信谗,有间于予⑦也。我鬼非人,安用车船?鼻齅⑧臭香,糇粮可捐⑨。单独一身,谁为朋俦?子苟备知,可数已不⑩?子能尽言,可谓圣智;情状既露,敢不回避?"

注释

① 耆(huā)欻(chuā)嚘(yōu)嘤(yīng):声音细碎且夹杂。

② 孩提:幼小的时候。

③ 我叱我呵:呵斥我。

④ 包羞诡随:忍受屈辱、假装顺从。

⑤ 我非其乡:此非我的家乡。意思是我不是本地鬼。

⑥ 朝齑(jī)暮盐:形容饮食清苦。齑:被切碎的菜。

⑦ 有间于予:有挑拨你我关系的人。间:离间。

⑧ 齅(xiù):"嗅"的古字。

⑨ 捐:弃置。

⑩ 不:同"否"。

主人应之曰:"子以吾为真不知也邪!子之朋俦,非六非四,在十去五,满七除二①;各有主张,私立名字,搦手覆羹②,转喉触讳③,凡所以使吾面目可憎,语言无味者,皆子之志也。其名曰智穷:矫矫亢亢④,恶圆喜方;羞为奸欺,不忍害伤。其次名曰学穷:傲数与名⑤,摘抉杳微⑥;高抠群言⑦,执神之机⑧。又其次曰文穷:不专一能,怪怪奇奇;不可时施,秖⑨以自嬉。又其次曰命穷:影与行殊,面丑心妍;利居众后,责在人先。又其次曰交穷:磨肌戛⑩骨,吐出心肝;企足⑪以待,寘我仇冤⑫。凡此五鬼,为吾五患;饥我寒我,兴讹造讪⑬;能使我迷,人莫能间;朝悔其行,暮已复然;蝇营狗苟⑭,驱去复还。"

注释

① 非六非四,在十去五,满七除二:即"五"。

② 捩(liè)手覆羹:转手把羹汤倒翻在地上。捩:扭、转。

③ 转喉触讳:开口说话即触犯忌讳。转喉:说话。

④ 矫矫亢亢:方正、高尚的样子。矫矫:方正。亢亢:高尚。

⑤ 傲数与名:轻视术数名物一类学问。

⑥ 摘抉杳微:探究深远微妙的道理。摘抉:探究、钻研。杳:深邃。

⑦ 高抠群言:摄取各家学说。抠:摄取。

⑧ 执神之机:掌握精神要领。执:掌握。

⑨ 秖(zhī):同"秖"(zhǐ),副词,相当于"适""只"。

⑩ 戛(jiá):敲打。

⑪ 企足:踮起脚跟。

⑫ 寘(zhì)我仇冤:视我为仇人。寘:同"置"。

⑬ 兴讹造讪:使人造谣毁谤。

⑭ 蝇营狗苟:像苍蝇那样飞来飞去,像狗那样苟且偷生,形容不顾廉耻,到处钻营。

言未毕,五鬼相与张眼吐舌,跳踉偃仆①,抵掌顿脚,失笑相顾。徐谓主人曰:"子知我名,凡我所为,驱我令去,小黠大痴②。人生一世,其久几何;吾立子名,百世不磨。小人君子,其心不同;惟乖于时,乃与天通。携持琬琰③,易一羊皮;饫于肥甘④,慕彼糠糜⑤。天下知子,谁过于予;虽遭斥逐,不忍子疏。谓予不信,请质诗书。"

注释

① 跳踉(liáng)偃(yǎn)仆:跳跃跌倒。偃:仰面跌倒。仆:俯身跌倒。

② 小黠(xiá)大痴:有小聪明无大智慧。黠:狡猾。痴:愚蠢。

③ 琬(wǎn)琰(yǎn):美玉。

④ 饫(yù):饱食。

⑤ 糠糜(mí):糜通"糜"。糠粥。

主人于是垂头丧气,上手①称谢,烧车与船,延②之上座。

注释

① 上手:拱手作揖。

② 延:邀请。

评析

孟子说:"达则兼济天下,穷则独善其身。"此"穷"字,非仅指贫困,更指人生道路艰难。此文是韩愈写其仕途艰辛，借民间风俗送穷鬼，想摆脱各种不顺，但最后说"穷鬼"缠身，"延之上座"，表达的是传统"固穷"思想。言下之意，即便如此，其个性和道路选择也不会因之改变，可见其内心对个人行为价值的坚持和固守。

此文写法很独特，借正月三十送穷鬼风俗，展开作者与穷鬼之间的对话，在一问一答的诙谐中，寓以严肃的固穷守节的坚定。先是作者派人准备好车船粮食，以资穷鬼路途之需，希望穷鬼带领同伴诸人马上离开。接下来写穷鬼的回应。写穷鬼的回应，实际上是叙述作者遭遇的各种不幸：孩提时，父母早亡；任职监察御史，因言事得罪，贬谪岭南；担任太学博士，闲散抑郁。这些都是韩愈所遇之"穷"。正如穷鬼所言，"吾与子居，四十年余"。针对穷鬼的一番辩论，作者又围绕"五穷"作出辩解。辩解的实质是自明心志：由"智穷"可见其性格刚直，由"学穷"可见其学问精深，由"文穷"可见其文学奇特，由"命穷"可见其胸怀坦荡和责任担当，由"交穷"可见其待友真诚和善良。最后写穷鬼的回答，实际上也是作者的心迹自剖。他自觉意识到，正因为有此"五鬼"，也就是各种坎坷不顺，才造就了自己的文学成就和社会声望。"惟乖于时，乃与天通"，"乖时"即"穷"，因"穷"才能专心致志，不为世俗所扰。文中笔调诙谐，可见作者性格幽默，善于自我调适。这种"固穷"的思想和调适方法，至今依然有重要指导意义。

鳄 鱼 文

维年月日，潮州刺史韩愈，使军事衙推①秦济，以羊一猪一投恶溪②之潭水，以与鳄鱼食，而告之曰：昔先王既有天下，列③山泽，罔绳擉刃④，以除虫蛇恶物为民害者，驱而出之四海之外。及后王德薄，不能远有，则江汉之间，尚皆弃之以与蛮夷楚越，况潮岭海之间，去京师万里⑤哉？鳄鱼之涵淹卵育⑥于此，亦固其所。今天子嗣唐位，神圣慈武⑦，四海之外，六合⑧之内，皆抚⑨而有之；况禹迹所揜，扬州之近地，刺史县令之所治，出贡赋以供天地宗庙百神之祀之壤者⑩哉？鳄鱼其不可与刺史杂处此土也！

注释

① 军事衔推：助理军政的官员。

② 恶溪：水名，在潮安境内，又名鳄溪、意溪，韩江经此，合流而南。

③ 列：同"烈"，焚烧。

④ 罔绳擉（chuō）刃：用绳索去网捉、用利刃去刺杀。擉：刺。

⑤ 去京师万里：此句意思是，后世君王德泽不厚，江、汉尚且弃置，无暇顾及，况且潮州远在五岭南海之间，距离京城长安将近万里呢！

⑥ 涵淹卵育：潜伏生息。

⑦ 慈武：仁爱英武。

⑧ 六合：天地四方。

⑨ 抚：安抚统辖。

⑩ "况禹迹所揜……之壤者"：此句意思是，潮州是大禹足迹所到过的地方，属古扬州范围，是刺史、县令治理之处，又是交纳贡品、赋税以供应皇上祭天地、祖宗、神灵的地方。揜（yǎn）：同"掩"。

刺史受天子命，守此土，治此民，而鳄鱼睅然①不安溪潭，据处②食民畜熊豕鹿獐，以肥其身，以种③其子孙，与刺史亢拒④，争为长雄；刺史虽驽弱⑤，亦安肯为鳄鱼低首下心⑥，伈伈⑦睍睍⑧，为民吏羞⑨，以偷活于此邪！

且承天子命以来为吏，固其势不得不与鳄鱼辨。

注释

① 睅（hàn）然：瞪起眼睛，很凶狠的样子。睅：目大而突出。

② 据处：占据一方。

③ 种：繁衍。

④ 亢拒：抗拒。亢：同"抗"。

⑤ 弩弱：平庸软弱。

⑥ 低首下心：屈服顺从。低首：低头不敢仰视。下心：内心屈服于人。

⑦ 伈（xǐn）伈：恐惧的样子。

⑧ 睍（sì）睍：偷偷地看，形容胆怯。

⑨ 为民吏羞：被百姓和官吏耻笑。

鳄鱼有知，其听刺史言：潮之州，大海在其南，鲸鹏之大，虾蟹之细，无不容归，以生以食，鳄鱼朝发而夕至也。今与鳄鱼约：尽三日，其率丑类南徙①于海，以避天子之命吏。三日不能至五日，五日不能至七日，七日不能，是终不肯徙也，是不有刺史，听从其言也；不然，则是鳄鱼冥顽不灵②，刺史虽有言，不闻不知也。夫傲天子之命吏，不听其言，不徙以避之；与冥顽不灵而为民物害者：皆可杀。刺史则选材技吏民③，操强弓毒矢，以与鳄鱼从事④，必尽杀乃止。其无悔！

注释

① 徙：迁移。

② 冥顽不灵：愚蠢无知，顽固不化。

③ 材技吏民：有才能、有技艺的官吏和百姓。

④ 从事：战斗。

评析

　　元和十四年(819)，韩愈被贬为潮州刺史，到任后听闻此处恶溪中有鳄鱼为害，给当地人民生活造成困扰和威胁，因作此文劝诫鳄鱼离开。从思想上看，此文体现了作者关注民生的民本思想，是孟子"民为重，社稷次之，君为轻"儒家思想的社会实践。

　　从写法上看，此文类似战斗檄文。韩愈准备驱逐鳄鱼，要同鳄鱼开仗，必须先要有战斗的思想准备，要在道义上战胜对手。因此，先礼后兵，派遣助理军政的衙推官，投以一羊一猪，令其离境。再告诉鳄鱼：驱逐民害是君王的职责，自古以来即如此。潮州虽然有很长一段时间为化外之地，无暇顾及，但现在已设置刺史来管理，驱逐鳄鱼是刺史代表君王行使应有的权力，是替天行道。这就在道义上占了上风。此其一。其二，刺史既受王命，就有安土护民之责。鳄鱼为了繁衍后代，侵害潮州百姓利益，这是绝对不允许的。如果不驱逐鳄鱼，是刺史渎职，恐怕要被官吏和百姓耻笑。这是从刺史的角度来分析。其三，从鳄鱼的角度分析。鳄鱼不是没有去处，南海不仅比恶溪大得多，而且食物丰富，足以生存。因此，令鳄鱼离开，并非存心置其于死地。在日期上，也非常宽限，三日不行则五日，五日不行则七日。这些都是站在鳄鱼的角度来考虑。最后，严厉命令：如果不在限期离境，就是违抗王命，陷刺史于不义，因此不得不采取赶尽杀绝的措施。

　　文章从王命、刺史、鳄鱼三个角度展开分析，层次清晰又逻辑严密，令对手鳄鱼无可辩说，只得顺从离境。鳄鱼既是韩愈在潮州要面对的现实中的敌人,也隐喻了割据作乱的藩镇和飞扬跋扈的宦官。因此,告鳄鱼文的所告者,在鳄鱼之外,实际上还包含了当时的各种恶势力。看似诙谐,实则义正词严,起到了使对手闻风丧胆的作用。

御史台上论天旱人饥状①

右臣伏以今年已来,京畿诸县②夏逢亢旱③,秋又早霜,田种所收,十不存一。陛下恩踰④慈母,仁过春阳,租赋之间,例皆蠲免⑤。所征至少,所放至多;上恩虽弘,下困犹甚⑥。至闻有弃子逐妻以求口食⑦,坼屋⑧伐树以纳税钱,寒馁道途⑨,毙踣沟壑⑩。有者皆已输纳,无者徒被追征。臣愚以为此皆群臣之所未言,陛下之所未知者也!

注释

① 御史台上论天旱人饥状:贞元十九年(803),韩愈任监察御史。御史台是监察机构,负责监督百官、典正法度。状是一种公文文体。原题当作"论天旱人饥状","御史台上"应是后来编集时所加。

② 京畿诸县:京畿道所管辖的各县。此指受灾的关中地区。

③ 亢(kàng)旱:干旱、大旱。

④ 踰(yú):同"逾",超过。

⑤ 例皆蠲(juān)免:依惯例一概免除。蠲免:免除。

⑥ 犹甚:更严重。

⑦ 口食:食物。

⑧ 坼(chè)屋:卖屋。坼,本指裂开,此取其"分开"义。

⑨ 寒馁道途：路途中又冷又饿。这里是说饥民无法生存，只得离家外出谋食，所以才"寒馁道途"。馁(něi)：饥饿。

⑩ 毙踣(bó)沟壑：死于路边沟壑中。踣：仆倒。

　　臣窃见陛下怜念黎元①，同于赤子②；至或犯法当戮③，犹且宽而宥④之；况此无辜之人，岂有知而不救？又京师者，四方之腹心，国家之根本，其百姓实宜倍加忧恤⑤。今瑞雪频降，来年必丰，急之则得少而人伤，缓之则事存⑥而利远。伏乞特敕⑦京兆府⑧：应⑨今年税钱及草粟等在百姓腹内⑩征未得者，并且停征；容至来年，蚕麦庶得⑪少有存立⑫。

注释

① 黎元：百姓。

② 同于赤子：像爱护婴儿一样。赤子：婴儿。

③ 戮(lù)：杀。

④ 宥(yòu)：宽恕、原谅。

⑤ 忧恤：考虑、体恤。

⑥ 事存：此句意思是，受灾后，因急催租赋造成的二次灾害之事可缓解。

⑦ 敕(chì)：命令。

⑧ 京兆府：京畿道所管辖的行政区域之一。唐京兆府下辖长安、万年等二十余县。

⑨ 应：许诺。

⑩ 在百姓腹内：即应纳而未纳者，相当于"名下"。

⑪ 庶得：大概、应该。

⑫ 少有存立：略有余存。少：同"稍"。

　　臣至陋至愚，无所知识①；受恩思效，有见辄言，无任恳款②，惭惧之至，谨录奏闻。谨奏。

注释

① 知识：见解、见识。

② 无任恳款：不胜恳切忠诚之情。

评析

　　御史台是国家的法律监督机构和行政监察机构。《旧唐书·职官志》载，监察御史的职责是："掌分察巡按郡县、屯田、铸钱、岭南选补、知太府、司农出纳，监决囚徒。监祭祀则阅牲牢，省器服，不敬则劾祭官。尚书省有会议，亦监其过谬。凡百官宴会、习射，亦如之。"也就是对官员的行为进行监督和纠察。贞元十九年(803)，韩愈在御史台担任监察御史。本年关中地区遭受极为严重的旱灾。按职务分工，自然另有其他部门查看灾情、赈济灾民并向皇帝汇报，与监察御史无关。一旦监察御史参与，则说明并非灾害本身的问题，而是负责赈灾和汇报灾情的官员出了问题。事实正是如此，当时京兆尹李实等人无视灾情的严重性，瞒报谎报灾情，继续强征租赋，以致出现本文所写的"弃子逐妻以求口食，坼屋伐树以纳税钱，寒馁道途，毙踣沟壑"的惨况。韩愈将其所见的真实情况以"状"的方式向皇帝汇报，因而得罪相关官员，被构陷以"越职言事"罪名，远贬连州阳山县令。

文中第一部分描述灾民惨状，揭出根本原因是"群臣之所未言，陛下之所未知"，直指相关官员和皇帝本人。第二部分提出解决问题的方法，并分析其可行性：缓收租赋，可缓解灾情，利国利民；强制征收，则赋税减少，百姓受害。按说，这个道理并不复杂，其他官员和皇帝也应该十分清楚，但事实正好相反。事后，相关官员并不是积极地解决问题，而是将韩愈贬官。当然，韩愈其实也大可不必向皇帝进状，因为灾害事件本身与监察御史的职责无关。但如果是这样，他也就不是关注民生、不惧强权、疾恶如仇的韩愈了。

论 佛 骨 表^①

臣某^②言：伏^③以佛^④者夷狄^⑤之一法^⑥耳。自后汉^⑦时流入中国，上古未尝有也。昔者黄帝^⑧在位百年，年百一十岁；少昊^⑨在位八十年，年百岁；颛顼^⑩在位七十九年，年九十八岁；帝喾^⑪在位七十年，年百五岁；帝尧^⑫在位九十八年，年百一十八岁；帝舜^⑬及禹^⑭年皆百岁：此时天下太平，百姓安乐寿考，然而中国未有佛也。其后殷汤^⑮亦年百岁，汤孙太戊^⑯在位七十五年，武丁^⑰在位五十九年；书史不言其年寿所极，推其年数，盖亦俱不减百岁。周文王^⑱年九十七岁，武王^⑲年九十三岁，穆王^⑳在位百年：此时佛法亦未入中国，非因事佛而致然也。汉明帝^㉑时，始有佛法，明帝在位才十八年耳；其后乱亡相继，运祚^㉒不长。宋齐梁陈元魏^㉓已下，事佛渐谨^㉔，年代尤促^㉕。惟梁武帝^㉖在位四十八年，前后三度舍身施佛，宗庙之祭，不用牲牢^㉗，昼日一食，止于菜果，其后竟为侯景^㉘所逼，饿死台城^㉙，国亦寻^㉚灭。事佛求福，乃更得祸；由此观之：佛不足事，亦可知矣！

注释

① 佛骨：指佛教始祖释迦牟尼的一节指骨。表：是臣子向皇帝进言的一种文体。

② 某：上表者的代词。

③ 伏：俯伏，下级对上级的敬词。

④ 佛：此指佛教。

⑤ 夷狄：古代对少数民族的称呼，按方位分别为东夷、南蛮、西戎、北狄。此指古印度天竺。

⑥ 法：法度，此处指宗教。

⑦ 后汉：即东汉。

⑧ 黄帝：传说中的上古时代部落联盟首领，姓公孙，名轩辕。

⑨ 少昊(hào)：传说是黄帝之子，己姓，名挚，字青阳。

⑩ 颛顼(zhuān xū)：传说是黄帝之子昌意之后，号高阳氏。

⑪ 帝喾(kù)：传说是黄帝之子玄嚣之后，号高辛氏。

⑫ 帝尧：传说是帝喾之子，号陶唐氏。

⑬ 帝舜：传说是颛顼的七世孙，姚姓，号有虞氏。

⑭ 禹：即大禹，传说因治水有功，舜死后继为部落领袖。

⑮ 殷汤：传说为帝喾之子契之后，子姓，原为商族领袖。

⑯ 太戊：即大戊，传说为殷汤第四代孙。

⑰ 武丁：传说为殷汤第十代孙。

⑱ 周文王：相传为帝喾之子后稷之后，姓姬，名昌。

⑲ 武王：即周武王，名发，文王次子。

⑳ 穆王：周昭王子，名满。

㉑ 汉明帝：即刘庄，光武帝刘秀第四子。

㉒ 运祚（zuò）：国运。

㉓ 元魏：即北魏，鲜卑人拓跋珪建立北魏，魏孝文帝时改姓元氏，故称元魏。

㉔ 谨：虔敬、谨慎。

㉕ 促：短暂。

㉖ 梁武帝：即萧衍，即位后大兴寺庙。

㉗ 牲牢：指祭祀所用牛、羊、猪之类的祭品。

㉘ 侯景：字万景，北魏时朔州鲜卑人，从东魏投降梁武帝，后又发动叛乱，囚杀梁武帝父子。

㉙ 台城：梁武帝被侯景围困之处。

㉚ 寻：不久、随即，时间副词。

　　高祖始受隋禅，则议除之。当时群臣材识①不远，不能深知先王之道、古今之宜，推阐②圣明，以救斯弊，其事遂止，臣常恨焉。伏惟睿圣文武皇帝③陛下，神圣英武，数千百年已来，未有伦比④。即位之初⑤，即不许度人为僧尼道士，又不许创立寺观，臣常以为高祖之志必行于陛下之手；今纵未能即行，岂可恣之转令盛也？今闻陛下令群僧迎佛骨于凤翔⑥，御楼以观，舁⑦入大内，又令诸寺递迎⑧供养。臣虽至愚，必知陛下不惑于佛，作此崇奉，以祈福祥也；直⑨以年丰人乐，徇⑩人之心，为京都士庶设诡异之观，戏玩之具耳。安有圣明若此，而肯信此等事哉！然百姓愚冥⑪，易惑难晓，苟见陛下如此，将谓真心事佛；皆云："天子大圣，犹一心敬信；百姓何人，岂合更惜身命！"焚顶烧指，百十为群；解衣散钱，自朝至暮；转相仿效，惟恐后时；老少奔波，弃其业次⑫。若不即加禁遏⑬，更历诸寺，必有断臂脔身⑭以为供养者；伤风败俗，传笑四方，非细事也。

$$\boxed{注释}$$

① 材识：才能见识。

② 推阐：推广阐发。

③ 睿圣文武皇帝：即唐宪宗李纯。此为元和三年（808），群臣给唐宪宗所上的尊号。

④ 伦比：匹敌。

⑤ 即位之初：指唐宪宗登基作皇帝之时。

⑥ 凤翔：今属陕西宝鸡，佛骨在凤翔法门寺。

⑦ 舁（yú）：抬。

⑧ 递迎：次第，一个接一个迎接。

⑨ 直：只不过。

⑩ 徇（xùn）：听从、顺从。

⑪ 愚冥（míng）：愚昧。

⑫ 业次：生业，指本职工作。

⑬ 遏（è）：阻止、禁止。

⑭ 脔（luán）身：割肉。脔：本指切成小块的肉，此处用为动词"割肉"。

　　夫佛本夷狄之人，与中国言语不通，衣服殊制，口不言先王之法言①，身不服先王之法服②，不知君臣之义，父子之情。假如其身至今尚在，奉其国命，来朝京师，陛下容而接之，不过宣政③一见，礼宾一设④，赐衣一袭，卫而出之于境，不令惑众也；况其身死已久，枯朽之骨，凶秽之余，岂宜令入宫禁？孔子曰："敬鬼神而远之。"古之诸侯行吊⑤于其国，尚令巫祝⑥

先以桃苅⑦袚除⑧不祥，然后进吊。今无故取朽秽之物，亲临观之，巫祝不先，桃苅不用，群臣不言其非，御史不举其失，臣实耻之。乞以此骨付之有司，投诸水火，永绝根本，断天下之疑，绝后代之惑，使天下之人知大圣人之所作为，出于寻常⑨万万也：岂不盛哉！岂不快哉！佛如有灵能作祸祟⑩，凡有殃咎⑪，宜加臣身；上天鉴临，臣不怨悔。无任感激恳悃⑫之至，谨奉表以闻。臣某诚惶诚恐。

注释

① 法言：合乎礼法的言语。

② 法服：合乎礼法的服饰。

③ 宣政：宫殿名，即宣政殿。

④ 礼宾一设：在礼宾院设宴。

⑤ 行吊：行吊唁之礼。

⑥ 巫祝：掌占卜祭祀的人。

⑦ 桃苅（liè）：桃枝和苕帚。

⑧ 袚（fú）除：除灾去邪。袚：除灾求福的一种仪式。

⑨ 寻常：指普通人。

⑩ 祸祟（suì）：鬼神兴作的灾祸。

⑪ 殃咎（jiù）：灾祸。

⑫ 恳悃（kǔn）：诚恳。

评析

元和十四年（819）正月，唐宪宗派人到凤翔法门寺迎接佛骨，供养宫中三天。长安城一时轰动,王公贵族等纷纷瞻佛施舍,甚至有焚烧头顶和手指、割肉断臂的激烈行为。韩愈认为迎接佛骨这种做法危害国家,因此强烈反对。《论佛骨表》即为此而作。

如何分析其弊害,才能使皇帝认识到迎佛骨入宫的危害性呢?作者从不同层面入手:第一层,说未有佛教之前,君王多长寿,列举了很多例证;自佛教传入后,佞佛的君王反而多灾多难,如汉明帝年寿不永,梁武帝被囚至死,由此说明佛不足供奉。第二层,从唐宪宗本人来写,指出他迎佛骨,一是破坏了之前立下的沙汰僧尼的宗教制度;二是树立了极坏的榜样,使普通百姓转相仿效,荒废本职工作,对社会不利。第三层,从佛教与儒家的比较来写,认为待之以礼即可,过于推崇,反而不祥,应当以孔子所说"敬鬼神而远之"的原则来对待。三层之间,层层递进,逻辑严密,揭出佞佛的根本性危害。最后,作者又特别指斥"群臣不言其非,御史不举其失,臣实耻之",不仅极力反对宪宗的做法,而且对官员群体的缄默行为也特别鄙弃。

据史书记载,唐宪宗对韩愈表中所言,虽不以为然,但也认可其敢于谏诤的行为。宪宗迎佛骨入宫,目的本是求长寿,但韩愈在表中,一开头就列出一长串正反两方面的例子,宣称"事佛求福,乃更得祸",这就击中了宪宗内心的痛处,使其大怒,韩愈被远谪潮州。宪宗的愤怒,正好表明韩文抓住了所论的核心要义,体现了韩愈洞若观火的敏锐性。

潮州请置乡校牒[①]

孔子曰:"道之以政,齐之以刑,则民免而无耻[②];不如以德礼[③]为先,而辅[④]以政刑也。"夫欲用德礼,未有不由学校师[⑤]弟子者。

注释

① 潮州请置乡校牒：韩愈在潮州向相关部门请求建立州学所发的牒文。

② 道之以政，齐之以刑，则民免而无耻：用政法来诱导百姓，用刑法来约束他们，老百姓只是暂时免于罪过，却没有廉耻之心。

③ 德礼：道德和礼法。

④ 辅：辅助。

⑤ 师：教授。

　　此州学废①日久，进士明经，百十年间，不间有业成贡于王庭，试于有司②者。人吏目不识乡饮酒之礼③，耳未尝闻《鹿鸣》之歌④。忠孝之行不劝，亦县之耻也。夫十室之邑，必有忠信⑤；今此州户万有余，岂无庶几者⑥邪？刺史县令不躬⑦为之师，里闾后生无所从学。

注释

① 废：衰败。

② 贡于王庭，试于有司：从州府县选拔到京城，参加礼部主持的科举考试者，称为乡贡。

③ 乡饮酒之礼：古时乡大夫作为主人，招待乡学中的贤能之士和德高望重者的一种礼仪。

④《鹿鸣》之歌：《诗经·小雅》的首篇，为先秦宫廷乐歌。古人认为此篇是"君与臣下及四方之宾燕，讲道修政"的乐歌。

⑤ 忠信：此指忠诚信义之人。

⑥ 庶几者：近于忠信的人。

⑦ 躬：亲自。

　　尔赵德①秀才：沉雅专静②，颇通经，有文章，能知先王之道，论说且排异端③而宗孔氏，可以为师矣。请摄④海阳县尉，为衔推官，专勾当⑤州学，以督生徒，兴恺悌⑥之风。刺史出己俸百千以为举本⑦，收其赢余⑧，以给学生厨馔。

注释

① 赵德：潮州人，有才学，仰慕韩愈，曾编《昌黎文录》。韩愈曾作《别赵子》诗，可参看。

② 沉雅专静：沉着雅正，专心治学，不为外界所扰。

③ 异端：指佛教。

④ 摄：代理。

⑤ 勾当：主管、监督。

⑥ 恺悌(tì)：和乐平易。

⑦ 举本：此句是说刺史出俸禄一百贯作为本金，通过放贷等方式收取利息。

⑧ 赢余：收支相抵后多余的财物。

评析

　　韩愈被贬潮州后，极为关注当地百姓的生活，兴文崇教更是不遗余力。

此牒文即韩愈潮州兴学的明证。

牒文第一部分,先引孔子之语,以证建立学校、崇文兴学的重要性。在作者看来,用道德和礼法引导年轻人,必须从学校教育做起。韩愈曾多次担任国子学官,对教育有自己独特的思考。第二部分,进一步论证在潮州建立州学的重要性。韩愈发现潮州州学荒废多年,参加科举考试的年轻士子,从来没有被举荐到京城的。他们既不知乡饮酒礼,也不懂待客之道。作为潮州刺史,他深感羞愧。因此,决定设置州学,令赵德专门督导。第三部分,写建立州学的具体措施。先叙述赵德其人,无论道德还是才学,他都足以承担督导州学的职责。再写经费来源,韩愈从自己的俸禄中拿出一百贯作为本金,以其赢余作为学生的食宿费用。这样一来,州学基本上就可以建立并运行了。

韩愈虽处在贬官期间,但并没有因此而消极。他以教育家的眼光观察潮州,通过建立州学培养人才,引导社会风尚,找到了一条非常重要的地方治理路径。为解决学校经费问题,他拿出自己的俸禄,这在当时是不可多得的义举。这种行为,不仅反映了韩愈对教育的重视,而且可见其知行合一的教育思想。